블랙 뷰티

Black Beauty

Anna Sewell

Black Beauty

블랙 뷰티

애나 슈얼 지음 · 이미영 옮김

RAINBOW PUBLIC BOOKS

차 례

1부

2부

3부

4부

1 부

1. 어린 시절 살던 집

내가 기억을 제대로 떠올릴 수 있는 첫 장소는 맑은 연못이 있는 널찍하고 쾌적한 초원이었다. 나무 몇 그루가 큰 그늘을 드리운 채 서 있고, 후미진 곳에는 골풀과 수련이 자라 있었다.

한쪽에는 울타리 너머로 경작한 밭이 보였다. 다른 쪽에서는 길가에 자리한 주인댁 정문이 내다보였다. 초원 위에는 전나무 숲이 있고 아래에는 가파른 둑 옆으로 개울이 흘렀다.

어렸을 때 나는 풀을 먹을 수 없어서 엄마 젖을 먹고 살았다. 낮에는 엄마 옆에서 달리고 밤에는 엄마 옆에 가까이 누워 잤다. 더울 때면 연못가 나무 그늘에 서 있고, 추울 때면 숲 근처에 있는 따뜻하고 멋진 헛간에 머물렀다.

내가 풀을 먹을 수 있을 만큼 자라자 엄마는 나가서 낮 동안 일한 뒤 저녁에 돌아왔다.

초원에는 나 말고도 망아지가 여섯 마리 있었다. 모두 나보다 나이가 많았다. 그중 몇몇은 다 자란 말 만큼이나 덩치가 컸다. 나는 그들과 달리며 신나게 놀았다. 다 같이 초원을 있는 힘껏 질주했다. 이따금 우리는 아주 거칠게 놀았다. 다른 망아지들이 달리면서 자꾸 물고 발길질했기 때문이다.

하루는 발길질을 너무 많이 하자 엄마가 히힝 소리를 내어 조용히 나를 부른 뒤 타일렀다.

"이제부터 엄마가 하는 말을 귀담아들으렴. 이곳에 사는 망아지들은 아주 좋은 말들이긴 하지만, 짐마차용 말이라서 당연히 예의범절을 배우지 못했단다. 너는 종자도 좋고 태생도 좋아. 네 아버지는 이 지역에서 명성이 높고, 네 할아버지는 뉴마켓 경주에서 2년 내리 우승컵을 탔지. 네 할머니는 내가 아는 말 중에 제일 비단결 같은 마음씨를 지녔어.

넌 내가 발길질하거나 무는 모습을 한 번도 본 적이 없을 거야. 엄마는 네가 점잖고 착한 말로 자라기를 바란단다. 나쁜 행실은 배우지 않았으면 좋겠어. 선의를 갖고 일하고, 속보로 달릴 때는 발을 잘 들어 올리고, 놀 때는 물거나 발길질해선 안 돼."

나는 엄마의 충고를 절대 잊지 않았다. 엄마는 현명한 어른이었고 주인님도 엄마를 매우 소중히 여겼다. 엄마의 이름은 '더체스'였지만, 주인님은 엄마를 보통 '페트'라고 불렀다.

주인님은 선하고 친절했다. 우리에게 좋은 음식과 숙소를 제공하고 친절하게 말을 건넸다. 어린 자녀들에게 하듯 우리에게도 다정히 말했다. 망아지들 모두 그를 좋아했고 엄마도 마찬가지였다. 문에 주인님이 나타나면 엄마는 기쁘게 히힝 울고는 그에게 속보로 달려갔다.

주인님은 엄마를 툭툭 두드려준 뒤 쓰다듬으며 물었다.

"어이, 페트. 꼬마 다키는 잘 지내?"

내가 칙칙한 검은색이어서 주인님은 나를 '다키(검고 어둡다는 뜻의 'dark'에서 유래한 말. 지금은 흑인을 가리키는 모욕적인 말로 쓰이므로 주의해야 함 – 옮긴이)'라고 불렀다.

그는 내게 아주 맛난 빵을 한 조각 주었다. 가끔 엄마에게 당근을 가져다주기도 했다. 모든 말이 그에게 다가왔지만, 그가 좋아하는 말은 우리 둘이었던 것 같다. 장날이면 엄마는 늘 그를 이륜마차에 태우고 시내로 갔다.

딕이라는 시골 소년이 이따금 울타리에서 딸기를 따려고 우리 초원으로 들어왔다. 원하는 만큼 딸기를 따 먹고 나면 딕은 제 딴에 망아지들과 장난한답시고 돌과 막대기를 던져 망아지들을 전속력으로 달리게 했다. 우리는 뛰어가 버리면 그만이었으므로 딕에게 크게 신경 쓰지 않았다. 하지만 돌에 맞아 다칠 때도 가끔 있었다.

어느 날 딕은 그 놀이를 하느라 주인님이 옆 밭에 있는 것을 알아차리지 못했다. 주인님은 무슨 일이 벌어지는지 지켜보고는 울타리를 뛰어 넘어와 딕의 팔을 잡고 따귀를 때렸다. 따귀가 어찌나 셌던지 딕은 고통과 놀라움에 소리를 질렀다. 우리는 주인님을 보자마자 무슨 일이 일어나는지 보려고 가까이 모여들었다.

주인님이 꾸짖었다.

"이런 나쁜 녀석! 망아지들을 쫓아내다니. 한두 번 그런 게 아니겠지만, 이번이 마지막일 거다. 그만하고 집으로 가! 또다시 내 농장에 들어오기만 해봐라."

우리는 두 번 다시 딕을 보지 못했다. 말을 돌보는 마부 대니얼 영감도 주인님 못지않게 친절했으므로 다들 풍족하게 잘 지냈다.

2. 사냥

내가 2살이 되기 전에 일어난 일이었다. 그때 일을 나는 한 번도 잊은 적이 없다. 초봄이라 밤사이 서리가 약간 내리고 숲과 초원에는 계속해서 옅은 안개가 끼었다. 나와 다른 망아지들이 초원 아래쪽에서 풀을 뜯고 있을 때 저 멀리서 개 짖는 소리가 들려 왔다. 우리 중 제일 나이 많은 망아지가 고개를 들고 귀를 쫑긋 세운 채 외쳤다.

"사냥개다!"

그리고는 곧장 달려갔다. 나머지 망아지들도 그를 따라 초원 위쪽으로 달려갔다. 그곳에서 우리는 울타리 너머 여러 밭을 내려다볼 수 있었다. 주인님이 타고 다니는 늙은 말과 엄마도 근처에 서 있었다. 그들은 이 상황에 대해 전부 알고 있는 듯 보였다.

엄마가 말했다. "토끼를 찾았군요. 개들이 이쪽으로 오면 사냥하는 게 보일 거예요."

곧이어 개들이 우리 옆의 덜 익은 밀밭을 전부 헤집고 다녔다. 개들이 그런 소리를 내는 것은 한 번도 들은 적이 없었다. 짖는 것도 아니고 울부짖는 것도 아니고 낑낑거리는 것도 아니었다. 목소리를 한껏 높여 계속해서 "요! 요오올 요! 요오오!" 소리를 냈다.

말을 탄 사내들이 개들을 뒤따라왔다. 몇 명은 초록색 외투를 입고 있었다. 모두 전속력으로 질주했다.

늙은 말은 코를 힝힝거리며 눈으로 열심히 그들을 좇았고, 우리 망아지들은 그들과 함께 질주하고 싶어 했다. 그들은 곧 아래쪽 밭으로 떠났다. 그리고는 거기에서 멈춰 섰다. 개들이 짖기를 그친 후 땅에 코를 대고 이리저리 뛰어다녔다.

늙은 말이 말했다. "냄새를 놓쳤나 보네. 토끼가 무사히 피할 수도 있겠어."

내가 물었다. "무슨 토끼요?"

"오! 그야 모르지. 우리 숲에 사는 토끼일 가능성이 커. 무슨 토끼든 발견만 되면 저 개들과 사람들이 뒤쫓을 거야."

얼마 후 개들이 다시 "요! 요오오!" 소리를 내기 시작했다. 그들은 다 함께 방향을 돌려 곧장 우리 초원에 있는 개울 옆 높은 둑과 울타리로 있는 힘껏 질주했다.

엄마가 말했다. "이제 토끼가 나타날 거야."

때마침 겁에 잔뜩 질린 토끼 한 마리가 황급히 뛰어 숲으로 향했다. 개들이 와서 후다닥 둑을 올라 개울을 건너뛰었고, 뒤이어 사냥꾼들도 밭을 가로질러 기운차게 달려왔다.

여섯 혹은 여덟 명의 남자가 말을 타고 넘어와 개들이 있는 곳에 닿았다. 토끼는 울타리 사이로 빠져나가려 했다. 몸이 껴서 나갈 수 없자 방향을 틀어 길 쪽으로 가려 했지만, 너무 늦었다.

개들이 사납게 짖어대며 토끼를 따라잡았다. 외마디 비명이 들렸다. 그것이 토끼의 마지막이었다. 개들이 토끼를 갈기갈기 찢어버리려던 참에 사냥꾼 한 명이 와서 채찍을 휘둘러 개들을 쫓았다. 그가 찢기고 피 나는 다리를 잡아 토끼를 들어 올리자 남자들은 모두 아주 흡족한 듯 보였다.

처음에 나는 너무 놀라 다른 쪽 개울가에서 벌어지고 있는 일을 보지 못했다. 그쪽을 바라보니 슬프게도 말 두 마리가 쓰러져 있었다. 한 마리는 개울에 빠져 허우적거렸고, 다른 한 마리는 풀밭에 누워 신음했다. 말을 탔던 사람 중 한 명은 진흙을 뒤집어쓴 채 물 밖으로 나오는 중이었다. 다른 한 사람은 꼼짝 않고 누워있었다.

엄마가 말했다. "목이 부러졌어."

망아지 한 마리가 대꾸했다. "당해도 싸요."

나도 같은 생각이었지만, 엄마는 우리와 생각이 달랐다.

"아니, 그렇게 말하면 못써. 나이를 먹고 많은 것을 보고 들었는데도 나는 왜 사람들이 이런 놀이를 좋아하는지 이해할 수가 없구나. 그들 대부분은 자신들도 다치고 훌륭한 말을 상하게 하고 밭을 망쳐놓지. 그게 다 토끼나 여우, 사슴 한 마리를 위해서야. 다른 방법으로 더 쉽게 잡을 수 있을 텐데…. 하지만 말인 우리가 사람들 속을 어찌 알겠니."

엄마가 이렇게 말하는 동안 우리는 서서 구경했다. 말을 탄 사람들이 청년에게로 왔다. 상황을 지켜보고 있었던 주인님이 제일 먼저 청년을 들어 올렸다. 고개가 뒤로 툭 떨어지고 양팔이 축 늘어지자 사람들의 표정이 매우 심각해졌다.

아무런 소음도 나지 않았다. 개들조차 무언가 잘못되었다는 사실을 아는 듯 조용했다. 사람들이 청년을 주인님 집으로 옮겼다.

그 멋지고 훤칠한 청년이 이 지역 대지주의 외아들이자 가문의 자랑인 조지 고든이란 사실을 나중에 듣고 알았다.

사람들이 말을 타고 의사를 부르러, 수의사를 부르러, 대지주 고든 씨에게 아들의 소식을 알리러 사방팔방으로 떠났다. 수의사 본드 씨는 풀밭에 누워 신음하고 있는 검은 말을 구석구석 살펴본 후 다리 하나가 부러졌다며 고개를 저었다.

어떤 사람이 주인님 집으로 달려가 총을 가지고 돌아왔다. 곧 크게 '탕' 소리가 울리고 끔찍한 비명이 난 후 정적이 흘렀다. 검은 말이 더는 움직이지 않았다.

엄마는 몹시 괴로워 보였다. 수년간 그 말과 알고 지냈다고…, 그의 이름은 '롭 로이'였다고 말했다. 그는 악의가 전혀 없는 좋은 말이었다고 했다. 이후로 엄마는 절대 그 자리에 가지 않았다.

며칠 뒤 우리는 오랫동안 울리는 교회 종소리를 들었다.

검은 말들이 검은 천으로 덮인 길고 이상하게 생긴 마차를 끌고 가는 모습이 문 너머로 보였다. 그 뒤로 또 다른 마차들이 꼬리를 물고 나타났다. 모두 검은색이었다.

그사이 종은 계속해서 울려댔다. 숨진 고든을 묻기 위해 교회 묘지로 옮기는 중이었다. 고든은 두 번 다시 말을 타지 못했다. 사람들이 롭 로이를 어떻게 했는지 나는 알 길이 없었다. 모든 게 작은 토끼 한 마리를 잡으려다 벌어진 일이었다.

3. 길들이기

나는 점점 멋지게 성장하기 시작했다. 가늘고 부드러워진 털은 선명한 검은색이 되었다. 한쪽 발은 흰색이었고, 이마에도 흰털이 예쁜 별 모양을 이루었다. 나는 매우 잘생긴 말로 평가받았다.

내가 4살이 될 때까지 주인님은 나를 팔지 않았다. 완전히 클 때까지 소년은 남자처럼 일해선 안 되고, 망아지는 말처럼 일해선 안 된다면서.

내가 4살이 되자 대지주 고든 씨가 나를 보러 왔다. 그는 내 눈과 입, 다리를 살펴보고 온몸을 만졌다. 그런 다음 그의 앞에서 걷고 속보로 달리고 질주해야 했다.

고든 씨는 내가 마음에 드는 듯 말했다. "길이 잘 들면 아주 훌륭하겠어."

주인님은 내가 겁먹거나 다칠지도 모르니 자신이 직접 나를 길들이겠다고 말했다. 그리고는 바로 다음 날부터 길들이기 과정을 시작했다.

길들이기가 무엇인지 모르는 사람이 있을 수도 있으니 설명하는 게 좋겠다. 길들이기란 굴레를 쓰는 법과 안장을 매고 등에 남자나 여자, 어린아이를 태우고 나르는 법, 사람이 원하는 길로 얌전히 가는 법을 말에게 가르치는 것을 뜻한다.

목사리(짐승의 목에 두르는 굴레 – 옮긴이)와 껑거리끈(안장이 전방으로 미끄러지는 것을 방지하기 위해 말의 꼬리 밑으로 돌려서 안장에 매는 끈 – 옮긴이), 엉덩이 띠를 매고 그것들을 두른 채 가만히 서 있는 법도 배워야 한다.

그런 다음 수레나 마차를 끌지 않고서는 걷거나 속보로 달릴 수 없도록 그것들을 뒤에 매달고 있는 법을 익힌다. 운전자가 원하는 대로 빨리 혹은 느리게 가야 한다. 제멋대로 출발해서도 안 되고 다른 말과 이야기해서도 안 된다. 물거나 차서도 안 되고 자기 의지를 가져서도 안 된다.

아무리 지치거나 배가 고파도 늘 주인의 의지대로 해야 한다. 마구를 찬 상태에서는 기뻐도 뛸 수 없고 지쳐도 누울 수 없다는 점이 제일 괴롭다. 이렇듯 길들이기는 힘든 일이다.

물론 나는 들판과 길에서 고삐와 마구를 차고 얌전히 끌려다니는 것에는 익숙해진 지 오래였다. 그런데 이제는 재갈과 굴레까지 착용해야 했다.

주인님은 평상시처럼 귀리를 조금 주고 한껏 달래준 후 내 입에 재갈을 물리고 굴레를 씌웠지만, 그것들을 쓰는 일은 몹시 불쾌했다! 입에 재갈을 물어보지 않은 사람은 그것이 얼마나 기분 나쁜지 상상도 할 수 없을 것이다.

사람 손가락만 한 두께의 차갑고 단단한 쇳조각을 이빨 사이 혀 위로 밀어 넣는다. 입가로 삐져나온 양 끝을 끈으로 연결하고 그 끈을 머리 위, 목 아래, 코와 턱밑에 둘러 고정한다. 그러면 무슨 짓을 해도 저 불쾌하고 단단한 것을 제거할 수 없다.

'아주 불편해! 정말이지 아주 불편하다고!'

하지만 엄마는 나갈 때 늘 재갈을 물었고, 다 자란 말들도 모두 그렇게 했다. 맛난 귀리와 주인님의 다정한 말, 부드러운 손길 때문에라도 나는 재갈과 굴레를 착용해야 했다.

다음 차례는 안장이었다. 안장을 차는 일은 그리 나쁘지 않았다. 마부인 대니얼 영감이 내 머리를 잡고 있는 동안 주인님이 안장을 내 등에 조심스럽게 얹었다. 몸 아래로 뱃대끈을 매는 내내 주인님은 나를 토닥이고 말을 걸어주었다.

그런 다음 귀리를 조금 주고는 잠시 이리저리 끌고 다녔다.

내가 귀리와 안장을 스스로 찾기 시작할 때까지 주인님은 매일 이 과정을 반복했다.

드디어 어느 날 아침, 주인님은 내 등에 올라타고 부드러운 풀이 자란 초원을 달렸다. 기분이 묘했다. 주인님을 태우고 다닌다는 사실에 마음이 뿌듯했다. 이후로도 주인님은 매일 잠깐씩 나를 탔다. 나는 곧 그 일에 익숙해졌다.

다음 불쾌한 학습은 쇠 신발을 신는 일이었다. 이 일도 처음에는 무척 힘들었다. 주인님은 나를 대장간으로 데려가 내가 다치거나 겁을 먹진 않는지 지켜보았다. 대장장이가 내 발을 차례로 들어 올려 손에 잡고는 발굽을 약간 잘라냈다.

아프지는 않았기에 그가 작업을 모두 마칠 때까지 세 다리로 가만히 서 있었다. 대장장이는 내 발 모양으로 생긴 쇳조각을 집어 발에 얹고는 쇳조각을 통과해 발굽 깊숙이 못을 박아 신발을 단단히 고정했다. 발이 몹시 뻣뻣하고 무겁게 느껴졌지만, 오래지 않아 그것도 익숙해졌다.

지금까지 해왔듯이 주인님은 계속해서 나를 마구에 길들여지게 했다. 차야 할 새로운 것들이 더 있었다. 우선, 목에는 뻣뻣하고 무거운 목사리를 차고, 눈에는 큰 측면 부분을 가진 굴레를 썼다. 눈가리개라고 불리는 것으로 실제로 눈을 가리기 때문에 이것을 쓰면 양옆은 볼 수 없고 정면만 볼 수 있었다.

다음, 뻣뻣한 끈이 달린 작은 안장이 있었다. 끈이 꼬리 바로 밑으로 지나가 불쾌했다. 이것이 바로 껑거리끈이었다.

나는 껑거리끈을 싫어했다. 내 긴 꼬리를 꽉 조이고 찔러대는 그 끈은 재갈만큼이나 불편했다.

그래도 발길질하고 싶다는 기분이 든 적은 한 번도 없었다. 물론 좋은 주인님을 발로 찰 수도 없었겠지만….

때가 되자 나는 모든 것에 익숙해졌고 엄마처럼 일을 잘할 수 있게 되었다.

길들이기 중 내가 잊지 않고 언급해야 하는 부분이 하나 있다. 내가 늘 유익했다고 여겨온 부분이다. 주인님은 2주 동안 나를 이웃 농부의 집에 보냈다. 집에 딸린 초원 한쪽으로 철길이 놓여 있었다. 그곳에 양과 소가 몇 마리 있었고, 나는 그들 사이에 섞여 잤다.

나는 첫 기차가 달려 지나가던 모습을 절대 잊지 못할 것이다. 초원과 철길을 가르는 울타리 부근에서 조용히 풀을 뜯고 있을 때 멀리서 이상한 소리가 들려왔다. 소리가 어디서 나는 건지 알아차리기도 전에 기다란 검은 열차가 칙칙폭폭 연기를 내뿜으며 빠른 속도로 지나갔다.

눈 깜짝할 사이에 저만치 사라져 갔다. 나는 돌아서서 급히 초원 안쪽으로 달려간 뒤 놀라움과 두려움에 히힝 소리를 내며 서 있었다.

그날 하루 동안 많은 기차가 지나갔다. 몇몇 기차는 약간 느리게 달리다 근처 역에 멈춰 섰다. 가끔 멈추기 전에 날카로운 끽소리와 삐걱대는 소리를 내기도 했다. 그 소리가 몹시 끔찍하다고 생각했지만, 소들은 차분히 계속 풀을 뜯었다.

무시무시한 검은 열차가 연기를 내뿜으며 끝없이 지나가는데도 좀처럼 고개를 들지 않았다.

처음 며칠 동안은 평화롭게 풀을 뜯을 수 없었다. 하지만 저 끔찍한 존재가 절대 초원으로 들어오지도 않고, 나를 해치지도 않는다는 사실을 알게 되자 나는 열차를 무시하기 시작했다. 곧 소와 양처럼 지나가는 열차에 대해 조금도 신경 쓰지 않게 되었다.

그 이후로 나는 증기기관차의 모습이나 소리에 몹시 놀라 흥분하는 말들을 많이 보았지만, 주인님의 세심한 보살핌 덕분에 나는 기차역에서도 마구간에 있는 것처럼 두려워하지 않았다. 어린 말을 잘 길들이고 싶은 사람은 그런 식으로 하면 된다.

주인님은 나를 몰 때 자주 엄마를 함께 데려갔다. 성격이 침착한데다 내게 걷는 법을 가르치기에는 낯선 말보다 엄마가 나았기 때문이다. 내가 바르게 행동할수록 더 좋은 대접을 받을 거라고, 언제나 주인님의 마음에 들도록 최선을 다하는 것이 가장 현명한 일이라고 조언한 후 엄마가 덧붙여 말했다.

"별의별 사람이 다 있어. 어느 말이나 자랑스럽게 섬길 만한 우리 주인님처럼 선량하고 자상한 사람이 있는가 하면, 말이나 개를 절대로 소유해서는 안 될 나쁘고 잔인한 사람도 있단다. 생각이라고는 모르는 허영심 많고 무식한 멍청이도 수두룩해. 그런 사람들은 무엇보다 분별력이 없는 탓에 말을 버려 놓지. 의도한 건 아니지만, 하다 보니 그렇게 되어 버렸다는 식으로 말이야.

엄마는 네가 좋은 주인을 만나기를 바라지만, 말은 누가 자신을 살지 혹은 누가 자신을 몰지 절대로 알지 못해. 모든 게 우리의 운에 달려있지. 그래도 이것만은 명심하렴. 어디에 있든 최선을 다하고 늘 좋은 평판을 얻어야 한다는 걸."

4. 버트윅 저택

그 무렵 나는 매일 마구간에서 털이 까마귀 날개처럼 빛날 때까지 솔질을 받았다. 대지주 고든 씨 댁에서 나를 데리러 사람이 온 것은 5월 초였다.

주인님이 내게 작별을 고했다. "잘 가라, 다키. 훌륭한 말이 되고 늘 최선을 다해야 한다."

나는 "안녕히 계세요."라고 말할 수 없어 코를 주인님의 손안으로 밀어 넣었다. 주인님이 나를 다정히 토닥여준 뒤 나는 그렇게 첫 집을 떠났다.

대지주 고든 씨 댁에서 몇 년을 살았으므로 그곳에 관해 설명하는 게 좋겠다.

버트윅 마을은 고든 씨의 소유지로 둘러싸여 있었다. 커다란 철문으로 들어가면 바로 옆에 관리인 주택이 있었다.

그런 다음 큰 고목들 사이로 난 부드러운 길을 따라 속보로 달리면 또 다른 관리인 주택과 정원이 나왔다. 그 너머로 내 집이 될 작은 방목지와 오래된 과수원, 마구간이 있었다.

많은 말과 마차를 위한 시설이 갖추어져 있었지만, 내가 들어간 마구간만 설명해보겠다. 마구간은 네 칸으로 나뉜 매우 널찍한 곳이었다. 마당으로 열리는 큰 여닫이창 덕분에 마구간 안은 쾌적하고 바람이 잘 통했다.

첫 칸은 넓은 사각형 모양이고 뒤편이 나무 문으로 가로막혀 있었다. 다른 칸들은 평범하고 좋았지만, 첫 칸만큼 크지는 않았다. 아랫부분에 건초를 놓는 선반과 곡식을 담는 여물통이 있었다.

이곳은 말이 묶여 있지 않고 자유로이 움직일 수 있었으므로 '자율 마구간'이라고 불렸다. 자율 마구간에서 지내는 것은 멋진 일이었다.

마부가 나를 이 훌륭한 마구간으로 들여놓았다. 깨끗하며 향기롭고 바람이 잘 통하는 마구간이었다. 나는 이보다 더 좋은 마구간에 있어 본 적이 없었다. 옆벽이 그리 높지 않아서 맨 위 철제난간 사이로 모든 것을 바라볼 수 있었다.

마부는 질 좋은 귀리를 조금 주고 나를 토닥이며 다정히 말을 건넨 뒤 자리를 떴다. 나는 귀리를 먹고 나서 주위를 둘러보았다. 옆 칸에 작고 통통한 회색 조랑말이 서 있었다.

숱 많은 갈기와 꼬리, 아주 예쁜 얼굴과 앙증맞은 코를 갖고 있었다.

나는 머리를 철제난간으로 들어 올리고 인사했다.

"처음 뵙겠습니다. 이름이 뭐예요?"

조랑말이 고삐를 맨 채 최대한 몸을 돌려 머리를 들고는 대꾸했다.

"내 이름은 '메리렉스'야. 꽤 잘생겨서 젊은 아가씨들을 등에 태우고 다니지. 가끔은 마님을 마차에 태워 모시고 나가기도 해. 그들은 나를 아주 많이 생각해줘. 제임스도 마찬가지고. 넌 내 옆 칸에서 지낼 거니?"

"네."

"그렇구나. 네가 성격이 좋아야 할 텐데…. 난 옆 칸에 무는 말이 있는 게 싫거든."

바로 그때 건너편 칸에서 말머리가 불쑥 나타났다. 두 귀는 뒤로 바싹 누웠고, 눈빛은 꽤 심술궂어 보였다. 길고 아름다운 목을 가진 키가 큰 밤색 암말이었다. 그 말이 나를 건너다보며 말했다.

"내 칸에서 나를 몰아낸 게 너구나. 너 같은 망아지가 와서 숙녀를 제집에서 몰아내다니…, 참 별꼴이야."

내가 대꾸했다. "죄송합니다. 난 아무도 몰아내지 않았어요. 날 데려온 사람이 여기에 넣은 거라서 난 그 일과 아무 상관 없어요. 그리고 내가 망아지라니…, 이제 4살이 되었고 다 컸는걸요. 난 아직 한 번도 다른 말과 다퉈본 적이 없어요. 평화롭게 지내는 것이 내 소원이거든요."

"좋아, 두고 보자고. 물론 나도 너처럼 어린 것과 다투고 싶진 않아."

나는 아무 대꾸도 하지 않았다.

오후에 암말이 밖으로 나가자 메리렉스가 내게 자초지종을 들려주었다.

"일이 이렇게 된 거야. '진저'는 물고 덤벼드는 나쁜 습관을 지녔어. 진저(생강의 콕 쏘는 맛, 매운맛을 뜻함 - 옮긴이)라고 불리는 것도 그 때문이지. 자율 마구간에 있을 때 진저는 무척 많이 덤벼들었어. 하루는 제임스의 팔을 물어 피를 내는 바람에 플로라 아가씨와 제시 아가씨가 겁을 먹고 마구간으로 들어오지도 못했다니까. 그들은 나를 무척 좋아해서 사과나 당근, 빵 조각처럼 맛난 것들을 자주 가져다주었는데, 진저가 그 칸에서 지낸 후 부터는 올 엄두를 못 냈어. 아가씨들이 몹시 보고 싶다. 이제 다시 오면 좋을 텐데. 네가 물거나 덤벼들지 않는다면 말이야."

나는 풀과 건초, 곡식 외에는 아무것도 물지 않는다고, 진저가 왜 그런 짓을 좋아하는지 모르겠다고 말하자 메리렉스가 답했다.

"글쎄, 좋아하는 것 같지는 않아. 그냥 나쁜 버릇인 거지.

진저는 지금껏 자신에게 친절히 대해준 사람이 아무도 없었다며 왜 물어선 안 되는 거냐고 묻더군. 물론 그건 몹시 나쁜 버릇이야. 진저의 말이 전부 사실이라면 진저는 이곳으로 오기 전에 심하게 학대당했던 게 분명해. 존과 제임스는 진저의 기분을 맞추려고 최선을 다하고 있어. 말이 올바로 행동하면 주인님은 절대로 채찍을 쓰지 않아. 이곳에서는 진저가 온순하게 굴어도 될 것 같은데…"

메리렉스는 신중한 표정을 지으며 계속해서 말했다.

"난 12살이고 많은 걸 알고 있지. 온 나라를 통틀어 봐도 말이 지내기에 이곳보다 더 좋은 곳은 없어. 정말이야. 존은 최고의 마부고 이곳에서 14년째 일하고 있어. 제임스처럼 친절한 소년도 만나기 힘들고. 그러니 그 칸에 머물지 못한 건 모두 진저 자신의 잘못이야."

5. 좋은 출발

마부의 이름은 존이었다. 그는 아내와 어린 자식 한 명과 함께 마구간 바로 근처에 있는 작은 집에 살았다.

다음 날 아침, 존은 나를 마당으로 데리고 나가 정성스레 손질해주었다. 부드럽고 윤기가 흐르도록 털을 손질받은 후 마구간으로 들어가려 할 때 고든 씨가 나를 보러 들렀다.

그는 만족스러운 표정으로 말했다. “존, 오늘 아침에 새 말을 타볼 작정이었는데 다른 일이 생겼지 뭔가. 아침 식사 후 자네가 데리고 돌아다니는 게 좋겠어. 공원과 하이우드 쪽으로 갔다가 물레방아와 강을 지나 돌아오게. 그 정도면 말의 걸음걸이를 충분히 볼 수 있을 거야.”

“알겠습니다, 고든 씨.”

아침 식사 후 존이 와서 내게 굴레를 씌웠다. 그는 끈을 풀고 조이는 솜씨가 뛰어나서 내 머리에 편안히 맞도록 굴레를 씌워주었다. 그런 다음 안장을 가져왔지만, 내 등에는 너무 좁았다. 잠시 바라보고 있던 존이 가서 잘 맞는 안장을 가져왔다. 내 등에 올라탄 존은 처음에 천천히 걷다가 속보로 달렸고, 그다음엔 느린 구보로 달렸다. 평지에 이르자 그가 채찍으로 가볍게 나를 쳤고, 우리는 멋지게 질주했다.

존이 나를 세우며 말했다. "워워! 이 녀석, 사냥개들을 따라가고 싶은가 보구나."

넓은 대지를 통과해 돌아오는 길에 우리는 산책 중인 고든 씨 부부를 만났다. 그들이 멈춰 서자 존이 뛰어내렸다.

"그래, 존. 말이 어떻던가?"

"훌륭한 말입니다. 사슴처럼 민첩한 데다 기운도 좋아요.

고삐를 살짝만 채도 나아갑니다. 저 아래 공원 끝에서 바구니와 양탄자를 잔뜩 매달고 떠돌아다니는 짐마차를 마주쳤죠. 고든 씨도 아시다시피 말은 대부분 그런 마차를 조용히 지나치지 못해요. 그런데 이 말은 마차를 잘 살펴보고 나서 아주 차분하고 기분 좋게 계속 나아갔습니다.

하이우드 부근에서는 토끼를 사냥하는 중이라 가까이서 총이 발사되었어요. 말이 잠시 서서 바라봤지만, 걸음걸이에는 전혀 흔들림이 없었습니다. 저는 그냥 고삐만 단단히 쥔 채 재촉하지 않았어요. 어렸을 때 겁을 먹거나 학대당한 적이 없는 말인 것 같습니다."

"좋아. 내일은 직접 내가 타보겠네."

다음날 나는 주인님을 태우러 나갔다. 엄마와 옛 주인님의 조언을 떠올린 나는 주인님이 시키는 것을 정확히 하려고 노력했다. 주인님은 말을 매우 잘 탔고 말에 대한 배려심도 깊었다.

집으로 돌아오는 주인님을 보고 마님이 대문에 서서 물었다. "어때요, 여보. 마음에 들어요?"

주인님이 대답했다. "존이 말한 그대로더군. 더할 나위 없이 좋은 말이야. 이 말을 뭐라고 부를까?"

"흑단을 뜻하는 에보니는 어때요? 말이 흑단처럼 까맣잖아요."

"아니, 에보니는 아니야."

"그럼 당신 삼촌의 늙은 말처럼 블랙 버드라고 부를까요?"

"아니, 이 말은 늙은 블랙 버드보다 훨씬 더 잘생겼어."

"맞아요. 정말 아름다운 말이에요. 사랑스럽고 선한 얼굴과 총명하고 멋진 눈을 가졌죠. '블랙 뷰티'라고 부르는 건 어떨까요?"

"블랙 뷰티라…, 그래, 아주 좋은 이름인 것 같소. 당신이 좋다면 그걸 이 말의 이름으로 하지."

내 이름은 그렇게 지어졌다. 마구간으로 들어온 존은 주인님과 마님이 내게 어울리는 좋은 이름을 골라주었다고 제임스에게 말했다.

마렝고, 페가수스, 압달라 같은 이름들과 달리 의미를 가진 이름이었다.

둘 다 소리 내어 웃고 나서 제임스가 말했다. "과거 일이 떠오르지 않았으면, 나는 녀석에게 롭 로이라는 이름을 붙여주었을 거예요. 그렇게 비슷한 말을 본 적이 없거든요."

존이 대꾸했다. "그건 전혀 놀랄 일이 아니야. 그레이 씨의 늙은 말 더체스가 그 두 마리의 어미인 걸 몰랐어?"

처음 듣는 이야기였다. 사냥하다 사고로 죽은 불쌍한 롭 로이가 내 형이었다니! 엄마가 그토록 괴로워했던 것이 이해가 갔다. 말에게는 친척이 없는 것 같다. 적어도 팔리고 나서는 서로 알 길이 전혀 없었다.

존은 나를 매우 자랑스러워하는 듯 보였다. 그는 내 갈기와 꼬리를 여인의 머리카락처럼 부드럽게 만들어주고 내게 많은 이야기를 들려주었다. 물론 나는 그의 말을 다 알아듣지 못했지만, 그가 무엇을 의미하고 내게 무엇을 바라는지 알아내는 법을 차츰 터득해갔다.

나는 존을 매우 좋아하게 되었다. 존은 아주 다정하고 친절했다. 말이 어떻게 느끼는지 잘 아는 것 같았다. 나를 씻길 때면 어디가 연약한 곳인지 어디가 간지러운 곳인지 잘 알고 있었다. 내 머리를 솔질할 때 그는 내 눈이 자기 눈인 것처럼 조심스럽게 움직였고 절대로 화를 돋우지 않았다.

마구간지기 소년 제임스도 그 나름대로 다정하고 상냥했

으므로 나는 스스로 운이 좋다고 생각했다. 마구간 일을 돕는 또 다른 남자가 있었지만, 그는 진저와 나를 돌보는 일에 거의 관여하지 않았다.

며칠 뒤 나는 진저와 함께 마차를 끌고 나가야 했다. 우리가 함께 잘 해낼 수 있을지 궁금했다. 내가 보조를 잘 맞추지 못할 때 귀를 뒤로 젖히는 것만 빼면 진저는 아주 얌전했다. 성실히 일했고 자기 몫을 다 했다. 함께 마차를 끌기에 이보다 더 좋은 짝을 바랄 수는 없었다.

언덕에 이르자 진저는 걸음을 늦추는 대신 목사리에 온힘을 실어 곧장 오르기 시작했다.

우리 둘 다 과감히 일에 매진했으므로 존은 우리를 나아가도록 재촉할 때보다 제지할 때가 더 많았다. 우리 둘 중 누구에게도 채찍을 사용할 필요가 없었다. 우리의 걸음걸이가 거의 같아서 나는 속보로 달릴 때 진저와 보조를 맞추기가 매우 쉽고 즐거웠다.

주인님은 우리가 보조를 잘 맞추는 것을 늘 좋아했고, 존도 마찬가지였다. 두세 번 함께 나갔다 온 후 진저와 나는 꽤 친하고 화기애애한 사이가 되었다. 그 덕분에 내 마음도 아주 편안해졌다.

메리렉스와도 금세 좋은 친구가 되었다. 조그마한 메리렉스는 쾌활하며 당차고 마음씨 좋은 친구여서 모든 이에게 인기가 있었다. 제시 아가씨와 플로라 아가씨가 특히 그를 좋아했다. 그들은 메리렉스를 타고 과수원을 돌아다니고, 강아지 프리스키와 함께 재미있는 놀이도 했다.

주인님은 또 다른 마구간에 말을 두 마리 더 갖고 있었다.

하나는 밤색과 흰색 털이 섞인 콥종(단단한 체격과 강한 뼈, 큰 관절과 차분한 성질을 가진 말. 품종이 아니라 신체 유형을 가리킴 - 옮긴이)의 말로 이름은 '저스티스'였다. 승마용 혹은 짐수레용으로 사용되었다. 강인하고 균형이 잘 잡힌 성격 좋은 말이었다.

다른 하나는 '올리버 경'으로 불리는 늙은 갈색 사냥용 말이었다. 이제 일을 그만두었지만, 주인님은 그를 무척 아껴서 그에게 마음껏 정원을 사용하도록 허락했다.

이따금 올리버 경은 농장에서 작고 가벼운 수레를 끌거나 아가씨들이 아버지와 함께 외출할 때 한 명을 태우고 나갔다. 메리렉스 못지않게 매우 온순해서 어린아이를 태워도 안심할 수 있었기 때문이다.

우리는 가끔 방목지에서 짧게 이야기를 나누었지만, 같은 마구간에서 지내는 진저만큼 친해질 순 없었다.

6. 자유

새로운 곳에서 나는 매우 행복했다. 한 가지 아쉬운 점이 있긴 해도 그것에 대해 불만을 가져서는 안 된다고 생각했다. 나와 관련된 이들 모두 좋았다. 마구간은 밝고 바람이 잘 통했으며 음식은 최고급이었다. 무엇을 더 아쉬워할 수 있겠는가? 인생에서 3년 반 동안 나는 내가 바랄 수 있는 자유를 모두 누렸다.

하지만 이제부터는 매주, 매달, 혹은 매년, 일하러 나갈 때를 제외하고는 밤낮으로 마구간에 서 있어야 한다. 여기저기 띠를 두르고 입에 재갈을 물고 눈에 눈가리개를 쓴 채 20년 동안 일해 온 늙은 말처럼 안정된 상태로 조용히 있어야 한다.

이제 나는 불평하지 않는다. 그래야만 한다는 것을 알기 때문이다. 그저 원기가 왕성한 젊은 말의 상황을 대변하려는 것뿐이다.

나는 넓은 들판이나 평원에 익숙했다. 그런 곳에서는 고개를 치켜들고 꼬리를 휘날리며 전속력으로 질주했다가 히힝 소리를 내며 친구들에게 다시 돌아올 수 있었다.

원하는 대로 할 수 있는 자유를 갖지 못하는 것은 힘든 일이다. 가끔 평소보다 운동이 부족하면 나는 활기가 줄어드는 느낌이 들었다. 그럴 때 존이 나를 데리고 운동하러 나가면 도저히 가만히 있을 수가 없어서 하고 싶은 대로 했다.

펄쩍 뛰어오르거나 춤추거나 껑충거리며 걷지 않고는 못 배길 것 같았다. 처음에 존은 내 등에 타고 몹시 흔들렸을 것이 분명했다. 그래도 그는 늘 친절히 참아주었다.

"진정해, 진정해야지. 조금만 기다려. 신나게 달릴 테니. 그럼 발이 근질거리는 것도 곧 사라질 거야."

마을을 벗어나자마자 존은 내 엉덩이를 때려 수 킬로를 달리게 했다. 그러고 나면 나는 이전처럼 다시 의젓해졌다. 존의 표현을 빌리면 안절부절못하는 상태를 없앤 것뿐이었다.

기운이 넘치는 말은 운동을 충분히 하지 못하면 흔히 사납다고 불린다. 그냥 노는 것일 뿐인데도….

어떤 마부들은 그런 말을 혼내겠지만, 존은 혼내지 않았다. 원기가 왕성해서 그러는 것이란 사실을 잘 알고 있었다.

그는 음성이나 고삐의 감촉을 이용해 내게 의사를 전달하는 그만의 방법을 갖고 있었다. 존이 진지하고 단호하다는 것을 나는 늘 그의 음성으로 알아차렸다.

존의 음성은 내게 다른 무엇과도 견줄 수 없는 큰 영향력을 지녔다. 내가 존을 무척 좋아했기 때문이다.

여름철 날씨 좋은 일요일마다 우리가 몇 시간 동안 자유를 얻었다는 사실은 말해두어야겠다. 교회가 가까이 있어서 일요일에는 마차가 나갈 일이 전혀 없었다.

방목장이나 오래된 과수원에 들어가는 것은 우리에게 큰 선물 같은 일이었다. 발에 닿는 풀은 시원하고 부드러웠다.

공기는 매우 상쾌했다. 우리는 하고 싶은 대로 하며 자유를 즐겼다. 질주하기도 하고 눕기도 했다. 등을 대고 뒹굴거나 향긋한 풀을 뜯었다. 다 같이 큰 밤나무 그늘에 서 있을 때는 이야기를 나누기에 참 좋은 시간이었다.

7. 진저

어느 날, 단둘이 나무 그늘에 있게 된 진저와 나는 많은 이야기를 나누었다. 진저는 내가 어떻게 자라고 길들여졌는지 전부 알고 싶어 했다.

내가 이야기를 들려주고 난 후 진저가 말했다.

"너처럼 자랐다면 나도 너만큼 온순한 기질을 가졌을지도 몰라. 하지만 이젠 그렇게 되지 못할 거야."

"어째서?"

"모든 게 너무 달랐으니까. 내게 친절했거나 내가 좋아했던 말이나 사람은 하나도 없었어. 우선 나는 젖을 떼자마자 엄마와 떨어져 어린 망아지들이 잔뜩 있는 곳에 들어갔어.

그들 중 아무도 나를 좋아하지 않았고, 나도 그들을 좋아하지 않았지. 너와 달리 나를 돌봐주고 말을 걸어주며 맛있는 음식을 가져다주는 친절한 주인님도 없었어. 우리를 돌봤던 사람은 내가 거기에서 지내는 동안 절대로 친절한 말을 건네는 법이 없었지. 나를 학대했다는 뜻은 아니지만, 먹을 것과 겨울에 머물 오두막을 마련해주는 것 말고는 우리에게 아무 관심도 없었어.

덩치 큰 사내아이들이 자주 우리 초원에 건너왔어. 녀석들은 돌멩이를 던져 우리를 질주하게 했지. 나는 한 번도 맞은 적이 없었지만, 어떤 작은 망아지는 얼굴을 심하게 다쳤어.

내 생각에는 상처가 평생 남을 것 같아. 우리는 그들을 좋아하지 않았어. 그들의 장난 탓에 더 사나워진 우리는 사내아이들이 우리의 적이라는 사실을 늘 마음에 새겼지. 우리는 자유로운 초원에서 아주 즐겁게 놀았어. 들판을 질주해 올라갔다 내려오기도 하고 서로 뒤쫓아 달리기도 하면서.

그러고 나서는 나무 그늘 밑에 가만히 서 있었지.

어느덧 길들이기를 해야 할 때가 왔어. 내게는 썩 좋지 않은 시간이었지. 남자들 여러 명이 나를 붙잡으러 왔어. 마침내 나를 초원 구석으로 몰아넣은 다음 한 사람이 내 앞갈기를 잡고 또 다른 사람이 내 코를 잡았어. 너무 꽉 붙들어서 숨도 쉴 수 없을 지경이었지.

그런 다음 또 다른 사람이 억센 손으로 내 아래턱을 잡고 내 입을 비틀어 벌렸어. 그렇게 강제로 내 입에 고삐를 채우고 재갈을 물린 다음 한 사람이 고삐로 나를 끌고, 또 다른 사람은 뒤에서 채찍으로 때렸지. 이게 사람의 친절함에 대해 내가 얻은 첫 경험이었어. 모든 게 완력으로 이루어졌지.

그들은 내게 그들이 무엇을 원하는지 알 기회를 주지 않았어. 나는 우량종에다 원기가 왕성해서 의심할 여지 없이 아주 거칠었지. 아마 사람들이 나 때문에 꽤 애를 먹었을 거야. 자유도 갖지 못하고 매일 마구간에 갇혀 있는 게 끔찍했던 나는 자유를 갈망하며 달아나고 싶었어. 너도 알다시피 마구를 차는 일은 친절한 주인님과 충분한 구슬림이 있어도 매우 불쾌한 일인데, 내게는 그런 것조차 없었다고.

한 사람이 있긴 했어. 옛 주인님인 라이더 씨. 그라면 금세 나를 설득해 무엇이든 할 수 있었을 거야. 하지만 그는 힘든 일을 모두 아들과 경험이 풍부한 일꾼들에게 맡기고 가끔씩 와서 감독하기만 했지. 아들은 힘이 세고 키가 큰 대담한 사내였어. 그는 샘슨이라 불렸고, 자신을 떨어뜨릴 수 있는 말을 본 적이 없다며 늘 큰소리치고 다녔지.

아버지와 달리 그에게는 온화함이 없고 냉정함만 있었어.

목소리며 눈빛, 손이 모두 거칠었어. 내게서 모든 기운을 빼버리고 나를 조용하고 보잘것없는 고분고분한 고깃덩어리로 만드는 것이 그가 원하는 전부라는 걸 처음부터 느꼈지.

고깃덩어리! 그래, 그가 생각하는 건 그것뿐이었어."

진저는 그를 떠올리는 것만으로도 화가 나는 듯 발을 쿵쿵 구르고는 이야기를 계속했다.

"내가 말을 듣지 않으면 그는 나를 꺼내 긴 고삐에 연결한 다음 녹초가 될 때까지 훈련장을 달리게 했어. 술을 많이 마시는 사람이었던 것 같아. 분명한 사실은 그가 술을 자주 마실수록 내 상황이 점점 더 나빠졌다는 거야. 어느 날은 온갖 방법으로 혹사당한 뒤 마구간에 누워있자니 피곤하고 비참해서 화가 치밀었지. 모든 게 너무 견디기 힘들었어.

다음 날 일찍, 그가 와서 다시 오랫동안 나를 타고 달렸어.

그러고 나서 한 시간도 채 쉬지 못했을 때 그가 또 나타나서 내게 안장을 얹고 굴레를 씌운 후 새 재갈을 물렸어. 어떻게 된 건지 잘 모르겠지만, 그가 훈련장에서 내 등에 막 올라탔을 때 내 행동 중 무언가가 그의 심기를 건드렸는지 그가 고삐를 세게 챘지.

새 재갈이 너무 고통스러워서 내가 갑자기 앞발을 쳐들자 그는 불같이 화를 내며 채찍으로 나를 때리기 시작했어. 그에게 심한 반감을 느낀 나는 난생처음으로 발길질하고 거꾸러지고 뒷다리로 서며 몸부림치기 시작했지. 우리는 자주 싸웠어.

그는 오랫동안 안장에 앉아 채찍과 박차(말을 탈 때 신는 구두의 뒤축에 달린 톱니바퀴 모양의 물건 - 옮긴이)로 잔인하게 나를 벌줬어. 나는 피가 온통 거꾸로 솟고 몹시 화가 나서 그가 무엇을 하든 신경 쓰지 않고 그를 떨쳐낼 생각만 했지.

드디어 심한 몸부림 끝에 그를 뒤로 던져버렸어. 그가 땅에 털썩 떨어지는 소리가 들렸고, 나는 뒤도 돌아보지 않고 훈련장 반대편 끝으로 달려갔지.

거기에서 돌아서니 나를 못살게 군 그자가 천천히 땅에서 일어나 마구간으로 들어가는 모습이 보이더군. 떡갈나무 아래에 서서 지켜봤지만, 아무도 나를 잡으러 오지 않았어.

시간이 흐르자 햇볕이 매우 뜨거워졌어. 내 주변으로 파리 떼가 꼬여 들더니 박차에 박혀 피가 나는 옆구리에 내려앉았지. 이른 아침부터 아무것도 못 먹어서 배가 고팠지만, 거위가 사는 풀밭에는 풀이 충분하지 않았어. 누워서 쉬고 싶어도 안장 끈이 단단히 조인 상태로는 편안히 누울 수가 없었지. 마실 물도 전혀 없었고.

오후가 지나가면서 해가 기울었어. 다른 망아지들이 마구간으로 들어가는 모습이 보이더군. 난 그들이 배불리 식사하리란 사실을 알고 있었어.

해가 졌을 때쯤 나이 든 주인님이 손에 바구니를 들고나오는 걸 봤어. 그는 새하얀 머리카락을 가진 아주 점잖은 노신사였지. 나는 사람이 아무리 많아도 목소리로 그를 알아낼 수 있었어. 그의 목소리는 높지도 낮지도 않아. 크고 또렷하며 다정하지.

명령을 내릴 때 주인님의 목소리는 매우 차분하고 단호해.

그가 복종을 기대한다는 사실을 말이든 사람이든 누구나 알 수 있을 만큼. 주인님은 바구니에 담긴 귀리를 흔들며 조용히 걸어와서는 기분 좋고 부드러운 목소리로 내게 말했어.

'이리 와, 래시(아가씨를 부르는 애칭 – 옮긴이), 이리 와. 어서

이리 오렴.'

나는 가만히 서서 그가 다가오도록 내버려 두었지. 그가 내게 귀리를 내밀자 나는 두려움 없이 먹기 시작했어. 그의 목소리가 내 두려움을 모두 없애줬거든. 내가 먹는 동안 주인님은 옆에 서서 나를 토닥여주고 쓰다듬어주었어.

옆구리에 엉긴 피를 보고는 몹시 화가 난 것 같았지. 주인님은 '불쌍한 래시! 일이 잘못됐군, 잘못됐어.'라고 말한 뒤 조용히 고삐를 잡고 나를 마구간으로 이끌었어. 문간에 샘슨이 서 있자 나는 귀를 뒤로 젖히고 그에게 덤벼들었어.

'물러서. 방해하지 말고. 넌 이 암컷 망아지의 하루 일을 그르쳤어.'

주인님이 꾸짖자 그가 사나운 짐승 어쩌고 하며 소리쳤지.

'잘 들어둬. 성질이 고약한 사람은 절대로 성질이 좋은 말을 만들지 못해. 넌 일을 배우려면 아직 멀었다, 샘슨.'

이렇게 대꾸한 뒤 주인님은 나를 안으로 들여보내고 안장과 굴레를 직접 벗긴 다음 나를 묶었어. 주인님은 따뜻한 물을 담은 양동이와 스펀지를 가져오게 시킨 후 외투를 벗었지. 마구간 일꾼이 양동이를 들고 있는 동안 주인님이 내 옆구리를 오래도록 닦아줬어. 아주 살살 닦은 걸 보면 주인님은 내 몸에 난 상처와 멍 자국을 알아차렸던 게 분명해.

'워! 요 예쁜 녀석, 가만히 서 있어야지. 가만히.'

주인님의 바로 그 목소리가 내게 도움이 되었어.

목욕도 아주 편안히 마쳤지. 입가 피부가 심하게 벗겨져서 나는 건초를 먹을 수 없었어. 줄기가 닿으면 아팠거든. 그 부위를 가까이에서 바라본 주인님이 고개를 젓고는 밀기울 죽을 가져와 조금씩 입 안으로 넣어주라고 일꾼에게 지시했어.

그 죽이 얼마나 맛있던지! 아주 부드러워서 상처가 다 나은 것 같더라니까. 먹는 내내 옆에 서서 나를 어루만져주던 주인님이 일꾼에게 말했어.

'이렇게 기운이 펄펄한 말을 올바른 방법으로 길들이는 게 불가능하다면 그 말은 아무짝에도 쓸모없을 걸세.'

그 후 주인님은 자주 나를 보러 왔지. 내 입이 회복되자 잡이라고 불리는 다른 사내가 와서 나를 계속 훈련 시켰어. 잡은 성실하고 사려 깊은 사람이라 나는 금세 그가 원하는 것을 익혔지."

8. 계속되는 진저의 이야기

다음번에 진저와 내가 방목장에 함께 있게 되자 진저는 자신이 팔려 간 첫 장소에 관해 이야기해주었다.

"길들이기를 마친 후 나는 또 다른 밤색 말의 짝을 찾는 중개인에게 팔렸어. 그는 몇 주 동안 우리를 함께 몰아보고는 어느 상류층 신사에게 팔았지. 그렇게 우리는 런던으로 보내졌어. 중개인이 내게 제지 고삐(말이 고개를 숙이지 못하게 하는 고삐 – 옮긴이)를 매었는데, 나는 그 고삐가 제일 싫었어.

런던에 가니 그 고삐를 훨씬 더 꽉 조이더라고. 마부와 주인님은 그렇게 해야 우리가 더 우아해 보인다고 생각했거든.

우리는 공원과 다른 근사한 곳들을 돌아다녔어. 제지 고삐를 매본 적 없는 너는 그게 뭔지 모르겠지만, 정말이지 그건 아주 끔찍한 물건이야.

나도 여느 말처럼 머리를 이리저리 흔들고 높이 치켜드는 것을 좋아해. 하지만 상상해봐. 머리를 높이 치켜들면 그 자세를 유지한 채 몇 시간 동안 꼼짝도 할 수 없어. 어떻게 견뎌야 할지 모를 정도로 목이 아파. 게다가 물어야 하는 재갈은 한 개가 아니라 두 개야. 재갈이 날카로워서 나는 혀와 턱에 상처를 입었어. 재갈과 고삐에 쓸리고 긁히면 혀에서 난 피로 붉게 물든 거품이 계속 입에서 튀어나왔지.

성대한 연회나 무도회에서 마님을 기다리며 몇 시간씩 서 있어야 할 때가 가장 힘들었어. 도저히 참을 수 없어서 안달하거나 발이라도 구르면 채찍이 날아왔지. 돌아버리기에 충분한 상황이었어."

"주인님이 걱정해주지는 않았어?"

"아니. 주인님은 멋지게 차려입는 일에만 신경 썼어. 말에 대해서는 아는 게 거의 없었던 것 같아. 말에 관한 일을 전담한 마부는 내가 화를 잘 내는 성질을 가졌다고 주인님께 보고했어! 나는 제지 고삐에 제대로 길들지 않았기 때문에 빨리 익숙해져야 했지. 하지만 마부는 그런 일을 해줄 사람이 아니었어.

내가 비참하고 화가 난 상태로 마구간에 있을 때 그는 친절하게 달래고 안정시키는 대신 퉁명스러운 말을 던지거나 매질만 해댔거든. 그가 예의 바른 사람이었다면 어떻게든 견뎌보려 했을 거야. 나는 일할 의지도 있고 열심히 일할 각오도 되어 있었다고. 내가 고통받는 것이 순전히 그들의 욕망을 위해서라고 생각하니 화가 났어.

그들이 무슨 권리로 내게 그런 고통을 줘? 나는 입안이 쓰라리고 목도 아픈데다 늘 기관지가 불편했어. 그곳에 오래 머물렀다면 틀림없이 호흡이 나빠졌을 거야.

나는 점점 더 불안하고 짜증이 났어. 어쩔 수가 없더라고.

마구를 채우려고 사람이 오면 달려들며 발길질을 해댔지.

그것 때문에 마구간지기가 나를 때렸어. 어느 날 사람들이 우리를 마차에 채우고 고삐로 내 머리를 끌어 올리려 하자 나는 온 힘을 다해 거꾸러지고 발길질하기 시작했어.

곧 마구를 잔뜩 망가뜨린 뒤 빠져나왔지. 그게 거기에서 지낸 마지막이었어.

그 일이 있고 난 뒤 나는 태터솔 말 시장으로 보내졌어.

내게 나쁜 버릇이 없다고 보증할 수 없으니 당연히 그 부분은 전혀 언급되지 않았지. 어느 신사가 내 아름다운 외모와 훌륭한 걸음걸이를 보고 곧 값을 부르더군. 그렇게 해서 나는 또 다른 중개인에게 팔렸어. 그는 나를 온갖 방법으로 다루고 다양한 재갈을 물려보고는 내가 무엇을 견디기 힘들어하는지 금세 알아냈어.

마침내 그는 제지 고삐 없이 몰아본 다음 완전히 차분해진 나를 시골에 사는 어느 신사에게 팔았지. 신사는 좋은 주인님이었고, 나는 아주 잘 지냈어. 오래된 마부가 일을 그만두자 새 마부가 왔는데, 이 사람은 샘슨처럼 성질이 고약하고 손이 억셌어. 늘 거칠고 짜증 난 목소리로 말했지.

그가 원할 때 내가 마구간에서 꿈쩍도 하지 않으면 빗자루, 쇠스랑 등 아무거나 손에 잡히는 대로 내 뒷다리 위쪽을 쳤어. 그의 행동이 모두 거칠어서 그를 미워했지.

그는 내가 그를 두려워하게 만들려 했지만, 그러기에 나는 너무 기개가 높았어. 하루는 그가 평소보다 더 많이 괴롭히기에 그를 콱 물어버렸지. 당연히 크게 화가 난 그는 승마용 채찍으로 내 머리를 마구 때리기 시작했어.

그 일이 있고 나서 그는 두 번 다시 마구간으로 들어오지 못했어. 내가 언제든 그를 걷어차거나 물어버릴 수 있다는 사실을 알아차린 거지. 나는 주인님과 있으면 꽤 얌전했어.

하지만 주인님은 당연히 마부의 말에 귀를 기울였고, 나는 다시 팔려 가는 신세가 되고 말았지.

같은 중개인이 내 소식을 듣고는 내가 잘 지낼 만한 곳을 한 군데 알고 있는 듯 말했어. '저런 훌륭한 말이 불량해지다니 안타깝군. 진짜 좋은 기회를 만나지 못해서 그래.'

그렇게 해서 네가 오기 얼마 전, 내가 이리로 오게 된 거야. 당시에 나는 굳게 마음먹었어. 남자들은 나의 천적이니 스스로 자신을 지켜야만 한다고….

물론 이곳은 아주 달라. 하지만 이런 상황이 얼마나 오래 갈지 누가 알아? 나도 세상일에 대해 너처럼 생각할 수 있다면 좋겠지만, 그 모든 일을 겪고 나니 그럴 수가 없네."

"그래도 존이나 제임스를 물거나 차려고 한다면 그건 정말

부끄러운 일일 거야."

"그들이 나를 잘 대하는 한 나도 그럴 생각 없어. 한 번은 내가 제임스를 아주 세게 물었는데도 예상과 달리 존은 '친절하게 대해봐.'라고만 말하고 나를 벌하지 않았어.

제임스는 팔에 붕대를 감은 채 내게 와서 밀기울 죽을 가져다주고 나를 쓰다듬어주었지. 그다음부터 나는 절대로 제임스에게 덤벼들지 않았어. 앞으로도 그러지 않을 거고."

나는 진저가 안쓰러웠다. 당시에 나는 세상 물정을 몰랐다. 그냥 진저가 상황을 나쁘게만 봐서 그랬으리라 생각했다. 몇 주가 지나자 진저는 훨씬 더 순하고 쾌활해졌다. 낯선 사람이 다가올 때마다 짓던 경계심과 반항심 어린 표정도 온데간데없이 사라졌다.

어느 날 제임스가 주인님에게 말했다. "저 암말이 나를 좋아하기 시작한 것 같아요. 오늘 아침에 내가 이마를 어루만져줬더니 히힝 소리를 내지 뭐예요."

"오, 그랬구나. '버트윅 치료제' 덕분이지. 저 말도 머지않아 블랙 뷰티처럼 좋아질 거다. 녀석에게 필요한 약은 친절함이야, 불쌍한 것!"

주인님도 변화를 알아차렸다. 하루는 주인님이 마차에서 내려 우리에게 말을 건네러 왔다. 자주 있는 일이었다. 주인님이 진저의 아름다운 목을 쓰다듬으며 말했다.

"자, 요 예쁜 녀석, 요즘 어떻게 지내니? 처음 우리에게 왔을 때보다 훨씬 더 행복한 것 같구나."

주인님이 부드럽게 어루만져주자 진저가 다정하고 믿음직한 태도로 코를 들어 그에게 가까이 댔다.

"곧 치유가 되겠어, 존."

주인님의 말에 존이 소리 내어 웃으며 대꾸했다.

"예, 고든 씨. 놀랄 만큼 나아졌습니다. 예전과 완전히 다른 말이 됐어요. 그게 다 버트윅 치료제 덕분이죠."

이건 존이 농담 삼아 하는 말이었다. 버트윅 치료제를 규칙적으로 처방하면 어떤 사나운 말도 치유될 거라고 입버릇처럼 말했다. 존의 설명에 따르면 이 치료제는 인내와 관대함, 단호함과 어루만짐 각각 500g에 상식적 판단 250cc를 섞어 만들어지고 매일같이 말에게 주어졌다.

9. 메리렉스

목사인 블롬필드 씨는 자식들을 많이 낳아 대가족을 이루고 살았다. 그 집 아이들이 가끔 와서 제시 아가씨와 플로라 아가씨와 함께 놀았다. 여자아이 한 명은 제시 아가씨와 동갑이었고, 남자아이 두 명은 나이가 더 많았다. 그들보다 어린 꼬마도 여럿 있었다.

그들이 오면 메리렉스의 일이 많아졌다. 그들에게는 순서대로 메리렉스에 올라타 과수원과 방목장을 돌아다니는 것만큼 즐거운 놀이가 없었기 때문이다. 아이들은 몇 시간이나 계속해서 그러고 놀았다. 어느 날 오후 메리렉스는 한참 동안 아이들과 밖에 있었다.

그런데 갑자기 제임스가 그를 데리고 들어와 고삐를 맸다.

메리렉스가 외쳤다. "야, 이 악동들아, 얌전히 굴어! 그러지 않으면 말썽이 날 줄 알아."

내가 물었다. "무슨 일 있었어요, 메리렉스?"

메리렉스가 조그마한 머리를 흔들며 말했다.

"아! 저 어린 친구들에게 따끔한 맛을 보여준 것뿐이야.

자신들이 얼마만큼 놀아야 충분히 논 건지, 내가 얼마만큼 일해야 충분히 일한 건지 모르더라고. 그래서 녀석들을 뒤로 던져버렸지. 그들이 이해할 수 있는 길은 그것밖에 없었어."

"맙소사! 아이들을 던져버렸다고요? 당신이 그럴 줄은 몰랐네요! 제시 아가씨나 플로라 아가씨도 던졌어요?"

메리렉스는 내 말에 기분이 몹시 상한 표정을 지으며 대꾸했다.

"물론 아니지. 최상급 귀리를 마구간으로 넣어준다 해도 그런 짓은 하지 않을 거야. 나도 주인님만큼이나 우리 아가씨들을 소중히 여긴다고. 그리고 어린 여자아이들에 대해 말하자면 그들에게 승마를 가르치는 게 바로 나야. 아이들이 내 등에서 겁먹거나 약간 불안정해 보이면 나는 새를 따라가는 늙은 고양이처럼 부드럽고 얌전히 걸어. 괜찮을 때는 다시 좀 더 빨리 걷고. 그래야 아이들이 승마에 익숙해지거든. 그러니 괜히 내게 설교한답시고 고생하지 마. 난 저 아이들에게 최고의 친구이자 둘도 없는 승마 교사니까. 문제는 여자아이들이 아니라 남자아이들이야."

메리렉스가 갈기를 흔들며 계속해서 말했다.

"남자아이들은 완전히 달라. 우리가 망아지 시절에 길들여졌듯 그들도 길들여야 해. 뭐가 뭔지 일일이 배워야 하지.

다른 아이들이 2시간 가까이 나를 타고 나자, 남자아이들은 이제 자신들의 차례라고 생각하고 나를 탔어. 나도 기분 좋게 그들을 태웠지. 그들은 차례대로 내 등에 올라탔고,

나는 족히 1시간 동안 그들을 태우고 들판과 과수원을 종횡무진으로 누비며 질주했어.

남자아이들이 각자 큰 개암나무 가지를 꺾어 승마용 채찍을 만들더니 그것으로 나를 약간 세게 쳤어. 나는 좋게 생각하려 했지. 그러다 도저히 안 되겠다 싶어 두세 번 멈추는 것으로 암시를 줬어.

너도 알다시피 남자아이들은 말이나 조랑말을 증기기관이나 탈곡기처럼 여겨. 자신들이 원하는 만큼 얼마든지 오랫동안 빨리 걸을 수 있다고 생각해. 조랑말이 지칠 수 있다거나 감정을 지녔다고는 절대 생각하지 않아.

나를 때리는 아이가 내 뜻을 이해하지 못하자 나는 그냥 앞다리를 들어서 아이를 뒤로 미끄러져 떨어지게 했어. 그뿐이야. 아이는 다시 올라탔고, 나는 똑같이 행동했지.

그러자 다른 남자아이가 올라타더군. 녀석도 나뭇가지를 사용하기 시작하자 나는 녀석을 풀밭에 눕혔어. 그들이 이해할 수 있을 때까지 계속 그렇게 했지. 그게 다였어. 그들은 나쁜 아이들이 아니고, 나를 학대하려는 마음도 없어. 나는 그들을 매우 좋아하지만, 가르칠 건 가르쳐야 했지.

남자아이들이 나를 데려가 상황을 설명했을 때 제임스는 큰 나뭇가지들을 보고 몹시 화가 난 듯 말했어. 그런 막대기는 어린 신사가 아니라 소몰이꾼이나 집시에게 어울리는 거라고."

진저가 말했다. "내가 당신이었다면 발로 뻥 차서 교훈을 주었을 거예요."

"너라면 틀림없이 그랬겠지. 미안하지만 난 주인님을 화나게 하거나 제임스를 실망시킬 정도로 어리석지 않아. 게다가 말을 타는 동안 저 아이들을 책임지는 건 나야. 아이들이 내게 맡겨지는 거라고. 며칠 전에 나는 주인님이 블롬필드 부인에게 말하는 소리를 들었어.

'부인, 아이들은 걱정할 필요 없습니다. 메리렉스가 우리 못지않게 아이들을 잘 돌볼 거예요. 억만금을 준다 해도 나는 저 조랑말을 팔지 않을 겁니다. 녀석은 성격도 아주 좋고 신뢰할 수 있죠.'라고 말이야.

무지한 남자아이 두 명에게 괴롭힘을 당했다는 이유로 5년 동안 이곳에서 받았던 친절한 대접과 신뢰를 모두 저버리고 사납게 변해버려서는 안 되지. 너는 내가 그런 배은망덕한 짐승이라고 생각하는 거야? 너는 너를 친절히 대해주는 좋은 곳에 있어 본 적이 없어서 몰라. 참 안타까운 일이지.

좋은 환경이 좋은 말을 만드는 법이야. 나는 절대로 이곳 사람들을 화나게 하지 않을 거야. 그들을 사랑하니까."

이렇게 말한 뒤 메리렉스는 나지막한 콧소리로 '흐흥, 흐흥!' 소리를 냈다. 아침에 문간에서 제임스의 발걸음 소리가 들릴 때도 그는 늘 이런 소리를 냈다.

메리렉스가 이야기를 계속했다.

"내가 발길질하기 시작하면 어떻게 될 것 같아? 즉시 팔려 가고 아무런 명성도 얻지 못할 거야. 어느 정육점 주인 아들을 태우고 다니며 노예처럼 일하거나, 얼마나 빨리 걸을 수 있는지 시험해 보는 것 외에는 아무도 내게 관심을 두지 않겠지. 어느 해변에서 죽도록 일하거나, 덩치 큰 사내들 서너 명이 탄 수레를 끌며 채찍질을 당해야 할지도 몰라. 그들은 일요일마다 흥청망청 놀러 나가지. 이곳으로 오기 전 살던 곳에서 그런 사내들을 자주 보았어."

메리렉스가 머리를 흔들며 덧붙였다.

"나는 절대 그런 곳으로 가고 싶지 않아."

10. 과수원에서 들은 이야기

진저와 나는 마차를 끄는 데 쓰이는 평범하고 키가 큰 말 품종이 아니었다. 우리 몸에는 경주마의 피가 더 많이 흘렀다. 키가 157센티 정도인 우리는 마차를 모는 일뿐만 아니라 달리기도 잘했다. 주인님은 한 가지 일만 잘하는 말이나 사람을 좋아하지 않는다고 자주 말했다. 런던 공원에서 뽐내며 돌아다니는 대신 더 활동적이고 유용한 말을 선호했다.

우리는 승마 파티를 위해 안장을 얹을 때가 가장 즐거웠다. 주인님은 진저의 등에, 마님은 내 등에, 어린 아가씨들은 올리버 경과 메리렉스의 등에 올라탔다. 다 함께 모여 신나게 속보로 달리거나 느린 구보로 달리는 일은 늘 우리 기분을 한껏 들뜨게 했다. 가장 득을 보는 말은 나였다. 언제나 내가 마님을 태웠기 때문이었다. 마님은 무게가 얼마 나가지 않는 데다 목소리도 상냥했다. 게다가 느낌이 거의 없을 정도로 고삐를 아주 약하게 다루었다.

아! 부드러운 손길이 말에게 얼마나 편안한지, 그런 손길이 어떻게 말의 입과 성질을 좋게 유지해주는지 사람들이 안다면 틀림없이 고삐를 잡아채고 끌어당기는 일이 줄어들 텐데….

우리 입은 매우 연하다. 운전자가 잘못 다루거나 부주의하게 다루어 입에 상처가 나거나 감각이 무뎌지지 않았을 경우, 우리는 운전자의 아주 작은 손놀림까지 감지하고 무엇을 해야 하는지 즉각 알아차린다.

나는 한 번도 입을 다친 적이 없었다. 그 때문에 진저의 걸음걸이가 매우 훌륭한데도 마님은 진저보다 나를 더 선호했던 것 같다. 진저는 나를 시샘할 때가 많았다. 자신의 입이 내 입만큼 완벽하지 않은 것은 전부 길들이기 탓이라고, 런던에서 물고 다닌 강력한 재갈 탓이라고 말했다.

늙은 올리버 경이 진저를 달래주려 말했다.

"자, 자! 화내지 마. 암말인 네가 넘치는 기운과 활기로 주인님처럼 큰 사내를 태울 수 있다는 건 아주 영예로운 일이야. 그러니 숙녀를 태우지 못한다고 낙담할 필요 없어. 우리는 상황이 흘러가는 대로 받아들여만 해. 사람들이 우리를 친절하게 대해주면 거기에 만족하고 기꺼이 일해야 하지."

나는 올리버 경의 꼬리가 어째서 그렇게 짧은지 궁금할 때가 많았다. 털로 덮여 있어서 그렇지 실제로는 15에서 17센티밖에 되지 않았다.

어느 날 과수원에 있을 때 나는 올리버 경에게 사고로 꼬리를 잃은 거냐고 용기 내어 물었다.

그는 사나운 표정으로 히힝거리고는 외쳤다.

"사고? 사고는 무슨! 잔인하고 수치스럽고 냉혹한 짓 때문이었어! 어릴 때 나는 그런 잔인한 일이 행해지는 곳으로 끌려갔지. 내가 줄에 묶여 움직일 수 없도록 단단히 고정된 후 그들이 와서 길고 아름다운 내 꼬리를 잘라냈어. 살과 뼈를 관통해서. 그리고는 꼬리를 가지고 가버렸어."

"윽 끔찍해!" 내가 탄성을 질렀다.

"암, 끔찍하고말고! 끔찍했지. 지독한 고통이 오랫동안 지속됐어. 내가 지닌 최고의 장식품을 빼앗기는 모욕을 당한 것도 기분 나빴지. 하지만 그게 다가 아니었어. 내 옆구리와 뒷다리에 달라붙는 파리들을 대체 어떻게 쓸어낼 수 있을지도 문제였지. 그저 꼬리를 휘저어 무심코 파리를 쫓는 너희들은 알 수 없어. 파리들을 후려쳐 쫓아버릴 꼬리도 없이 그것들을 내 몸에 달라붙어 있도록 내버려 두는 게 얼마나 성가시고 괴로운지. 그건 정말이지 평생토록 해악과 손실을 끼치는 몹시 나쁜 짓이야. 다행히 이제는 그런 짓을 하지 않더구나."

진저가 물었다. "그때는 왜 그랬던 거예요?"

올리버 경이 발을 쿵쿵 구르며 대답했다.

"유행! 유행 때문이지! 그게 무슨 뜻이냐면, 내 시절에 종자가 좋은 어린 말은 모조리 그렇게 수치스러운 방식으로 꼬리가 잘렸다는 뜻이야. 조물주는 우리를 만들어놓고도 우리가 무엇을 원하는지, 어떤 모습이 가장 좋게 보이는지 몰랐던 것 같아."

진저가 말했다. "런던에 있을 때 사람들이 저 끔찍하고 고통스러운 재갈을 물려 우리 머리를 쳐들고 있게 했던 것도 유행인 것 같아요."

"물론이지. 내 생각엔 세상에서 제일 사악한 게 바로 유행이야. 예를 들어, 사람들이 개를 다루는 방식을 봐. 용맹스럽게 보이려고 꼬리를 자르고, 날렵해 보이게 작고 예쁜 두 귀를 뾰족하게 잘라. 정말이야.

예전에 친한 친구가 하나 있었어. 갈색 테리어 암컷으로 이름이 '스카이'였지. 스카이는 나를 매우 좋아해서 언제나 내 마구간에서 잠을 잤어. 여물통 밑이 스카이의 잠자리였지. 그곳에서 예쁘고 자그마한 새끼 다섯 마리도 낳았어.

사람들은 새끼들이 귀한 종이라서 한 마리도 물에 빠뜨려 죽이지 않았지. 새끼를 낳고 스카이가 어찌나 기뻐하던지!

새끼들이 눈을 뜨고 꼬물꼬물 기어 다니는 모습은 정말 예뻤어.

그러던 어느 날 누군가 와서 새끼들을 모두 데려갔지. 내가 밟을까 봐 걱정해서 그러나보다고 생각했어. 그런데 그게 아니었어.

저녁에 불쌍한 스카이가 새끼들을 한 마리씩 입에 물고 데려오기에 봤더니 이전처럼 행복하고 귀여운 모습은 온데간데없이 모두 피를 흘리면서 처량하게 울고 있었어. 꼬리가 잘리고 예쁘고 조그마한 귀의 부드러운 덮개 부분도 완전히 잘려져 있었지. 어미인 스카이는 새끼들을 핥아주며 몹시 괴로워했어. 불쌍한 스카이!

난 그 일을 절대 잊을 수 없었어. 시간이 지나자 새끼들은 치유되고 고통을 잊었지만, 귀의 연약한 부분을 먼지와 부상에서 보호해주어야 하는 귀덮개는 영원히 없어져 버렸지.

사람들은 왜 자기 자식들의 귀는 날렵해 보이도록 뾰족하게 자르지 않는 거야? 왜 자신들은 용맹하게 보이려고 코끝을 잘라내지 않는 걸까? 우리에게 하는 행동이 합리적이라면 자신들도 그렇게 해야 마땅하잖아. 사람들은 무슨 권리로 하느님의 창조물을 괴롭히고 망가뜨리는 거지?"

점잖고 나이 지긋한 올리버 경은 몹시 화가 나 있었다.

그가 들려준 이야기가 너무 새롭고 끔찍해서 마음속에 사람들을 향한 원망이 일었다. 예전에는 한 번도 가져본 적 없는 마음이었다. 진저도 몹시 흥분해서 눈을 번득이고 콧구멍을 벌렁대며 머리를 치켜들고는 사람들은 다 짐승이고 돌대가리라고 소리쳤다.

오래된 사과나무의 낮은 가지에다 몸을 문지르고 있던 메리렉스가 다가오며 말했다.

"대체 누구야? 돌대가리라니? 그건 나쁜 말 같은데."

"나쁜 말은 나쁜 일에 쓰라고 만들어진 거예요." 진저는 이렇게 대꾸한 뒤 올리버 경의 이야기를 들려주었다.

메리렉스가 슬픈 목소리로 말했다. "다 맞는 말이야. 나도 처음 살았던 곳에서 그런 개를 여러 번 봤거든. 그래도 여기서는 그런 일에 관해 이야기하지 말자. 다들 알다시피 주인님과 존, 제임스는 늘 우리에게 잘해주잖아. 여기에서 그런 사람들을 비난하는 건 바람직해 보이지 않아. 이곳 말고 다른 곳에도 좋은 주인님과 마부들이 있어. 물론 우리 주인님과 마부가 최고지만."

우리는 메리렉스의 현명한 연설에 동의하고 모두 흥분을 가라앉혔다. 특히 올리버 경은 주인님을 대단히 좋아했다.

내가 화제를 바꾸기 위해 물었다. "누가 눈가리개의 용도에 대해 말해줄 수 있어요?"

"아니! 그런 건 아무짝에도 쓸모없어."

올리버 경이 퉁명스럽게 대꾸하자, 두 가지 색이 섞인 털을 가진 콥종 말 저스티스가 차분히 설명했다.

"눈가리개는 말이 겁을 먹거나 깜짝 놀라는 것을 방지하려고 사용하는 거야. 겁을 먹어 사고를 일으킬까 봐."

내가 물었다. "그럼 승마용 말에, 특히 숙녀들이 타는 말에 눈가리개를 씌우지 않는 이유가 뭐죠?"

저스티스가 침착하게 대답했다.

"아무 이유도 없어. 말이 자신이 끄는 수레나 마차의 바퀴를 보면 겁을 먹고 달아날 게 분명하다고 사람들은 말하지.

하지만 북적거리는 거리를 달릴 때면 주변에 보이는 게 온통 바퀴야. 가끔 뒤에서 수레나 마차가 불편할 정도로 너무 바싹 붙어 온다는 사실은 인정하지만, 그렇다고 우리가 달아나지는 않잖아. 이미 익숙해져서 그런 상황을 다 이해하지.

눈가리개를 한 번도 써본 적이 없다면 절대로 그런 걸 원할 리 없어. 주변에 뭐가 있는지 봐야 하고 뭐가 뭔지 알아야 하니까. 시야가 제한되어 상황을 제대로 파악할 수 없는 게 훨씬 더 겁나는 일이라고. 물론 어렸을 때 다치거나 무서운 일을 겪어서 겁을 잘 먹는 말들은 눈가리개를 착용하는 게 더 좋을 수도 있겠지. 하지만 나는 겁을 먹어본 적이 없어서 판단을 못 내리겠어."

올리버 경이 말했다.

"나는 눈가리개가 밤에 더 위험한 물건이라고 생각해. 말은 어둠 속에서 사람보다 훨씬 잘 볼 수 있어. 우리가 눈을 온전히 사용할 수 있었다면 많은 사고도 일어나지 않았을 거야.

몇 년 전쯤이었던 것 같아. 말 두 마리가 영구(시체를 담은 관 – 옮긴이) 마차를 끌고 캄캄한 밤에 집으로 돌아오고 있었지. 스패로우 씨의 농가를 지날 때였어.

길 가까이에 연못이 있었는데, 바퀴가 길 가장자리로 너무 가까이 구르는 바람에 마차가 뒤집혀 물로 빠지고 말았어.

말은 둘 다 익사했고, 운전자는 가까스로 빠져나왔지. 물론 이 사고가 있고 나서 눈에 쉽게 보일 수 있도록 튼튼한 흰색 난간이 설치되었어. 하지만 시야가 제한되지 않았다면 말들은 스스로 길가에서 떨어져 걸었을 거고 아무 사고도 일어나지 않았을 거야.

네가 이곳에 오기 전, 주인님의 마차가 뒤집힌 적이 있었어. 왼편 가로등이 꺼진 탓에 길을 내는 사람들이 남겨놓은 큰 구덩이를 존이 미처 보지 못했다고들 했지.

존은 보지 못했을 수도 있지만, 늙은 콜린이 눈가리개를 쓰지 않았다면 가로등이 있든 없든 구덩이를 봤을 거야. 그는 절대 위험에 빠질 리 없는 매우 지혜로운 말이었거든.

그 사고로 콜린은 심하게 다치고, 마차는 부서졌어. 다들 존이 어떻게 빠져나왔는지 신기해했지."

진저가 콧구멍을 실룩이며 말했다.

"미래에는 모든 망아지가 옆이 아니라 이마 한가운데 눈을 갖도록 저 영리한 사람들이 만들어 줬으면 좋겠어. 저들은 늘 자신들이 자연을 개선하고 하느님의 창조물을 고칠 수 있다고 생각하잖아."

분위기가 다시 점점 나빠지자 메리렉스가 다 알고 있다는 표정으로 조그마한 얼굴을 들고 말했다.

"비밀을 하나 말해줄게. 존도 눈가리개를 좋아하지 않는 것 같아. 요전 날 그가 눈가리개에 대해 주인님과 나누는 이야기를 들었거든. '말이 이미 눈가리개에 익숙해졌다면, 그것을 떼어내는 게 오히려 위험할 수도 있어.'라고 주인님이 말하니까, 존이 몇몇 외국에서처럼 모든 망아지를 눈가리개 없이 길들인다면 좋을 것 같다고 대꾸했어.

자, 자! 그러니 다들 기운 내서 과수원 저쪽 끝까지 달려가 보자고. 바람이 불어 사과가 조금 떨어진 것 같아. 아무래도 민달팽이보다는 사과를 먹는 게 낫겠지."

아무도 메리렉스의 제안에 반대하지 않았다. 우리는 긴 대화를 중단하고 풀밭에 흩어진 달콤한 사과를 우적우적 씹으며 기운을 차렸다.

11. 직언

나는 버트윅에서 오래 살수록 그런 곳에서 사는 게 점점 더 자랑스럽고 행복했다. 주인님과 마님은 모든 지인에게 존경과 사랑을 받았다. 그들은 모든 것을 선하고 친절하게 대했다. 남자와 여자뿐만 아니라, 말과 당나귀, 개와 고양이, 가축과 새 모두, 그들과 친구가 되지 못하거나 억압당하고 학대당하는 동물은 하나도 없었다.

하인들의 태도도 그들과 같았다. 마을 아이들 중 누가 어느 생명체를 잔인하게 대했다는 사실이 알려지면 아이는 곧 그 일에 대해 저택에서 꾸중을 들었다.

대지주 고든 씨와 농장주 그레이 씨가 수레용 말에 제지 고삐를 물리지 않기 위해 20년 넘게 협력해왔다는 소문이 있었다. 그 덕분에 우리 지역에서는 제지 고삐를 거의 볼 수 없었다.

이따금 머리를 부자연스럽게 치켜든 채 무거운 짐을 끌고 가는 말을 만나면 마님은 마차를 세우고 내린 뒤, 상냥하고 진지한 목소리로 운전자와 대화하며 제지 고삐를 사용하는 것이 얼마나 어리석고 잔인한 일인지 깨우쳐주려 노력했다.

어떤 남자도 우리 마님의 말을 거역할 수 없었을 것이다.

모든 숙녀가 마님 같았으면 좋겠다.

우리 주인님도 아주 가끔 엄하게 꾸짖을 때가 있었다.

어느 날 아침, 주인님이 나를 타고 집으로 향하던 중이었다. 우리는 어느 힘센 사내가 조랑말이 끄는 가벼운 마차를 몰고 우리 쪽으로 오는 모습을 보았다. 아름답고 조그마한 밤색 조랑말은 가느다란 다리와 점잖고 섬세한 얼굴을 갖고 있었다. 저택 출입문에 이르자 조랑말이 그쪽으로 방향을 틀었다.

그 순간 아무런 경고도 없이 사내가 조랑말의 머리를 거의 엉덩이에 닿을 정도로 힘껏 세게 비틀어 돌렸다. 제정신을 차린 조랑말은 계속해서 걸었다. 그때 사내가 세차게 채찍질하기 시작했다. 조랑말이 앞으로 거꾸러졌다.

그러자 이번에는 강하고 육중한 손으로 턱이 으스러질 만큼 세게 고삐를 당겨 조랑말을 저지했다. 채찍질도 계속 이어졌다. 내게는 아주 끔찍한 광경이었다. 저 연약하고 조그마한 입에 주어질 무시무시한 고통을 알았기 때문이다. 주인님의 명령에 따라 우리는 즉시 사내가 있는 곳으로 갔다.

주인님이 엄한 목소리로 외쳤다.

"이보게 젊은이, 그 조랑말도 살과 피로 만들어진 생명체 아닌가?"

"살과 피에다 성질도 있죠. 녀석이 자기 의지대로 하는 걸 너무 좋아해서 영 마음에 들지 않아요."

사내가 몹시 화가 난 듯 말했다. 그는 저택에 자주 일하러 왔던 목수였다. 주인님이 단호한 어조로 물었다.

"이렇게 대우하면 녀석이 자네 의지대로 따르는 걸 좋아할 것 같은가?"

"그런 건 녀석이 상관할 바가 아닙니다. 녀석은 길만 똑바로 가면 된다고요!"

사내가 거칠게 소리치자 주인님이 대꾸했다.

"자네는 내 저택에 저 조랑말을 자주 몰고 왔었지. 조랑말은 그것만 기억하고 있는 걸세. 자네가 다시 그곳으로 가지 않으리란 걸 말이 어떻게 알겠나? 그때 상황과 지금 상황이 다르다는 걸 말이야.

작은 조랑말을 그렇게 비겁하고 잔인하게 다루니 괴로워서 차마 지켜보고 있을 수가 없군그래. 화를 못 이기면 말이 다칠 뿐 아니라 자네 자신의 성격도 나빠지는 거야. 사람이든 짐승이든 우리는 모두 우리의 선행에 따라 심판받게 되리라는 걸 명심하게."

주인님은 나를 타고 천천히 집으로 향했다. 나는 주인님이 이 일 때문에 매우 슬퍼한다는 사실을 목소리로 알 수 있었다. 주인님은 아랫사람에게나 자신과 같은 계급의 신사에게나 똑같이 거리낌 없이 말했다.

다른 날 외출했을 때 우리는 주인님의 친구인 랭리 대령을 만나러 갔다. 그는 멋진 회색 말 한 쌍을 몰며 길들이고 있었다. 잠시 대화한 후 대령이 말했다.

"내 새로운 말들이 어떤 것 같나, 고든? 이 지역에서는 자네가 말들을 잘 평가하니 의견을 듣고 싶네."

주인님이 나를 약간 뒤로 물리고 말들을 잘 살펴본 후 말했다.

"보기 드물게 잘생긴 말들이야. 생긴 것만큼 성격도 좋다면 틀림없이 더 바랄 게 없을 걸세. 그런데 자네는 말을 불안하게 하고 말의 힘을 줄이는 그 몹쓸 물건을 아직도 가지고 있군."

"제지 고삐 말인가? 아하! 제지 고삐를 없애는 게 자네의 취미인 건 알고 있지. 사실, 난 말들이 머리를 쳐들고 있는 모습을 보는 게 좋아."

"나도 그렇다네. 하지만 생기를 잃은 채 억지로 머리가 들려 있는 모습을 보는 건 좋아하지 않아. 랭리, 자네는 군인이니 틀림없이 자네의 부대가 열병식에서 멋지게 보이기를 원할 거야. 그러려면 병사들이 고개를 빳빳하게 드는 등 여러 자세를 취해야겠지. 하지만 병사들이 모두 등판에 머리가 묶인 듯 고개를 꼿꼿이 들고 있다면 자네는 그들을 제대로 훈련시키지 못할 걸세!

열병식에서는 그러한 방식이 병사들을 괴롭히고 지치게 하는 것 외에 큰 해가 없을 수도 있지. 그러나 적에게 돌격해야 하는 상황에서 병사들이 근육을 자유롭게 쓰고 전력을 다해야 하는 상황이라면 어떨까?

난 그들이 승리할 가능성이 그리 크지 않다고 보네. 말도 마찬가지야. 자네는 말의 성질을 해치고 화를 돋워 힘을 빼놓고 있어. 말이 일에 체중을 온전히 싣지 못하면 말의 관절과 근육에 지나친 무리가 가고, 당연히 말은 더 빨리 지치게 되지.

말도 사람처럼 머리를 자유로이 움직이도록 만들어진 동물이네. 내 말을 믿어도 돼. 우리가 유행을 따르는 것을 지금보다 훨씬 더 줄이고, 상식에 따른 행동을 많이 한다면 틀림없이 모든 일이 수월해질 거야. 게다가 자네도 알다시피 머리와 목이 단단히 묶여 있을 때 발을 헛디디기라도 하면 그 말은 건강을 되찾을 가능성이 훨씬 더 작지."

주인님이 소리 내어 웃으며 덧붙였다.

"자 이제, 내 취미를 마음껏 발산했으니 자네도 제지 고삐 없이 말에 오르기로 결심할 수 없겠나? 자네가 본보기를 보인다면 큰 영향을 미칠 걸세."

대령이 대꾸했다. "이론상으로는 자네 말이 맞는 것 같군.

군인들이 그런 상황에 처한다면 타격이 꽤 심하겠어.
뭐, 생각해보겠네."

그렇게 두 사람은 헤어졌다.

12. 폭풍이 몰아치던 날

가을이 깊어가던 어느 날, 주인님은 볼일이 생겨 긴 여행을 떠났다. 내가 이륜마차를 끌고 존이 주인님과 함께 갔다.

나는 늘 이륜마차 끄는 것을 좋아했다. 무게가 가볍고 바퀴가 높아서 기분 좋게 달릴 수 있었다. 비가 많이 내리고 난 뒤에 바람이 매우 강하게 불었다. 길에 마른 나뭇잎이 소나기처럼 흩날렸다.

우리는 경쾌하게 달려 도시 입구의 낮은 목조다리에 이르렀다. 강둑은 꽤 높았고, 다리는 오르막이 아니라 평평했다.

강물이 범람하면 거의 다리 기둥과 발판까지 물이 차올랐지만, 크고 튼튼한 난간이 양옆에 설치되어 있었으므로 사람들은 신경 쓰지 않고 다리를 건너다녔다.

입구에서 통행료를 받는 사내는 강물이 빠르게 불어나고 있다고 말하며 밤에 사고가 생길까 염려했다. 초원이 대부분 물에 잠기고 길의 저지대에도 내 무릎 높이만큼 물이 차올랐다. 바닥이 좋고 주인님이 마차를 천천히 몰아서 아무 문제도 없었다.

시내에 도착한 후 나는 충분히 휴식을 취했다. 주인님의 볼일이 길어진 탓에 우리는 오후 늦게야 집을 향해 출발했다. 바람이 훨씬 더 강해져 있었다. 이렇게 심한 폭풍 속에 외출한 건 처음이라고 주인님이 존에게 말하는 소리가 들렸다. 우리는 숲가를 따라갔다. 거대한 나뭇가지가 잔가지처럼 흔들렸다. 거센 바람 소리가 무시무시했다.

"이 숲을 무사히 벗어나야 할 텐데…"

주인님이 말하자 존이 대꾸했다.

"그러게 말입니다. 이 가지들 중 하나가 우리를 덮치기라도 하면 정말 곤란할 겁니다."

그 말이 떨어지기 무섭게 삐걱대고 금이 갈라지는 소리가 들렸다. 참나무 한 그루가 뿌리째 뽑혀 다른 나무들 사이로 맹렬히 무너져 내리더니 우리 바로 앞에서 길을 가로질러 쓰러졌다. 나는 그 자리에 멈춰 섰다. 몸이 떨리는 것 같았다.

물론 돌아서거나 달아나지는 않았다. 나는 그런 말로 자라지 않았다. 존이 뛰어내려 잠시 내 옆에 서 있었다.

주인님이 말했다. "아슬아슬했군. 이제 어쩌면 좋지?"

"저 나무를 넘어가는 것도 돌아서 가는 것도 불가능합니다. 사거리로 되돌아가는 것 외엔 방법이 없겠어요. 목조다리로 다시 돌아가려면 족히 9킬로는 가야 할 겁니다.

일정이 좀 늦어지겠지만, 말은 아직 생생합니다."

우리는 되돌아가서 사거리에 이르렀다. 날이 거의 저물었을 무렵 목조다리에 도착했다. 다리 중앙으로 물이 넘쳐흐르는 것이 보였다. 홍수가 났을 때 가끔 그러는 경우가 있었으므로 주인님은 멈추지 않았다. 우리는 빠른 속도로 나아갔다. 내 발이 목조다리의 첫 부분에 닿는 순간, 나는 무언가 잘못되었다는 것을 직감했다. 앞으로 갈 용기가 나지 않았던 나는 그 자리에 딱 멈췄다.

"계속 가라, 뷰티."

주인님이 이렇게 말하며 채찍으로 나를 살짝 쳤지만, 나는 미동도 하지 않았다. 주인님이 나를 세게 쳤다. 나는 펄쩍 뛰었을 뿐 앞으로 나아가지 않았다.

"뭔가 잘못된 것 같습니다."

존이 이렇게 말한 뒤 마차에서 뛰어내려 내 머리 쪽으로 와서는 이곳저곳 살폈다. 그가 나를 앞으로 끌어당기려 하며 물었다.

"이리 와, 뷰티. 왜 그래?"

나는 그에게 말할 수 없었지만, 목조다리가 안전하지 않다는 사실은 아주 잘 알고 있었다. 바로 그때 반대편 입구에서 통행료를 받는 사람이 달려와 미친 듯이 횃불을 흔들며 소리쳤다.

"어이, 어이! 이봐요! 멈춰!"

주인님이 큰 소리로 물었다. “무슨 일입니까?”

“다리 가운데가 부러져서 일부가 물에 휩쓸려 가버렸어요. 다리에 올라섰다간 강에 빠질 겁니다.”

그의 대답을 듣고 주인님이 놀라서 외쳤다. “맙소사!”

“장하다, 뷰티!” 존은 이렇게 말한 뒤 굴레를 잡아 강 옆 오른쪽 길로 향하도록 부드럽게 나를 돌렸다.

얼마 후 해가 완전히 졌다. 나무를 뿌리째 뽑아내며 맹렬히 불던 바람도 잠잠해진 듯 보였다. 주변이 점점 더 어둡고 고요해졌다. 나는 차분히 속보로 달렸다. 길이 매끄러워 바퀴 소리가 거의 나지 않았다. 한동안 주인님도 존도 말이 없었다.

이윽고 주인님이 진지한 음성으로 말을 꺼냈다. 나는 그들의 말을 대부분 이해할 수 없었다. 그들은 내가 주인님의 명령대로 계속 갔다면 십중팔구 다리 아래로 떨어졌으리라 생각하는 것 같았다.

말과 마차, 주인님과 존 모두 강에 빠지면 물살이 매우 거센 데다 불빛도 도움의 손길도 없어서 전부 익사했을 가능성이 컸다.

주인님이 말했다. 하느님은 인간에게 스스로 많은 것을 알아낼 수 있는 이성을 준 반면, 짐승에게는 이성에 의존하지 않는 지식을 주었다고. 그 지식은 그것 나름대로 훨씬 더 즉각적이고 완벽해서 짐승들이 그 지식을 활용해 인간의 목숨을 구하는 경우가 많았다고.

존은 개와 말에 관한 이야기와 그들이 해낸 훌륭한 일을 많이 알고 있었다. 그는 사람들이 짐승의 가치를 절반도 인정하지 않고 그들과 친구가 되려 하지도 않는다고 생각했다.

하지만 나는 존이 짐승들을 친구로 여기는 사람이라고 확신한다.

우리는 드디어 저택 정문에 도착했다. 정원사가 우리를 찾으러 나와 있었다. 날이 어두워진 이후로 무슨 사고라도 난 건 아닐지 몹시 걱정된 마님이 제임스에게 저스티스를 타고 목조다리 쪽으로 가서 우리를 찾아보게 시켰다고 정원사가 말했다. 저택 출입문과 위층 창문에 불빛이 보였다.

우리가 저택에 다다르자 마님이 뛰어나와 물었다.

"정말 무사한 거예요, 여보? 아! 온갖 일을 상상하며 얼마나 걱정했는지 몰라요. 사고는 없었어요?"

"응, 없었소. 하지만 당신의 블랙 뷰티가 우리보다 더 현명하지 않았다면, 우리는 목조다리에서 떨어져 모두 강물에 휩쓸려 떠내려갔을 거요."

그들이 집 안으로 들어가서 이후의 이야기는 듣지 못했다.

존이 나를 마구간으로 데려갔다. 그날 밤 존은 내게 아주 맛난 저녁을 주었다.

잘 쑨 밀기울 죽과 귀리를 섞은 으깬 콩. 게다가 볏짚을 두둑이 깐 잠자리까지!

피곤했던 나는 그 모든 것이 반가웠다.

13. 악마의 표식

어느 날, 존과 내가 주인님을 대신해 볼일을 보러 외출했다가 곧게 뻗은 길을 따라 천천히 돌아오고 있을 때였다. 멀리서 한 소년이 조랑말을 탄 채 울타리를 넘으려고 시도하는 모습이 보였다. 조랑말이 뛰려 하지 않자 소년이 채찍으로 때렸다. 조랑말은 한쪽으로 비켜서기만 했다. 소년이 다시 채찍질하자 이번에는 다른 쪽으로 비켜섰다.

소년은 내려와서 조랑말을 심하게 매질하고 머리 부분을 때렸다. 그런 다음 다시 올라타고는 계속 조랑말을 발로 차면서 말이 울타리를 뛰어넘게 하려고 시도했다.

조랑말은 여전히 거부했다. 우리가 그 장소에 거의 도착했을 무렵 조랑말이 머리를 숙이고 뒷발을 들어 올려 가시가 있는 산사나무 울타리 너머로 소년을 깔끔히 넘겨버렸다.

그리고는 머리에 고삐를 매단 채 전속력으로 달려 집으로 갔다.

존이 껄껄 웃고는 말했다. "꼴좋다."

"아야! 저기, 좀 도와줘요."

소년이 가시들 사이에서 허우적대며 외치자 존이 대꾸했다.

"아니, 너랑 딱 어울리는 곳에 있는 것 같은데 뭘. 거기서 조금 긁히고 나면 조랑말에게 너무 높은 울타리를 뛰어넘게 해서는 안 된다는 교훈을 얻게 될 거다."

그렇게 말한 뒤 떠나오던 존이 혼잣말했다.

"저 어린 녀석이 잔인한 행동도 모자라 거짓말까지 할지도 몰라. 부쉬비네 농장에 들렀다가 집으로 가자, 뷰티. 그래야 누군가가 자초지종을 알고 싶어 하면 너와 내가 말해줄 수 있지."

우리는 오른쪽으로 방향을 틀어 밀짚이 쌓인 농장에 이르렀다. 집이 한 채 보였다. 부쉬비 씨가 헐레벌떡 길로 달려 나왔고, 그의 아내는 겁에 질린 얼굴로 문간에 서 있었다.

우리가 다가가자 부쉬비 씨가 물었다.

"제 아이를 봤습니까? 아이가 한 시간 전에 검은 조랑말을 타고 나갔는데, 아이 없이 말만 돌아왔거든요."

"제 생각에는 말을 제대로 탈 줄 아는 사람이 없는 한, 말을 홀로 다니게 하는 게 차라리 나을 것 같습니다."

"그게 무슨 말입니까?"

"당신 아들이 저 착하고 조그마한 조랑말을 심하게 채찍질하고 발로 차서 때리는 모습을 봤어요. 말이 높은 울타리를 뛰어넘으려 하지 않는다는 이유로 말이죠. 조랑말은 얌전히 굴고 아무런 악의도 보이지 않았습니다. 참다못한 말이 결국에는 뒷발을 들어 올려 아이를 가시울타리 너머로 던져 버렸죠.

아이가 내게 도움을 청했어요. 하지만 양해해주십시오.

난 도와주고 싶은 마음이 들지 않았습니다. 뼈가 부러지지는 않았고, 몇 군데 긁히기만 했을 겁니다. 나는 말을 사랑하는 사람이라서 말이 학대당하는 모습을 보니 화가 나더라고요. 말의 화를 돋우어 뒷발까지 쓰게 하는 건 좋지 않은 방식이에요. 한 번 그러고 나면 또 그러는 경우가 많거든요."

존의 설명을 듣고 있던 아이 엄마가 소리치기 시작했다.

"아이고, 우리 불쌍한 빌. 내가 가봐야겠어요. 틀림없이 다쳤을 거예요."

부쉬비 씨가 말했다.

"당신은 집에 들어가 있어요. 나는 이번 일에 대해 빌이 교훈을 얻는 모습을 꼭 봐야겠어. 빌이 저 조랑말을 학대한 게 한두 번이 아니라고. 이번에는 그런 버릇을 싹 고쳐놓을 테야. 정말 고맙습니다, 존 씨. 안녕히 가세요."

집으로 돌아오는 내내 존은 만족스러운 미소를 짓고 있었다. 존이 제임스에게 그 이야기를 들려주자 제임스는 소리 내어 웃은 뒤 말했다.

"그 애는 당해도 싸요. 난 예전 학교에서 그 애를 알게 됐어요. 녀석은 자신이 농장주의 아들이라며 엄청나게 잘난 척을 했죠. 활개를 치고 다니면서 어린 학생들을 괴롭혔어요. 물론 우리 상급생들은 그런 허튼소리에 아랑곳하지 않았고요. 농장주의 아들이나 일꾼의 아들이나 모두 똑같다는 사실을 교실이든 운동장이든 어디에서나 녀석에게 알려주었죠.

똑똑히 기억나는 일이 하나 있어요. 어느 날, 오후수업이 시작되기 바로 전에 나는 녀석이 큰 창문가에서 곤충을 잡아 날개를 떼어내는 모습을 발견했어요. 그 애는 나를 보지 못했고요. 나는 따귀를 때려 그 애를 바닥에 큰 대자로 눕혀버렸어요. 그 애가 고함치며 큰 소리로 울어대자 약간 겁이 났죠. 누가 죽는 건가 싶어 아이들이 운동장에서 몰려들었고, 길에 있던 선생님도 달려왔어요.

나는 곧바로 내가 한 행동과 그 이유를 정당하게 말했어요. 그런 다음 선생님에게 곤충들을 보여주었죠. 몇 마리는 으깨져 있고, 몇 마리는 힘없이 기어 다니고 있었어요. 창틀에 있는 날개들도 보여주었고요.

선생님이 그렇게 화난 모습을 본 건 처음이었어요. 빌이 비겁하게 계속 고함치며 칭얼거리자 선생님은 그를 오후 내내 의자에 앉아 있게 했지요. 그 주 내내 나가 놀아서는 안 된다고 말했을 뿐 그 이상의 벌은 주지 않았어요.

선생님은 모든 학생에게 아주 진지한 목소리로 잔인함에 관해 설명했어요. 약자와 힘없는 생물들을 해치는 것이 얼마나 무정하고 비겁한 짓인지 말해주었죠. 내 마음속에 깊이 박힌 말은 이거였어요.

잔인함은 악마의 표식이다. 잔인함을 즐기는 자를 보면 우리는 그자가 누구에게 속한 자인지 알 수 있다. 악마는 처음부터 살인자였고 끝까지 핍박하는 자였으니까. 반면에, 이웃을 사랑하고 사람과 짐승에게 친절한 사람들을 보면 우리는 그것이 하느님의 표식이라는 것을 알 수 있다."

존이 말했다. "선생님 말씀이 맞아. 사랑이 없는 종교는 없어. 사람들은 자신의 종교에 대해 마음껏 말해도 되지만, 사람과 짐승을 선하고 친절하게 대하라고 가르치지 않는다면 그런 종교는 모두 엉터리란다, 제임스. 상황이 뒤집히면 그런 종교가 설 자리는 없을 거야."

14. 마구간지기 소년 제임스

12월의 어느 이른 아침, 존이 나를 운동시킨 뒤 마구간으로 들여보내고 마구를 묶어주었다. 제임스는 곡식을 저장하는 방에서 귀리를 조금 가져오는 중이었다.

그때 주인님이 마구간으로 들어왔다. 꽤 진지한 표정으로 손에 개봉된 편지 한 장을 들고 있었다. 존은 내 칸의 문을 단단히 잠근 다음 모자를 가볍게 만져 인사하고는 지시를 기다렸다.

주인님이 말했다. "잘 잤나, 존. 자네가 제임스에게 무슨 불만이라도 있는지 알고 싶어 왔네."

"불만이라니요? 없습니다, 고든 씨."

"부지런히 일하고 자네에게도 공손히 대하고?"

"네, 언제나요."

"자네가 보고 있지 않을 때 일을 소홀히 한 적은 없나?"

"전혀 없습니다."

"좋아. 한 가지 더 물어보지. 말을 운동시키거나 혹은 편지를 들고 심부름하러 외출할 때 도중에 지인과 잡담을 하며 서 있거나 말을 밖에 세워둔 채 일과 상관없는 집에 들른다는 의심이 들었던 적이 있나?"

"아니오, 확실히 없었습니다. 누군가가 제임스에 대해 그렇게 말했어도 저는 믿지 않아요. 목격자들 앞에서 명백하게 입증되지 않는 한 저는 그런 말을 믿을 생각이 없습니다.

누군가가 제임스의 성품에 흠집을 내려 한다고 말하는 게 아닙니다. 이 마구간에서 제임스보다 더 한결같고 유쾌하며 성실하고 똑똑한 젊은이는 없어요. 저는 제임스가 하는 이야기와 일을 모두 믿을 수 있습니다.

제임스는 말을 조심스럽고 영리하게 다뤄요. 승마 모자와 제복을 잘 갖추어 입은 누군가가 있다 해도 저라면 잘 알지도 못하는 사람에게 말을 맡기기보다 제임스에게 말을 맡길 겁니다."

존이 단호히 고개를 끄덕이며 덧붙였다.

"누구든 제임스의 됨됨이에 대해 알고 싶어 하는 사람이 있다면 이 존에게 보내주세요."

주인님은 진지한 얼굴로 경청하며 서 있었다. 존이 말을 마치자 주인님은 함박웃음을 지으며 다정한 눈길로 제임스를 건너다보았다. 대화가 이어지는 내내 제임스는 문간에 서 있었다.

주인님이 말했다. "제임스, 귀리를 내려놓고 이리 와보렴. 네 성품에 대한 존의 의견이 내 의견과 일치해서 아주 기쁘구나. 존은 신중한 사람이지."

주인님이 장난스러운 미소를 지어 보이며 계속해서 말했다.

"존이 사람들을 어떻게 생각하는지 알아내는 게 늘 쉽지는 않아. 그래서 존을 자극해보기로 했네. 한쪽에서 덤불을 치면 새들이 푸드덕 날아가듯이 말이야. 그래야 내가 알고 싶은 것을 빨리 알아낼 것 같았거든.

자, 이제 본론으로 들어가 보세. 클리포드 저택에 사는 내 매부에게 편지를 받았어. 젊고 믿을만한 마구간지기를 찾아봐달라는 내용이었지. 나이는 20대 초반 정도 되고 마구간 일에 대해 잘 알고 있는 사람으로.

그와 30년 동안 함께 일해온 늙은 마부가 점점 기운이 달린다며 자신과 함께 일하다 물려받을 사람을 원한다는군.

그래서 늙은 마부가 은퇴하면 그의 자리를 맡을 수 있는 사람을 찾는 거야. 처음에는 일주일에 18실링을 받을 거고, 마구간에서 일할 때 입을 옷과 말을 몰 때 입을 옷, 별도의 숙소도 받게 될 거야. 일을 도와줄 소년도 한 명 있지.

클리포드는 좋은 사람이야. 자리를 얻을 수 있다면 너에게는 좋은 출발이 될 거다. 나는 너와 헤어지고 싶지 않아. 네가 우리를 떠난다면 존은 자신의 오른팔을 잃는 셈이지."

존이 말했다. "그럴 겁니다, 고든 씨. 하지만 제임스가 더 넓은 세상으로 나아가는 걸 막을 생각은 없어요."

주인님이 물었다. "몇 살이지, 제임스?"

"내년 5월에 19살이 됩니다."

"조금 어린데…. 어떻게 생각하나, 존?"

"나이가 어리긴 해도 제임스는 성인 남자 못지않게 믿음직합니다. 힘도 세고 체격도 좋아요. 마차를 모는 일에 경험은 많지 않지만, 손재주와 눈썰미가 있는 아이입니다. 게다가 아주 꼼꼼해서 말발굽과 편자를 제대로 돌보지 않아 말을 다치게 하는 일은 절대로 없으리라 확신합니다."

주인님이 말했다. "존, 자네 의견이 제일 큰 도움이 될 걸세. 클리포드가 추신에 '자네의 마부 존에게 훈련받은 사람이 있다면, 그 사람이 가장 좋겠네.'라고 썼거든.

자, 제임스. 잘 생각해보고 저녁에 어머니에게도 말씀드려. 그런 다음 어떻게 하고 싶은지 알려다오."

며칠 후 제임스는 클리포드 저택에 가기로 결정되었다.

주인님은 한 달이나 한 달 반 후에 제임스를 보내는 것이 적당하다고 생각했다. 그동안 제임스는 기회가 생길 때마다 마차를 모는 연습에 몰두했다.

예전에 나는 마차가 그렇게 자주 나가는지 전혀 몰랐다.

마님이 나가지 않을 때는 주인님이 직접 이륜마차를 몰기도 했다. 이제는 주인님이 타든 어린 아가씨들이 타든 그냥 심부름을 하러 가든 상관없이 진저와 내가 마차를 끌고 제임스가 우리를 몰았다. 처음에는 존이 운전석에 함께 타서 이런저런 것들을 알려주었고, 그 이후에는 제임스가 혼자 몰았다.

토요일에 주인님을 태우고 시내 곳곳을 돌아다니는 일은 멋졌다. 우리는 흥미로운 거리를 누비고 다녔다. 기차가 들어올 때면 주인님은 어김없이 기차역으로 갔다. 온갖 종류의 마차와 수레들이 모두 다리를 건너려고 몰려들었다.

기차가 들어오는 것을 알리는 종이 울릴 때 다리를 건너려면 좋은 말과 경험 많은 운전자가 필요했다. 다리 폭이 좁은 데다 급회전을 해야 역으로 갈 수 있었기 때문이다. 정신을 똑바로 차리고 침착하게 대응하지 않으면 서로 부딪치기에 십상인 곳이었다.

15. 여관의 늙은 마부

주인님과 마님이 우리 집에서 70여 킬로 떨어진 곳에 사는 친구들을 방문하기로 했다. 제임스가 마차를 몰았다.

첫째 날 우리는 50여 킬로를 이동했다. 높고 나무가 울창한 언덕이 몇 개 있었지만, 제임스가 아주 세심하고 자상하게 운전해서 조금도 괴롭지 않았다. 제임스는 잊지 않고 내리막길에서 속도를 줄이고, 평지에서는 속도를 냈다. 우리가 길의 가장 평탄한 곳을 딛도록 운전했다.

오르막이 길게 이어질 때면 뒤로 밀리지 않도록 마차를 약간 갈지자로 몰아 우리에게 숨 쉴 여유를 주었다. 이 모든 작은 배려가 말에게는 아주 큰 도움이 된다. 친절한 말까지 듣는다면 금상첨화다.

우리는 길에서 한두 번 멈춰 쉬었다가 해가 질 무렵 도시에 도착했다. 시장에 있는 최고급 여관으로 갔다. 매우 큰 여관이었다. 우리는 아치형 입구를 지나 기다란 마당으로 들어섰다. 제일 안쪽에 마구간과 마차 보관소가 있었다. 마부 두 명이 우리를 데리러 왔다.

우두머리 마부는 유쾌하고 활달한 사내였다. 키가 자그마하고 다리가 약간 휘어있는 그는 노란색 줄무늬 조끼를 입고 있었다. 나는 마구를 그렇게 빨리 푸는 사람을 처음 보았다.

그는 나를 토닥이고 내게 친절한 말을 건네며 기다란 형태의 마구간으로 이끌었다. 여섯 혹은 여덟 개의 칸으로 이루어진 마구간 안에 말 두세 마리가 있었다. 다른 사내가 진저를 데려왔다. 그들이 우리를 손질하고 씻겨주는 동안 제임스는 옆에 서 있었다.

저 조그마한 노인처럼 신속하게 말을 씻겨주는 사람을 나는 한 번도 본 적이 없었다. 그가 일을 끝내자 제임스는 내가 완전히 씻기지 않았을까 봐 이리저리 살펴보았다. 하지만 내 털은 비단처럼 깨끗하고 매끄러웠다.

제임스가 말했다. "저도 제법 빠르고, 우리 집에 있는 존 아저씨는 훨씬 더 빠르다고 생각했어요. 하지만 제가 지금껏 본 중에 최고는 당신이에요. 빠르면서도 완벽하네요."

휜 다리를 가진 키 작은 마부가 대꾸했다.

"자꾸 연습하다 보면 완벽해지는 법이지. 그렇지 않다면 안타까운 일일 거야. 40년을 연습하고도 완벽해지지 않는다면 말이야! 허허! 안타까운 일이고말고. 빠른 건…, 글쎄다!

그건 그냥 습관이야. 빨리하는 습관이 들면 천천히 하는 것만큼 쉬워지지. 실은 건강이 따라주지 않아서 동작이 굼떠지다 보니 일하는 데 시간이 두 배는 더 들어. 허 참! 그래도 다른 사람들처럼 휘파람 불며 느릿느릿 일하는 건 못해!

난 12살 때부터 말과 관련된 일을 해왔지. 사냥용 마구간에도 있어 봤고, 경마장에도 있어 봤어. 보다시피 몸집이 작아서 수년간 경마 기수로 일했단다.

굿우드 경마장에서 달릴 때 잔디가 너무 미끄러워서 내 불쌍한 말 락스퍼가 넘어지고 나는 무릎이 부러졌어. 당연히 그곳에서 더는 쓸모가 없어졌지. 하지만 도저히 말없이는 살 수가 없더라고. 그래서 이 여관으로 일자리를 옮긴 거란다. 정말이지 이런 녀석들처럼 잘 길들여지고 얌전하게 관리된 말을 다루는 건 참 즐거워. 허허!

난 말이 어떤 대우를 받고 있는지 구별할 수 있어. 20분 정도 말을 다뤄보면 그 말이 어떤 마부를 가졌는지 알아맞힐 수 있지. 이 녀석을 봐. 기분 좋고 차분해. 마부가 원하는 방향으로 움직이고 씻길 때는 발을 가만히 들고 있지. 마부가 원하는 건 무슨 말이든 잘 들어.

반면에 유난히 까다롭고 보채는 말도 있어. 그런 말은 옳은 방향으로 움직이려 하지 않아. 마부가 가까이 오면 흠칫 놀라 머리를 치켜들지. 두 귀를 바싹 눕힌 채 마부를 겁내는 것으로 보여. 혹은 뒷발로 마부를 뻥 차버리기도 하고.

불쌍한 것들!

소심한 말이 나쁜 대우를 받으면 흠칫 놀라거나 주춤거리게 돼. 기운 좋은 말이 나쁜 대우를 받을 때는 사납거나 위험해지고. 말의 성질은 대부분 어릴 때 형성되지. 말은 어린아이 같아. 성경에 나와 있듯이 마땅히 행할 길을 가르치면 늙어도 그것을 버리지는 않을 거야."

제임스가 말했다. "그렇게 말하는 걸 들으니 기쁘네요. 우리 지주님 댁에서도 똑같이 생각하거든요."

"네 지주님이 누구지? 이런 걸 물어봐도 괜찮다면, 내가 보기에 그분은 좋은 분 같구나."

"비컨 힐즈 맞은편에 있는 버트윅 저택의 대지주 고든 씨예요."

"아! 그래, 그래. 그분에 관한 이야기를 들어봤어. 말을 잘 평가한다는 분 맞지? 그 지역에서 말도 제일 잘 타고."

"그래요. 하지만 아들이 죽은 이후로는 말을 거의 타지 않아요."

"아이고! 딱해라. 그때 신문에 난 기사를 읽었어. 훌륭한 말도 한 마리 죽었다지?"

"네, 멋진 말이었어요. 이 녀석의 형이에요. 녀석과 아주 똑같이 생겼었죠."

"저런! 쯧쯧! 내가 제대로 기억한다면 그곳은 뛰어넘기에 좋지 않은 곳이었어. 맨 위에 얇은 울타리가 있고 그 너머 가파른 둑 아래로 개울이 흘렀지, 그렇지 않니?

그런 곳에서 말은 자신이 어디로 가는지 전혀 볼 수 없어. 나도 여느 남자들처럼 과감한 승마를 좋아한다만, 어떤 곳은 상당히 숙련되고 오래된 사냥꾼만 뛰어넘을 수 있지. 사람의 목숨과 말의 목숨이 여우 꼬리보다 더 귀한 거야. 적어도 나는 그래야 한다고 생각해."

그사이 다른 마부가 진저의 손질을 끝내고 우리에게 줄 곡식을 가져오자 제임스와 늙은 마부는 함께 마구간을 떠났다.

16. 불

저녁 늦게, 보조 마부가 어느 여행객의 말을 데리고 들어왔다. 그가 말을 씻겨주는 동안 한 젊은 사내가 입에 담배를 물고 어슬렁거리며 마구간으로 들어왔다. 잡담을 하려는 것 같았다.

마부가 말했다. "이봐, 토울러. 사다리 타고 다락에 올라가서 건초 좀 가지고 여기 선반에 놓아주겠나? 담배는 좀 내려놓고."

"알겠어요."

젊은이는 이렇게 말한 뒤 다락문을 통해 올라갔다. 머리 위에서 그가 바닥을 딛는 소리와 건초를 내리는 소리가 들렸다. 제임스가 자기 전에 마지막으로 들어와 우리를 살펴본 후 문을 잠갔다.

내가 얼마나 오래 잤는지, 그때가 밤 몇 시였는지 기억할 순 없지만, 나는 왠지 모르게 불편한 느낌이 들어 잠에서 깼다. 사방의 공기가 탁해서 숨이 막힐 것 같았다. 진저의 기침 소리가 들렸다. 또 다른 말은 몹시 불안해하는 듯 보였다. 완전히 캄캄해서 아무것도 보이지 않았다. 마구간이 연기로 꽉 찬 것 같았다. 숨을 쉬기 힘들었다.

다락문이 열려 있었던 게 생각났다. 아무래도 거기에서 연기가 들어오는 것 같았다. 귀를 기울여보니 쉭쉭 비슷한 소리와 타닥거리는 소리, 딱 소리가 약하게 들렸다. 나는 그 소리가 뭔지 몰랐다. 소리가 너무 이상해서 온몸이 떨려왔다.

다른 말들도 모두 잠에서 깼다. 어떤 말은 고삐를 잡아당기고 다른 말은 발을 굴렀다.

마침내 밖에서 발걸음 소리가 들렸다. 여행자의 말을 데리고 들어왔던 그 마부가 초롱불을 들고 마구간으로 뛰어 들어와서는 말들을 풀어 끌고 나가려 했다. 그는 몹시 서둘렀고 잔뜩 겁먹은 듯 보였다. 그 모습이 나를 더욱 불안하게 했다.

첫 번째 말이 그와 함께 가려 하지 않자 그는 두 번째와 세 번째 말을 데리고 나가려 했다. 그들도 움직이려 하지 않았다. 다음 차례로 내게 온 마부는 억지로 나를 마구간에서 끌어내려 했다. 물론 헛수고였다. 그는 차례로 모든 말을 끌어내려 한 다음 마구간에서 나갔다.

곳곳에 위험이 도사리고 있는 듯 보였다.

누구를 믿어야 할지 몰랐다. 전부 낯설고 불확실했다.

열린 문을 통해 들어온 신선한 공기 덕분에 숨 쉬는 것이 조금 편해졌지만, 머리 위에서 나는 쉭쉭 소리는 점점 더 커졌다. 빈 선반에 설치된 가로대 사이로 위를 올려다보니 벽에 빨간 불빛이 아른거렸다.

그때 밖에서 "불이야!"라는 외침이 들리고 늙은 마부가 차분하면서도 재빠른 걸음으로 들어왔다. 그는 말 한 마리를 데리고 나간 뒤 또 다른 말에게 갔다. 화염이 다락문 주변에서 춤추고 있었다. 머리 위에서 불길이 맹렬히 타오르는 무시무시한 소리가 들렸다.

그다음 내가 들은 소리는 제임스의 목소리였다. 늘 그렇듯 차분하고 기분 좋은 목소리였다.

"자, 얘들아. 여기서 나갈 시간이야. 정신 차리고 함께 가자."

내가 문에서 제일 가까운 칸에 있었으므로 제임스는 내게 먼저 왔다.

안으로 들어선 제임스가 나를 토닥이며 말했다.

"가자, 뷰티. 굴레를 씌워줄게. 이 숨 막히는 곳에서 금방 나갈 거야."

제임스는 즉시 내게 굴레를 씌운 뒤 자신의 목에 감은 스카프를 풀었다. 그것을 내 눈 위로 둘러 살짝 묶은 다음 나를 어르고 달래며 마구간 밖으로 데리고 나왔다.

마당으로 안전히 나온 후 제임스는 내 눈에서 스카프를 벗기고 소리쳤다.

"누가 좀 와주세요! 내가 다른 말을 구하러 들어갈 동안 이 말 좀 맡아줘요."

키가 크고 덩치 좋은 사내가 앞으로 나와 나를 맡자 제임스는 다시 마구간으로 달려 들어갔다. 제임스가 마구간으로 들어가는 것을 보며 나는 소리 높이 히힝 울었다.

나중에 진저는 내게 그 히힝 소리를 내길 정말 잘했다고 말했다. 내가 밖에서 내는 소리를 듣지 못했다면 절대 밖으로 나올 용기를 내지 못했을 거라면서.

마당은 몹시 혼잡했다. 불길이 더 번질까 봐 다른 마구간에서도 말들을 데리고 나왔고, 마차 보관소에서 마차들도 끌어냈다. 마당 건너편에서 창문들이 열렸다. 사람들이 온갖 소리를 질렀다.

내 시선은 마구간 문에 계속 고정되어 있었다. 문에서 더 짙은 연기가 쏟아져 나왔다. 붉은빛의 화염이 보였다. 얼마 후 한창 시끄럽고 혼란스러운 상황 속에서 내가 아는 크고 또렷한 목소리가 들렸다. 주인님의 목소리였다.

"제임스! 제임스! 거기 있니?"

대답은 없고 마구간에서 무언가 쿵 하고 떨어지는 소리가 들렸다.

다음 순간 나는 기뻐서 크게 히힝 하고 울었다.

제임스가 연기를 헤치며 진저와 함께 나오는 모습이 보였기 때문이다. 진저는 심하게 기침하고 있었고, 제임스도 말을 할 수 없는 상태였다.

주인님이 제임스의 어깨에 손을 얹으며 말했다.

"용기가 대단하구나! 어디 다친 데는 없니?"

제임스는 아직 말을 할 수 없어서 대신 고개를 저었다.

나를 맡고 있던 덩치 큰 사내가 맞장구쳤다.

"정말 용감한 청년입니다."

주인님이 말했다. "제임스, 이제 숨을 좀 돌렸으면 얼른 이곳에서 나가자."

우리가 여관 입구를 향해 이동 중일 때 시장 쪽에서 질주하는 말발굽 소리와 요란한 바퀴 소리가 들려왔다.

"소방차예요! 소방차! 물러나세요, 비켜요!"

두세 명이 이렇게 소리쳤다. 말 두 마리가 뒤에 무거운 소방차를 매단 채 우레와 같은 소리를 내며 빠른 속도로 여관 마당으로 들어갔다. 소방관들이 땅으로 뛰어내렸다. 불이 난 곳이 어디인지 물을 필요도 없었다. 지붕에서 불길이 활활 타오르고 있었기 때문이다.

우리는 최대한 빨리 그곳을 빠져나와 넓고 조용한 시장으로 향했다. 하늘에 별들이 반짝였다. 뒤에서 나는 소음 외에는 고요했다. 주인님은 맞은편에 있는 큰 여관으로 우리를 이끌었다. 마부가 나오자마자 주인님이 말했다.

"제임스, 이제 난 서둘러 아내에게 가야만 해. 말들을 네게 완전히 맡길 테니 필요하다고 생각되는 건 무엇이든 주문해."

이렇게 말한 뒤 주인님은 떠나갔다. 뛰지는 않았다. 하지만 그날 밤 주인님이 걸었던 것만큼 빠르게 걷는 사람을 나는 본 적이 없었다.

마구간으로 들어가기 전에 무시무시한 소리가 들렸다.

불이 난 마구간에서 미처 빠져나오지 못한 불쌍한 말들이 타죽으며 지르는 비명이었다.

정말 끔찍했다!

진저와 나는 몹시 침울해졌다.

다음 날 아침, 주인님이 와서 우리 상태를 살피고 제임스와 이야기를 나누었다. 마부에게 손질을 받는 중이어서 많은 이야기를 듣지는 못했다. 하지만 제임스가 매우 행복해하는 모습은 볼 수 있었다. 주인님이 그를 자랑스러워하며 칭찬한 것 같았다. 지난밤에 마님이 너무 많이 놀란 탓에 여행이 오후로 미뤄졌다.

아침에 시간이 생기자 제임스는 여관으로 가서 먼저 우리의 마구와 마차를 준비한 뒤 화재와 관련된 더 많은 소식을 들었다. 제임스가 돌아왔을 때 우리는 그가 화재에 대해 마부와 나누는 이야기를 들었다.

처음에는 불이 어떻게 일어났는지 아무도 짐작할 수 없었다. 마침내 토울러가 입에 담배를 물고 마구간으로 들어가는 것을 목격한 사내가 나타났다. 그는 토울러가 마구간에서 나올 때 담배를 물고 있지 않았고, 담배를 한 대 더 피우러 선술집으로 갔다고 말했다.

보조 마부는 자신이 토울러에게 사다리를 타고 올라가 건초를 좀 내려달라고 부탁한 건 사실이지만, 먼저 담배부터 내려놓도록 지시했다고 털어놨다. 토울러는 담배를 물고 있지 않았다고 부인했다. 하지만 아무도 그의 말을 믿지 않았다.

나는 마구간에서 절대 담배를 피우지 못하게 하는 존의 규칙을 떠올렸다. 모든 곳에 그런 규칙이 있어야 한다는 생각이 들었다.

지붕과 바닥이 모두 무너지고 검게 그을린 벽들만 서 있었다고 제임스가 말했다. 빠져나올 수 없었던 불쌍한 말 두 마리는 불에 탄 서까래와 기와 밑에 묻히고 말았다.

17. 존의 이야기

나머지 여행은 매우 수월했다. 해가 지고 나서 얼마 후 주인님의 친구댁에 도착했다. 우리는 깨끗하고 아늑한 마구간으로 인도되었다. 그곳에서 친절한 마부가 아주 편안히 보살펴주었다. 그는 화재에 관한 이야기를 듣고 제임스를 대단하게 여기는 듯 보였다.

마부가 말했다.

"한 가지 분명한 사실이 있지. 말은 자신이 누구를 믿을 수 있는지 잘 알고 있어. 불이나 홍수가 났을 때 말을 마구간에서 데리고 나오는 게 세상에서 제일 어려운 일일 거야.

이유는 모르겠지만 말이 나오려 들지를 않아. 스무 마리중 한 마리꼴로."

우리는 이곳에서 며칠간 머문 후 집으로 돌아왔다. 돌아올 때는 모든 게 순조로웠다. 다시 우리 마구간에 있게 되어 기뻤다. 존도 우리를 보고 똑같이 기뻐했다.

그날 밤 존과 제임스가 마구간을 떠나기 전에 제임스가 말했다. "제 자리에 누가 오게 될지 궁금해요."

존이 대꾸했다. "관리인 주택에 사는 꼬마 조이가 올 거야."

"조이라니! 어린아이잖아요!"

"14살이나 되었는걸."

"하지만 덩치가 너무 작아요!"

"그래, 작아. 하지만 동작이 빠르고 적극적이지. 심성도 고와. 게다가 이곳으로 오기를 간절히 바라고 있어. 아이 아버지도 그러기를 바라고. 고든 씨도 그 아이에게 기회를 주고 싶어 하는 게 틀림없어. 그래서 조이가 적합하지 않다고 생각되면 더 큰 아이를 찾아주겠다는 고든 씨의 제안에 6주 동안 그 아이를 시험해 보는 게 좋겠다고 말씀드렸지."

"6주요? 일을 익혀 제 몫을 해낼 수 있으려면 6개월은 걸릴 텐데! 아저씨의 일이 너무 많아질 거예요."

존이 소리 내어 웃으며 말했다.

"일과 나는 아주 좋은 친구야. 난 지금까지 한 번도 일을 두려워한 적이 없어."

"아저씨는 참 좋은 분이에요. 나도 아저씨 같은 사람이 되고 싶어요."

"난 내 얘기를 자주 하지 않아. 그래도 네가 여기를 떠나 세상 밖으로 나가 홀로서기를 하게 되었으니 내가 이 상황을 어떻게 보는지만 말해줄게. 내가 조이와 같은 나이였을 때 부모님이 열병에 걸려 열흘 차이를 두고 모두 돌아가셨어.

세상에 나와 다리를 저는 여동생 넬리만 남겨둔 채로.

도움을 청할 수 있을 만한 친척도 전혀 없었지. 농부의 아들이었던 나는 홀로 먹고살기에도 수입이 빠듯했어. 둘이 먹고살려니 훨씬 더 힘들었지.

우리 고든 부인이 아니었다면 넬리는 구빈원(잉글랜드와 웨일즈에 존재했던 시설로 스스로 부양할 수 없는 자들을 위해 거처와 일자리 등을 제공 - 옮긴이)에 가야 했을 거야.

넬리는 고든 부인을 자신의 천사라고 불러. 그렇게 불리는 게 당연한 분이지. 고든 부인은 넬리를 위해 방 하나를 세내어 과부 맬럿 부인과 함께 지내게 해주었어. 그리고 뜨개질과 바느질 일감이 생길 때마다 넬리에게 맡겼지.

넬리가 아플 때는 식사라던가 몸을 편안하게 해줄 여러 물건을 보내며 엄마처럼 대해주었어.

고든 씨는 나를 마구간으로 들어오게 했어. 그 당시 마부였던 노먼 영감 밑에서 일할 수 있도록 도와주셨지. 식사와 다락방의 침대, 옷 한 벌도 받았어. 일주일에 3실링을 벌었지. 나는 그 돈으로 넬리를 도와줄 수 있었어.

노먼 영감은 고마운 분이었지. 나는 농사만 짓다 와서 말에 대해 하나도 몰랐거든. 그 나이에 나 같은 아이를 데리고 일하며 골치를 썩이지 않았다면 거짓말일 거야.

하지만 그분은 내게 아버지처럼 대해주셨어. 나를 가르치느라 끝도 없이 애썼지.

몇 년 후 노먼 영감이 돌아가시고 내가 그의 자리를 이어받았어. 지금은 물론 내가 임금을 제일 많이 받아. 궂은날이든 화창한 날이든 어떤 일이 닥쳐도 끄떡없지. 넬리도 아주 행복하게 지내고.

그러니 제임스. 나는 조그마한 소년을 멸시해서도, 선량하고 친절한 고든 씨를 화나게 해서도 안 되는 사람이란다.

안되고말고!

네가 몹시 그리울 거야, 제임스. 힘들어도 이겨내야 해.

살면서 친절을 베푸는 것만큼 좋은 일은 없어. 나는 친절을 베풀 수 있어서 기쁘다."

제임스가 물었다. "그럼 아저씨는 '모든 사람은 자기 이익만 생각하고 최고만 소중히 여긴다.'는 속담에 동의하지 않아요?"

"응, 동의하지 않아. 고든 부부와 노먼 영감이 최고만 소중히 여겼다면 나와 넬리는 어떻게 됐을까? 넬리는 구빈원으로 가고, 나는 순무밭에서 평생 괭이질을 했을 거야!

네가 최고만 소중히 여겼다면 블랙 뷰티와 진저는 어떻게 되었을까? 심하게 매질 당하며 살았겠지! 제임스. 그건 이기적이고 야만적인 속담이란다.

최고만 소중히 여기는 것 외에 다른 도리가 없다고 생각하는 사람은 안타깝게도 새끼강아지나 고양이처럼 두 눈을 떠 보기도 전에 익사한 사람이나 마찬가지야. 나는 그렇게 생각해."

존은 이렇게 말하며 단호히 고개를 끄덕였다.

제임스가 이 비유를 듣고 웃다가 곧 잠긴 목소리로 말했다. "어머니를 빼면 아저씨가 제 가장 친한 친구였어요. 저를 잊지 말아 주세요."

존이 대꾸했다. "그럼, 그럼! 내가 도움을 줄 수 있는 일이 생기면 언제든 주저 말고 나를 찾아와."

다음 날 조이가 마구간으로 왔다. 제임스가 떠나기 전에 가능한 한 모든 일을 배우기 위해서였다. 조이는 마구간을 청소하는 일뿐만 아니라 볏짚과 건초를 가져오는 일도 배웠다.

마구를 닦기 시작하고 마차를 씻는 일도 도왔다. 진저와 나를 손질하기에는 키가 너무 작았으므로 제임스는 메리렉스를 대상으로 삼아 가르쳤다. 조이는 존 밑에서 메리렉스를 전담해 돌볼 예정이었다. 꼬마 조이는 착하고 밝은 친구로 늘 휘파람을 불면서 일하러 왔다.

메리렉스는 그의 말대로 '아무것도 모르는 소년'이 자신을 '난폭하게 다루는 것'에 대해 몹시 화를 냈다. 하지만 2주가 다 되어갈 무렵 메리렉스는 내게 은밀히 말했다.

저 아이가 잘 해낼 것 같다고.

마침내 제임스가 우리를 떠나야 하는 날이 왔다. 그날 아침 제임스는 언제나처럼 쾌활했지만, 표정은 기운이 없어 보였다.

제임스가 존에게 말했다.

"두고 떠나는 게 참 많아요. 어머니와 아저씨, 마음씨 좋으신 고든 부부와 말들, 나의 늙은 메리렉스까지. 새로운 곳엔 아는 사람이 한 명도 없겠네요. 대우가 더 좋은 자리를 얻어 어머니에게 큰 도움을 드릴 수 있게 되는 것만 아니면 떠나기로 마음먹을 수 없었을 거예요. 헤어지는 게 정말 고통스러워요, 존 아저씨."

"그래, 제임스. 다 그런 거란다. 네가 처음으로 집을 떠나면서 무덤덤한 태도를 보였다면 난 너를 좋게 보지 않았을 거야. 기운 내. 그곳에서도 친구를 사귀게 될 테니. 넌 분명히 잘 지낼 거다. 네가 잘 지낸다면 그건 네 어머니에게도 좋은 일이겠지. 어머니는 네가 그렇게 좋은 자리를 얻었다는 걸 무척 자랑스러워할 거야."

존은 그를 격려해줬지만, 다들 제임스를 보내는 것을 아쉬워했다. 메리렉스는 며칠 동안 제임스를 애타게 그리워하다 식욕까지 완전히 잃고 말았다.

그러자 존은 아침에 나를 운동시킬 때 몇 번 메리렉스도 고삐를 당겨 함께 데리고 나갔다. 내 옆에서 속보로 달리게도 하고 전속력으로 달리게도 하며 다시 기운을 북돋워 주었다. 메리렉스는 곧 괜찮아졌다.

마구간 일을 잘 알고 있는 조이의 아버지가 자주 들러 일을 조금씩 도와주었다. 조이도 일을 배우려고 상당히 애썼다. 존은 그런 조이를 보며 힘을 얻었다.

18, 의사를 부르러

제임스가 떠나고 며칠이 지난 어느 날 밤, 건초를 먹고 볏짚에 누워 금세 잠이 들었던 나는 크게 울려대는 마구간 종소리를 듣고 놀라서 잠을 깼다.

존의 집에서 문이 열리는 소리가 나고 저택으로 달려 올라가는 존의 발걸음 소리가 들렸다. 곧이어 존이 다시 와서 마구간 문을 열고 들어와 소리쳤다.

"일어나, 뷰티! 이제 그 어느 때보다 잘 달려야 한다."

그리고는 내가 미처 상황을 파악하기도 전에 내 등에 안장을 얹고 머리에 굴레를 씌웠다. 뛰어가서 외투를 입고 온 존이 나를 데리고 서둘러 저택 출입문으로 올라갔다.

주인님이 손에 등불을 들고 그곳에 서 있었다.

"자, 존. 자네 목숨을 걸고, 아니 내 아내의 목숨을 걸고 달리게. 지체할 시간이 없어. 이 쪽지를 화이트 씨에게 전해주고, 여관에서 말을 쉬게 한 다음 최대한 빨리 돌아오게."

"예, 고든 씨."

존은 이렇게 말하고 급히 내 등에 올라탔다. 관리인 숙소에 사는 정원사가 종이 울리는 소리를 듣고 문을 열어두었다. 우리는 정원과 마을을 통과해 언덕을 내려간 다음 통행료를 받는 문에 이르렀다. 존이 아주 큰 소리로 외치며 문을 두드리자 그곳을 지키는 사내가 얼른 나와 문을 활짝 열었다.

존이 말했다. "의사가 올 때까지 문을 계속 열어둬요. 돈은 여기 있소."

그런 다음 다시 출발했다. 강 옆으로 평탄하게 난 길이 우리 앞에 길게 펼쳐졌다. 존이 "자, 뷰티! 있는 힘껏 달려!"라고 외쳤고, 나는 달리기 시작했다. 채찍도 박차도 필요 없었다. 3킬로 정도 있는 힘을 다해 빠르게 달렸다. 뉴마켓 경마에서 승리했던 내 할아버지도 이보다 더 빨리 달릴 수는 없었을 것이다. 다리에 다다르자 존이 잠시 나를 세우고 목을 두드려주며 말했다.

"잘했어, 뷰티! 정말 장하다."

존이 나를 좀 더 천천히 가게 해주었지만, 나는 기운을 내어 다시 이전처럼 빠르게 달렸다. 공기가 차갑고 달이 밝았다. 신나게 달리니 기분이 무척 좋았다.

우리는 마을 하나를 통과한 후 어두운 숲을 지났다. 그런 다음 오르막과 내리막이 이어졌다. 13킬로 가까이 달리고 나서 드디어 도시에 도착했다. 거리를 지나 시장으로 들어섰다. 돌길에 닿는 내 발굽 소리 외에 사방이 고요했다. 모두 잠들어 있었다.

화이트 씨의 집에 다다랐을 때 교회 시계가 3시를 쳤다.

존이 벨을 두 번 누른 뒤 문을 쾅쾅 두드렸다. 창문이 열렸다. 취침용 모자를 쓴 화이트 씨가 고개를 내밀고 물었다.

"무슨 일이오?"

"고든 부인이 몹시 아픕니다, 선생님. 고든 씨가 선생님을 급히 찾으세요. 의사가 오지 않으면 부인이 돌아가실 것 같은가 봅니다. 여기 고든 씨의 쪽지가 있어요."

"기다리게. 내가 나가지." 화이트 씨가 창문을 닫고 곧장 문으로 나와 말했다. "아주 곤란한 문제가 있네. 내 말은 온종일 나갔다 들어와서 완전히 지쳤고, 다른 말 하나는 내 아들이 심부름을 가느라 타고 나갔어. 어쩌면 좋지? 내가 자네 말을 타고 가도 되겠나?"

"오는 동안 거의 계속 전속력으로 달린 터라 여기서 잠시 말을 쉬게 할 작정이었어요. 하지만 선생님 생각이 그렇다면 고든 씨도 반대하지 않을 겁니다."

"좋아. 곧 준비하고 나오겠네."

존이 내 옆에 서서 목을 어루만져주었다. 나는 몹시 더웠다. 의사가 승마용 채찍을 들고나오자 존이 말했다.

"그건 필요 없습니다, 선생님. 블랙 뷰티는 지쳐 쓰러질 때까지 달릴 테니까요. 가능하면 말을 소중히 다뤄주세요. 저는 말이 아무 데도 다치지 않았으면 좋겠습니다."

의사가 대꾸했다. "그래, 알겠네, 존. 나도 같은 마음이야."

잠시 후 우리는 존을 뒤에 멀찍이 남겨둔 채 떠나왔다.

의사는 존보다 더 무거웠고 말을 썩 잘 타지도 못했다.

하지만 나는 최선을 다해 달렸다. 통행료를 받는 사람이 문을 열어두었으므로 우리는 곧장 그곳을 통과해 언덕에 이르렀다.

의사가 나를 세우고 말했다. "자, 이제 숨을 좀 돌리자."

나는 그가 멈춰서 기뻤다. 기운이 거의 다 빠졌기 때문이다. 그렇게 숨을 돌린 게 도움이 됐다.

우리는 곧 정원에 도착했다. 조이가 관리인 주택 문간에서 있었다. 주인님도 우리가 온다는 소식을 듣고 저택 문에 나와 있었다. 주인님은 아무 말도 하지 않았다. 의사가 주인님과 함께 집 안으로 들어가자 조이가 나를 마구간으로 이끌었다.

집에 오니 기뻤다. 다리가 후들거려서 그냥 가만히 선 채로 숨만 헐떡거렸다. 온몸이 흥건히 젖었고 땀이 다리로 흘러내렸다. 여기저기서 김이 피어올랐다. 이런 내 모습을 볼 때마다 조이는 불 위에 올려놓은 냄비 같다고 말했다.

불쌍한 조이!

조이는 어리고 몸집이 작았다. 아직 아는 것도 별로 없었다. 그를 도와주었을 아버지마저 옆 마을로 심부름을 가고 없었다. 조이는 자신이 아는 데까지 최선을 다해 일했다.

내 다리와 가슴은 솔질해주었지만, 따뜻한 천은 덮어주지 않았다. 내가 너무 더워서 천을 덮고 싶어 하지 않으리라 생각한 것이다. 그런 다음 조이는 내게 마실 물을 한 통 가져다주었다. 물이 시원하고 맛있어서 찬물 한 통을 모두 들이켰다. 건초와 곡식을 조금 가져다주고 나서 조이는 일을 제대로 해냈다고 생각하며 마구간을 떠났다.

나는 곧 몸이 떨리기 시작했고 극심한 추위를 느꼈다.

다리와 허리, 가슴 부위가 아팠다. 온몸이 화끈거렸다.

아! 따뜻하고 두툼한 천이 있다면 얼마나 좋을까. 이렇게 생각하며 부들부들 떨었다. 존이 있으면 좋겠지만, 그는 13킬로 가까이 걸어와야 했다. 나는 볏짚에 누워 잠을 청하려 했다.

한참이 지난 후 문간에서 존의 목소리가 들렸다. 나는 나지막하게 신음을 냈다. 몹시 아팠기 때문이다. 존이 얼른 옆으로 와서 내게로 몸을 숙였다. 나는 존에게 내 상태가 어떤지 말할 수 없었지만, 존은 다 아는 듯 보였다.

존이 따뜻한 천을 두세 장 덮어준 뒤 집으로 달려가 뜨거운 물을 조금 가져다주었다.

나는 그가 만들어준 따뜻한 귀리죽을 조금 마신 뒤 잠이 들었던 것 같다.

존은 화가 무척 많이 난 듯 보였다. 나는 그가 몇 번이고 반복해서 혼잣말하는 소리를 들었다.

"아이고 멍청한 녀석! 천을 덮어주지 않았다니. 틀림없이 물도 차가웠겠지. 사내 녀석들이란 아무짝에도 쓸모가 없어."

어쨌든 조이는 착한 아이였다. 나는 몹시 앓았다. 폐에 심한 염증이 생겨서 숨을 쉴 때마다 고통스러웠다. 존은 밤낮으로 나를 간호해주었다. 밤에 두세 번씩 일어나 나를 살피러 왔다. 주인님도 자주 나를 보러 왔다.

어느 날 주인님이 말했다.

"가엾은 뷰티, 훌륭한 녀석. 네가 내 아내의 목숨을 구했단다, 뷰티. 그래, 네가 구한 거야."

그 말을 듣고 나는 무척 기뻤다. 우리가 조금만 더 오래 걸렸어도 너무 늦었을 거라고 의사가 말했던 모양이다. 존은 살면서 그렇게 빨리 달리는 말을 본 적이 없었다고 주인님에게 말했다. 무슨 일이 났는지 알고 있는 말 같았다고.

물론 나는 알고 있었다. 존은 믿지 않겠지만. 적어도 존과 내가 최대한 빨리 가야 한다는 것과 그것이 마님을 위한 일이라는 것 정도는 알고 있었다.

19. 단지 몰라서 저지른 일

얼마나 오랫동안 앓았는지 모르겠다. 수의사 본드 씨가 매일 왔다. 하루는 그가 내 피를 뽑았다. 존이 피를 받기 위해 양동이를 들고 있었다. 피를 뽑고 나서 현기증이 나자 이러다 죽겠구나 싶었다. 그들도 모두 그렇게 생각했던 것 같다.

내가 조용히 있을 수 있도록 진저와 메리렉스는 다른 마구간으로 옮겨졌다. 열이 나서 내가 소리에 매우 민감해졌기 때문이다. 작은 소음도 아주 크게 들렸다. 저택을 드나드는 모든 이의 발자국 소리를 알아맞힐 수 있었다. 주변에서 일어나는 일을 나는 전부 알고 있었다.

어느 날 밤, 존이 내게 물약을 먹여야 해서 조이의 아버지인 토머스가 도와주러 왔다. 내가 약을 먹고 나자 존은 최대한 나를 편안하게 해주었다.

약이 제대로 듣는지 보려면 30분 정도 마구간에 있어야 한다고 존이 말하자 토머스는 자신도 함께 있겠다고 했다.

그들은 메리렉스가 있던 칸에 들여놓은 의자로 가서 앉았다. 빛이 내게 방해가 되지 않도록 등불을 발 곁에 내려놓았다. 두 사람은 한동안 말없이 앉아 있었다.

이윽고 토머스가 조용히 말을 꺼냈다.

"존, 자네가 조이에게 친절한 말을 좀 해주면 좋겠네. 아이가 상심해서 통 먹지도 못하고 웃지도 못해. 자신이 아는 대로 최선을 다했다고 확신하면서도 모든 게 자기 잘못이었대.

뷰티가 죽으면 아무도 자신에게 다시는 말을 걸지 않을 거라고 말하는데, 그 소리를 듣고 있자니 가슴이 미어지더군.

조이에게 넌 나쁜 아이가 아니라고 한마디만 해줄 수 없겠나."

잠시 후 존이 천천히 말했다.

"날 너무 심하게 다그치지 말게, 토머스. 조이에게 악의가 없었다는 건 잘 알아. 한 번도 그렇게 말한 적도 없고. 물론 조이가 나쁜 아이가 아니라는 것도 알지. 하지만 난 너무 속상해. 저 말은 내가 마음속으로 자랑스러워하는 녀석이라고. 물론 고든 부부가 아주 아끼는 말이기도 하고.

이런 식으로 말이 목숨을 잃게 될지도 모른다고 생각하면 난 도저히 견딜 수가 없어. 어쨌든 조이가 나 때문에 괴로워한다니 내일 조이에게 좋게 말을 건네 보겠네. 뷰티의 상태가 더 좋아진다면 말이야."

"어이, 존. 고맙네. 자네가 아이에게 너무 심하게 대할 마음이 없다는 건 알고 있었어. 단지 몰라서 저지른 일이었다는 걸 자네가 알아줘서 다행이야."

존이 목소리를 높이는 바람에 나는 깜짝 놀랐다.

"단지 몰라서 저지른 일이라고? 단지 몰라서? 어떻게 단지 몰라서 저지른 일이라고 말할 수 있지? 세상에서 사악함 다음으로 나쁜 것이 무지함이란 사실을 모르는 건가? 아무도 모르게 제일 나쁜 짓을 하는 게 바로 무지함이라고!

'아! 몰랐어요. 해를 입힐 의도는 없었어요.'라고 말할 수 있다면, 그렇게 해도 괜찮다고 생각하는 거나 마찬가지야.

마사 멀워시도 아기에게 돌비 구풍제(위장 속의 가스를 배출하는 약. 성분에 아편이 포함됨. 18세기 말에서 19세기 초까지 배앓이를 하는 유아에게 널리 사용됨 - 옮긴이)와 진정 시럽(19세기에 유행했던 유아용 시럽. 마약 성분이 포함되어 있었음 - 옮긴이)을 먹일 때 아기를 죽일 의도는 없었을 거네. 하지만 마사 멀워시는 아기를 죽였고, 과실 치사죄로 재판도 받았지."

토머스가 대꾸했다.

"그 여자는 그래도 싸. 아기에게 뭐가 좋고 나쁜지도 모르면서 작고 연약한 아기의 간호를 맡아서는 안 되었다고."

존이 계속해서 말했다.

"달밤에 유령처럼 차려입고 동생을 쫓아 달려갈 때 빌 스타키는 겁을 주어 발작을 일으키게 할 의도는 없었어. 하지만 동생은 발작을 일으켰지. 어머니의 자랑거리가 되었을 그 영리하고 잘생긴 아이는 바보가 되어버렸어. 80살까지 산다 해도 절대로 어머니의 자랑거리는 되지 못할 걸세.

2주 전, 어린 아가씨들이 온실 문을 열어두고 간 탓에 차가운 동풍이 들이쳤을 때 자네는 무척 속상해했어, 토머스.

식물이 꽤 많이 죽었다고 말하면서."

"많이 죽었지! 꺾꽂이용으로 잘라낸 연한 줄기가 모조리 죽었어. 전부 다시 잘라야 하는데, 어디서 싱싱한 줄기를 구해야 할지 모른다는 게 가장 큰 문제였지. 온실에 들어가 상황을 보았을 땐 화가 나서 미치겠더군."

"틀림없이 아가씨들은 그럴 의도가 없었을 거야. 단지 몰라서 그랬던 거지!"

나는 그들의 대화를 더는 듣지 못했다. 약효가 나타나 잠이 들었기 때문이었다.

아침이 되자 기분이 훨씬 나아졌다.

세상을 더 많이 알게 되면서 나는 그날 밤 존이 했던 이야기를 자주 떠올렸다.

20. 조이

조이는 잘해 나갔다. 일을 빨리 배우는 데다 세심하고 신중했으므로 존은 여러 면에서 그를 신뢰하기 시작했다. 하지만 조이는 나이에 비해 몸집이 작아서 진저나 나를 운동시키는 일은 좀처럼 허락되지 않았다.

존이 짐수레를 맨 저스티스를 몰고 외출한 어느 날 아침, 그런 일이 일어났다. 5킬로 정도 떨어진 어느 신사의 집에 급히 전할 쪽지가 있었던 주인님은 조이에게 나를 타고 가서 쪽지를 전하라고 지시했다. 천천히 몰아야 한다는 당부도 덧붙였다.

쪽지를 전한 뒤 조용히 집으로 돌아오는 길이었다. 벽돌 공장에 이르렀을 때, 벽돌이 무겁게 실린 수레가 하나 보였다. 바퀴가 빽빽한 진흙에 단단히 박혀 있었다. 진흙에는 깊게 팬 바퀴 자국이 여러 개 나 있었다. 수레를 끄는 일꾼은 말 두 마리에게 무자비하게 고함을 치고 매질을 했다.

조이가 멈추었다. 슬픈 광경이었다.

말 두 마리는 수레를 끌어내려고 온 힘을 다해 당기며 허우적댔지만 수레를 움직일 수 없었다. 다리와 옆구리에서 비 오듯 땀이 흘렀다. 숨을 쉬느라 옆구리가 들썩이고 모든 근육이 팽팽해져 있었다. 그런데도 일꾼은 앞에 있는 말의 머리를 거칠게 잡아당기며 잔인하게 욕하고 채찍질했다.

조이가 말했다. "그만 해요! 그렇게 말들을 계속 때리지 말라고요. 말들이 수레를 움직일 수 없을 정도로 바퀴가 단단히 박혔잖아요."

일꾼은 들은 체도 하지 않고 계속해서 채찍질했다.

조이가 외쳤다. "멈춰요! 제발 멈추라고요! 수레에서 짐을 더는 일을 제가 도울게요. 지금은 말들이 수레를 움직일 수 없어요."

"어린 녀석이 건방지기는! 네 일이나 신경 써! 내 일은 내가 알아서 할 테니."

일꾼은 잔뜩 화가 난 데다 술까지 마신 상태였다. 그가 다시 채찍을 휘두르자 조이는 내 머리를 돌려 방향을 틀었다.

그런 다음 우리는 속보로 달려서 벽돌 공장 주인의 집으로 향했다. 우리가 그런 속도로 달리는 것을 존이 찬성했을지는 모르겠지만, 조이와 나는 서로 뜻이 통했다. 너무 화가 나서 도저히 천천히 갈 수 없었다.

집은 길가에 가까이 있었다.

조이가 문을 두드리며 외쳤다. “여보세요! 클레이 씨 계세요?”

문이 열리고 클레이 씨가 나왔다.

“안녕, 너로구나! 다급해 보이는데? 오늘 아침에 대지주 댁에서 뭐 시킬 일이라도 있는 거니?”

“아니에요, 클레이 씨. 하지만 어떤 일꾼이 아저씨네 벽돌 공장에서 말 두 마리를 죽도록 때리고 있어요. 그만하라는데도 멈추려 들지를 않아요. 제가 수레에서 짐을 더는 걸 도와주겠다고 했는데도 말을 듣지 않아요. 그래서 아저씨에게 알리려고 온 거예요. 제발 가서 봐주세요.”

조이의 목소리가 흥분으로 떨렸다.

“알려줘서 고맙다.” 이렇게 말한 뒤 모자를 가지러 뛰어 들어가던 클레이 씨가 잠시 멈춰 물었다. “그자를 판사님 앞에 끌고 가야 할 경우 네가 본 것을 증언해주겠니?”

조이가 대답했다. “그럴게요. 기꺼이.”

클레이 씨가 떠나자 우리는 경쾌하게 달려 집으로 돌아왔다.

조이가 안장에서 훌쩍 뛰어내릴 때 존이 물었다.

“무슨 일 있니, 조이? 몹시 화가 나 보이는구나.”

“네, 몹시 화가 나요.”

조이는 이렇게 대답한 뒤 조급하고 흥분된 말투로 일어났던 일을 모두 이야기했다.

평소에는 아주 차분하고 상냥한 꼬마가 그토록 화를 내는 모습을 보니 놀라웠다.

"잘했다, 조이! 그자가 재판에 넘겨지든 아니든 넌 옳은 일을 했어. 사람들은 대부분 그냥 지나치며 자신들이 상관할 바가 아니라고 했을 거야. 잔인하게 학대당하는 것을 보면 누구도 그냥 지나쳐서는 안 돼. 조이, 네 행동이 옳았어."

이때쯤 조이는 완전히 차분해져 있었다. 존에게 칭찬을 들은 것이 자랑스러웠던 조이는 평소보다 더 힘찬 손길로 내 발을 씻겨주고 솔질을 해주었다.

두 사람이 식사하러 집에 가려는 참에 하인이 마구간으로 내려왔다. 주인님이 서재에서 조이를 찾는다고 말했다. 말들을 학대한 죄로 어떤 사내가 불려와 있고, 조이의 증언이 필요하다고 했다.

조이는 이마까지 새빨갛게 달아오른 얼굴로 두 눈을 반짝이며 말했다. "증언하겠어요."

존이 말했다. "옷매무새를 좀 고쳐."

조이는 넥타이를 당겨 매고 상의를 잡아당겨 옷매무새를 가다듬은 후 곧 자리를 떴다. 우리 주인님이 지역 치안 판사 중 한 명이어서 사람들은 사건을 해결하거나 조언을 구하기 위해 자주 주인님을 찾아왔다. 사람들이 식사할 시간이어서 마구간에 있는 우리는 한동안 아무 소식도 듣지 못했다.

조이가 마구간으로 돌아왔을 때 그의 모습은 매우 의기양양해 보였다.

나를 가볍게 찰싹 치며 조이가 말했다. "우리는 그런 일을 두고 보지 않을 거야. 그렇지, 친구?"

나중에 들은 이야기에 따르면 조이가 아주 분명하게 증언한데다 말들도 학대당한 흔적이 있고, 몹시 지쳐 있었다고 한다. 그 일꾼은 재판에 회부되어 이삼 개월 징역형을 선고받게 될 수도 있었다.

그 사건 이후 조이에게 놀라운 변화가 찾아왔다. 존은 소리 내어 웃으며 그 주에 조이가 2센티 넘게 훌쩍 컸다고 말했다. 내가 보기에도 그랬다. 조이의 태도는 이전과 다름없이 친절하고 다정했지만, 그의 행동은 전보다 더 확고하고 단호해졌다.

단번에 소년에서 남자가 된 것처럼.

21. 이별

이 행복한 곳에서 산 지 3년이 되었지만, 얼마 지나지 않아 우리의 삶에 슬픈 변화가 생겼다. 우리는 가끔 마님이 아프다는 소식을 들었다. 의사가 자주 집에 왔고, 주인님의 표정은 심각하고 근심에 차 보였다. 우리는 마님이 즉시 집을 떠나 이삼 년간 따뜻한 나라에 가 있어야 한다는 소식을 들었다.

집안사람들에게 그 소식은 애도의 종이 울리는 소리와도 같았다. 모든 사람이 안타까워했다. 주인님은 즉시 집을 처분하고 영국을 떠날 채비를 시작했다. 우리는 마구간에서 사람들이 이 상황에 대해 나누는 이야기를 자주 들었다. 실은 그것이 유일한 이야깃거리였다.

존은 말없이 자신의 일을 계속했고, 조이는 휘파람을 거의 불지 않았다. 왕래가 꽤 잦아져서 진저와 나는 정신없이 바빴다.

제일 먼저 떠나는 무리는 제시 아가씨와 플로라 아가씨, 그들의 가정교사였다. 아가씨들이 와서 우리에게 작별 인사를 하고는 메리렉스를 오랜 친구처럼 꼭 껴안아 주었다. 실제로 그는 아가씨들의 오랜 친구였다.

그런 다음 우리에게 거처가 마련되었다는 소식이 들렸다.

주인님은 오랜 지인인 윌리엄 백작에게 진저와 나를 팔았다. 우리가 그곳에서 잘 지내리라 생각했기 때문이다.

메리렉스는 목사에게 보내졌다. 목사는 아내 블룸필드 부인이 타고 다닐 조랑말을 찾고 있었다. 단, 메리렉스를 절대 팔아서는 안 되고 너무 늙어 일을 못 하게 되면 총으로 쏴서 숨을 거두게 한 후 묻어주어야 한다는 조건이 달려 있었다.

조이도 메리렉스를 돌보고 집안일을 돕기 위해 함께 고용되었으므로 메리렉스는 잘 지낼 것이다. 존은 여러 곳에서 좋은 일자리가 들어왔지만, 좀 더 기다리며 살펴보겠다고 말했다.

떠나기 전날 밤, 주인님이 마구간으로 와서 몇 가지 지시를 내린 후 말들을 마지막으로 토닥여주었다. 주인님은 매우 울적해 보였다. 목소리를 듣고 알았다. 목소리로 그 사람의 상태를 정확히 알아내는 능력은 말이 사람보다 더 뛰어난 것 같다.

주인님이 물었다.

"어떻게 할지 결정했나, 존? 듣자 하니 제안을 다 거절했더군."

"예, 고든 씨. 훌륭한 망아지를 길들이고 말을 훈련하는 자리가 생기면 그곳에 가서 일하기로 마음먹었습니다. 대다수의 어린 동물은 잘못된 대우를 받아 겁을 먹고 버릇이 나빠집니다. 올바른 사람이 그들을 가르치면 그렇게 될 필요가 없죠. 저는 늘 말들과 잘 지내요. 말들이 좋은 출발을 하도록 도울 수 있다면 제가 뭔가 좋은 일을 하고 있다는 느낌이 들 것 같아요. 어떻게 생각하세요, 고든 씨?"

"그런 일에 자네만큼 적합하다고 생각되는 사람은 어디에도 없을 거네. 자네는 말들을 잘 이해하고 왜 그런지 모르겠지만 말들도 자네를 잘 따르지. 때가 되면 독립할 수도 있을 거야. 자네는 아주 잘해낼 걸세. 어떤 식으로든 내가 자네를 도울 수 있다고 생각되면 내게 편지를 쓰게. 런던에 있는 내 중개인에게도 자네 이름과 신상을 말해놓겠네."

주인님은 존에게 중개인의 이름과 주소를 알려주고는 오랫동안 충실히 일해준 것에 대해 감사를 표했다.

존이 부담스러워하며 대꾸했다.

"제발 그러지 마세요, 고든 씨. 감사라니요. 고든 씨와 고든 부인은 제게 큰 은혜를 베풀어주셨어요. 그 은혜를 어찌 갚을 수 있을지…. 우리는 고든 씨를 절대 잊지 않을 겁니다.

언젠가 예전처럼 다시 건강해진 고든 부인을 뵐 수 있기를 간절히 바랍니다. 희망을 잃어선 안 돼요, 고든 씨."

주인님이 아무 말 없이 존에게 악수를 청했다. 그런 다음 두 사람은 마구간을 떠났다.

슬픈 마지막 날이 왔다. 하인과 무거운 짐은 전날 떠났으므로 주인님과 마님, 마님을 돌보는 하녀만 남았다. 진저와 내가 마지막으로 저택 문간에 마차를 대령했다. 하인들이 쿠션, 양탄자 등 많은 물건을 내왔다.

모든 것이 준비되자 주인님이 마님을 팔로 감싸 안고 계단을 내려왔다. (나는 저택 옆쪽에 있어서 진행되는 일을 전부 볼 수 있었다) 저택의 하인들이 둘러서서 눈물을 흘리는 동안 주인님이 마님을 조심스럽게 마차에 태운 뒤 인사했다.

"다시 한번 잘들 있게. 우린 자네들을 잊지 않을 거야."

그리고는 마차에 올라 "출발하게, 존."이라고 말했다.

조이도 뛰어올라 탄 후 우리는 천천히 달려 정원과 마을을 통과했다. 마을 사람들이 문간에 나와 서서 마지막으로 바라보며 "신의 축복이 있기를."이라고 말했다.

기차역에 도착하자 마님은 마차에서 내려 대기실로 가려는 듯했다. 마님이 특유의 상냥한 목소리로 말하는 소리가 들렸다. "잘 있게, 존. 신의 축복이 있기를."

고삐에 움직임이 느껴졌지만, 존은 아무런 대꾸도 하지 않았다. 아무 말도 할 수 없었던 것 같다.

조이가 마차에서 짐들을 내리자마자 존은 조이를 불러 말들 옆에 서 있으라고 말한 후 승강장으로 갔다.

가엾은 조이!

조이는 눈물을 감추려고 우리 옆에 바짝 붙어 있었다.

곧이어 기차가 연기를 뿜어내며 역으로 들어왔다. 이삼 분 후 문들이 닫히고 역무원이 호루라기를 불었다. 구름 같은 흰 연기와 몇몇 무거운 마음만 남긴 채 기차는 미끄러지듯 역을 빠져나갔다. 기차가 완전히 사라졌을 즈음 존이 돌아왔다.

"우리는 고든 부인을 다시 보지 못할 거야. 두 번 다시…"

존은 이렇게 말한 뒤 고삐를 잡고 운전석에 올라타 조이와 함께 천천히 집으로 향했다.

하지만 그곳은 이제 우리 집이 아니었다.

2부

22. 얼스홀

다음 날 아침 식사 후, 조이는 메리렉스를 마차에 연결했다. 그를 목사관으로 데려가기 위해서였다. 조이가 먼저 와서 우리에게 작별을 고하자 메리렉스도 마당에서 히힝 울었다.

그들이 떠난 다음 존은 진저에게 안장을 얹고, 내게 고삐를 맸다. 우리는 들판을 가로질러 24킬로 정도 달린 후 윌리엄 백작이 사는 얼스홀 저택에 도착했다. 아주 멋진 집과 상당히 큰 마구간이 있었다.

우리는 석조 대문을 통과해 마당으로 들어섰다. 존이 요크 씨를 찾았다. 잠시 후 요크 씨가 왔다. 그는 잘생긴 중년의 남자였다. 요크 씨는 존에게 매우 친절하고 깍듯했다.

그는 우리를 힐끗 쳐다본 후 마구간지기를 불러 우리를 마구간으로 데려가라고 시켰다. 그런 다음 존에게 간단한 다과를 대접했다.

우리는 환하고 공기가 잘 통하는 마구간으로 간 뒤 서로 이웃해 있는 칸으로 들어갔다. 그곳에서 손질도 받고 사료도 먹었다. 1시간 반쯤 지나자 존과 우리의 새 마부가 될 요크 씨가 들어왔다.

요크 씨가 우리를 찬찬히 살펴본 후 말했다.

"존 씨, 이 말들에게 어떤 흠도 찾아볼 수가 없군요. 하지만 사람뿐 아니라 말도 특성이 있게 마련이죠. 때로는 다른 대우가 필요한 경우도 있고요. 이 말들에 대해 언급하고 싶은 특별한 사항이 있는지 알고 싶습니다."

"시골에서 이보다 더 좋은 짝을 이루는 말은 없을 겁니다.

이 말들과 헤어지게 되어 너무 슬퍼요. 둘이 비슷하지는 않아요. 검은색 말은 내가 알았던 말 중에 성질이 가장 좋습니다. 태어난 이후로 심한 말을 듣거나 매질을 당한 적이 한 번도 없었던 것처럼 말이죠. 자신을 타고 있는 사람이 원하는 대로 하는 걸 즐기는 듯 보여요.

하지만 밤색 말은 나쁜 대우를 받았던 게 분명해요. 상인에게서 그렇게 들었고요. 우리에게 왔을 때 이 암말은 무는 버릇을 갖고 있었고 의심도 많았죠.

그래도 우리 저택이 그런 곳이 아니라는 것을 알고는 나쁜 버릇이 차츰 모두 없어졌습니다. 3년 동안 조금이라도 화를 내는 걸 한 번도 본 적이 없어요. 대우만 잘 받으면 이보다 더 훌륭하고 적극적인 말이 없죠.

하지만 검은색 말보다 화를 더 잘 내는 성질을 타고나서 파리가 꼬이면 많이 괴로워하고, 마구를 잘못 착용하면 더 많이 안달해요. 학대당하거나 부당한 대우를 받으면 앙갚음할 수도 있습니다. 아시다시피 원기가 왕성한 말은 대부분 그럴 거예요."

요크 씨가 대꾸했다.

"물론이죠. 잘 알겠습니다. 아시다시피 여기는 큰 마구간이라서 모든 마구간지기에게 제대로 된 자격을 갖추도록 하는 건 쉽지 않은 일이에요. 아무튼 최선을 다하겠습니다.

이제 가봐야겠네요. 저 암말에 관한 이야기는 기억해두겠습니다."

존이 요크 씨와 함께 마구간을 나가려다 멈춰 서서 말했다.

"우리가 저 말들에게 제지 고삐를 한 번도 사용한 적이 없었다는 점도 언급하는 게 좋겠어요. 검은색 말은 한 번도 제지 고삐를 착용한 적이 없었습니다. 상인이 그러더군요. 밤색 말의 성질이 나빠진 건 강력한 재갈을 착용했기 때문이라고."

"글쎄요, 여기에 온 이상 말들은 제지 고삐를 착용해야만 합니다. 나야 느슨한 고삐를 선호하죠. 윌리엄 백작님도 늘 말들을 합리적으로 대하고요. 하지만 윌리엄 부인은 다릅니다. 격조를 따질 거예요.

마차를 끄는 말이 고삐를 단단히 조여 매고 있지 않으면 눈길도 주지 않을 겁니다. 나는 늘 말에게 강력한 재갈을 물리는 것에 반대해왔고, 앞으로도 그럴 겁니다. 하지만 윌리엄 부인이 마차를 탈 때는 반드시 말에게 제지 고삐를 매야 해요!"

"안타까운 일이군요. 정말 안타까워요. 난 이제 가야 합니다. 그러지 않으면 기차를 놓칠 거예요."

존은 돌아와서 마지막으로 우리를 각각 토닥여주며 작별 인사를 건넸다. 그의 목소리가 무척 슬프게 들렸다. 나는 얼굴을 그에게 가까이 갖다 댔다. 그것이 내가 할 수 있는 유일한 작별 인사였다. 그러고 나서 존은 떠났다.

나는 이후로 존을 두 번 다시 보지 못했다.

다음날 윌리엄 백작이 우리를 보러 왔다. 그는 우리의 모습이 만족스러운 듯 말했다.

"난 이 말들에 대해 매우 큰 자부심이 있네. 지인인 고든 씨가 내게 말들의 특성을 알려주었거든. 물론 둘의 색이 똑같지는 않지만, 시골에서 지내는 동안 마차를 끄는 말로 쓰면 아주 좋겠어. 런던으로 가기 전에 남작과 시합해봐야겠군. 승마에는 검은색 말이 제격이겠는걸."

요크 씨는 존이 우리에 대해 들려준 이야기를 백작에게 전했다. 이야기를 다 듣고 나서 백작이 말했다.

"흠, 저 암말을 계속 살피고 제지 고삐를 늦춰 매주게. 처음에 비위를 좀 맞춰주면 틀림없이 둘 다 아주 잘해낼 거야. 아내에게도 말해두겠네."

오후에 우리는 마구를 착용하고 마차에 연결되었다. 마구간 시계가 3시를 치자 우리는 저택 앞으로 인도되었다. 건물이 매우 웅장했다. 버트윅의 고풍스러운 저택보다 서너 배는 컸다. 하지만 쾌적한 분위기는 버트윅 저택의 절반에도 못 미쳤다. (말이 견해를 밝혀도 된다면)

하인 두 명이 진홍색 반바지와 하얀 스타킹으로 이루어진 단조로운 제복을 입고 대기 중이었다. 곧 바스락바스락 비단옷이 스치는 소리가 들리고 마님이 돌계단을 내려왔다.

마님은 한 바퀴 돌며 우리를 바라보았다. 키가 크고 거만해 보이는 여인이었다. 무언가가 마음에 들지 않는 듯 보였지만, 아무 말 없이 마차에 탔다. 이때 나는 난생처음 제지 고삐를 맸다. 머리를 숙일 수 없어서 확실히 불편했다.

그래도 내가 평소에 들고 있는 머리 높이보다 더 높게 들도록 제지 고삐를 매지는 않았다. 나는 진저가 걱정됐다.

진저는 차분하고 만족스러워 보였다.

다음 날 3시에 우리는 다시 저택 문 앞으로 갔다. 하인들이 이전처럼 대기하고 있었다.

비단옷이 스치는 소리가 들린 후 마님이 계단을 내려와 도도한 목소리로 말했다.

"요크, 말들의 머리를 더 높여야지. 저 꼴이 뭔가."

요크 씨가 운전석에서 내려와 공손하게 대꾸했다.

"죄송합니다, 윌리엄 부인. 이 말들은 3년 동안 제지 고삐를 맨 적이 없었습니다. 윌리엄 백작께서도 말들을 천천히 제지 고삐에 익숙해지도록 하는 게 안전하겠다고 말씀하셨고요. 하지만 부인이 원하신다면 고개를 약간 더 들게 할 수는 있습니다."

"그렇게 하게."

요크 씨가 우리 머리 쪽으로 돌아와 고삐의 구멍을 한 칸 줄였던 것 같다. 사소한 것 하나하나가 영향을 미치는 법이다. 그 영향이 좋은 것이든 나쁜 것이든.

게다가 그날 우리는 가파른 언덕을 올라야 했다. 그제야 나는 내가 들었던 말을 이해하기 시작했다. 늘 그래왔듯이 나는 당연히 머리를 앞으로 내밀고 힘차게 마차를 끌어 올리고 싶었다. 하지만 그럴 수 없었다. 이제는 머리를 치켜든 채로 끌어야 했다. 기운이 쫙 빠지고 등과 다리에 무리가 갔다.

마구간에 들어왔을 때 진저가 말했다.

"이제 제지 고삐를 매는 게 어떤 건지 알겠지? 이 정도는 나쁘지 않아. 이보다 훨씬 더 나빠진대도 난 아무 말 하지 않을 거야. 우리는 이곳에서 대우를 아주 잘 받고 있으니까.

하지만 그들이 내 머리를 바짝 쳐들게 한 채로 혹사한다면 본때를 보여줘야지! 그런 건 견딜 수 없어. 견디지 않을 거라고!"

날마다 구멍을 줄여나가 제지 고삐가 짧아졌다. 나는 예전처럼 즐거운 마음으로 마구 착용을 고대하는게 아니라 두려워하기 시작했다. 진저도 별말은 없었지만 불안한 듯 보였다.

드디어 최악의 상황이 끝난 것 같았다. 며칠 동안 더는 고삐 길이가 짧아지지 않았기 때문이다. 이제 마구를 착용하는 것이 즐거운 일이 아니라 끝없는 고역이긴 해도 나름대로 최선을 다해 내 본분을 다하기로 결심했다. 하지만 최악의 상황은 끝난 게 아니었다.

23. 자유를 위한 공격

어느 날 마님은 평소보다 늦게 내려왔다. 비단옷이 여느 때보다 더 많이 바스락거렸다.

"버네사 공작부인 댁으로 가게."

마님은 이렇게 지시하고 잠시 멈추었다 말했다.

"저 말들의 머리를 아예 들어 올리지 않을 작정인가, 요크? 당장 들어 올리게. 그 비위를 맞춘다는 헛소리는 이제 그만하고."

요크 씨는 마구간지기를 진저의 머리 옆에 서 있게 하고 내게로 왔다. 내 머리를 뒤로 당겨 고삐를 거의 참을 수 없을 정도로 단단히 조였다. 그런 다음 진저에게 갔다.

진저는 재갈을 물지 않으려고 조바심치며 머리를 위아래로 휙휙 움직였다. 무슨 일이 닥칠지 잘 알고 있었기 때문이다. 요크 씨가 길이를 줄이기 위해 고삐를 고리에서 떼어낸 순간, 진저는 기회를 놓치지 않고 갑자기 뒷발로 섰다.

그 바람에 요크 씨는 코를 세게 맞고 모자가 벗겨졌다.
마구간지기는 진저의 다리를 피하려다 나자빠질 뻔했다.
두 사람은 즉시 진저의 머리로 달려들었다. 진저는 그들에게 지지 않았다. 필사적으로 계속 거꾸러지고 뒷다리로 서고 발길질했다. 급기야 마차로 연결된 끌채(마차와 말을 연결하는 막대기처럼 생긴 부품. 마차의 방향을 바꿀 때 사용함 - 옮긴이)와 옆에 있는 내 다리까지 발로 세게 걷어찬 뒤 쓰러졌다.
요크 씨가 재빨리 진저의 머리를 깔고 앉아 몸부림을 막지 못했다면 진저가 어떠한 해를 더 끼쳤을지 알 수 없었다.
진저를 붙잡은 채로 요크 씨가 소리쳤다.
"검은 말의 띠를 풀어! 얼른 윈치(밧줄이나 쇠사슬로 무거운 물건을 들어 올리거나 내리는 기계 - 옮긴이)를 가져와서 나사를 풀고 끌채를 빼내! 가죽끈이 풀리지 않으니 누가 여기 가죽끈을 좀 잘라줘!"
하인 한 사람이 윈치를 가지러 달려갔고, 다른 한 사람은 집에서 칼을 가지고 나왔다. 마구간지기는 곧 나를 진저와 마차에서 풀어낸 다음 마구간의 내 칸으로 데려갔다. 제지고삐에 매인 상태 그대로 나를 들여보내고는 요크 씨에게 도로 달려갔다.
나는 방금 일어난 일 때문에 몹시 흥분해 있었다. 발길질하거나 뒷발로 서는 것에 익숙했다면, 분명히 나도 그때 진저처럼 행동했어야 했다.

한 번도 그래본 적이 없었던 나는 아픈 다리로 분노한 채 마구간에 서 있었다. 머리는 여전히 안장 고리에 꿴 끈으로 당겨져 있었다. 머리를 숙여볼 힘조차 없었다. 몹시 비참했다. 누구든 내게 가까이 오기만 하면 뻥 차버리고 싶은 심정이었다.

오래지 않아 진저가 마구간지기 두 명에게 이끌려 들어왔다. 흠씬 두들겨 맞고 멍이 들어 있었다. 요크 씨도 함께 와서 지시를 내린 다음 나를 보러 왔다. 그는 즉시 내 고삐를 늦춰주며 혼잣말했다.

"이 빌어먹을 제지 고삐! 어쩐지 곧 탈이 날 것 같더라니.

백작이 심하게 화를 내겠군. 하지만 남편도 자기 아내를 다스리지 못하는데 하인이라고 별수 있겠어? 이 일에서 발을 빼자. 윌리엄 부인이 공작부인의 가든파티에 갈 수 없다 해도 그건 내가 어쩔 수 없는 일이야."

사람들 앞에서 요크 씨는 이런 식으로 말하지 않았다.

사람들이 곁에 있을 때는 늘 공손하게 말했다. 내 몸을 여기저기 만져보던 요크 씨는 발길질에 맞아 뒷다리 윗부분에 난 상처를 발견했다. 상처 부위가 부어오르고 아팠다. 요크 씨는 상처를 뜨거운 물로 닦은 후 연고를 조금 발라주라고 지시했다.

사건을 알게 된 윌리엄 백작은 크게 화를 냈다. 그는 마님이 요구하는 대로 따른 것에 대해 요크 씨를 탓했다.

요크 씨는 앞으로 주인님에게만 명령을 받는 편이 훨씬 더 좋겠다고 대꾸했다. 그래봤자 아무 소용도 없었다. 상황은 여전히 예전과 똑같았기 때문이다. 나는 요크 씨가 말들을 더 잘 옹호해줄 수도 있었으리라 생각했지만, 내 생각이 옳았는지는 잘 모르겠다.

진저는 두 번 다시 마차에 연결되지 않았다. 진저의 상처가 다 낫자 윌리엄 백작의 아들 중 한 명이 진저를 갖고 싶다고 말했다. 그는 진저가 훌륭한 사냥용 말이 되리라 자신했다. 나는 계속해서 마차를 끌어야 했다. 맥스라고 불리는 새로운 짝과 함께.

맥스는 단단히 매인 고삐에 익숙했다. 내가 어떻게 견디느냐고 묻자 그가 대답했다.

"어쩔 수 없어서 견디는 거야. 하지만 내 수명은 단축되지. 그런 고삐를 계속 매야 한다면 너도 수명이 짧아질 거야."

"주인님은 제지 고삐가 우리에게 얼마나 나쁜지 알고 있을까?"

"글쎄. 하지만 상인과 수의사들은 아주 잘 알고 있어. 예전에 어느 상인 집에 있을 때였지. 그는 나와 또 다른 말에게 짝지어 걷는 훈련을 시켰어. 우리 머리를 매일 조금씩 더 높이 들어 올리게 하면서. 그곳에 있던 한 신사가 그러는 이유를 묻자 상인은 이렇게 대답했어.

'우리가 이러지 않으면 사람들이 사려 들지 않거든요.

런던 사람들은 늘 자신의 말들이 머리와 발을 높이 들어 올리고 걷는 걸 원해요. 물론 그런 걸음걸이가 말에게는 매우 나쁘지만, 거래에는 좋죠. 말들이 금세 지치거나 병이 들면 사람들은 또 다른 쌍의 말을 사러 오니까요.'라고.

그게 내가 듣는 자리에서 상인이 했던 말이야. 판단은 네가 스스로 내려."

넉 달 동안 제지 고삐를 맨 채 마님의 마차를 끌며 내가 받은 고통은 말로 표현하기 어려울 정도였다. 단언하건대, 그런 고통이 훨씬 더 오래 지속됐다면 나의 건강과 성질 중 하나는 틀림없이 나빠졌을 것이다.

그전까지 나는 입에 거품을 문다는 것이 어떤 건지 전혀 몰랐다. 이제 혀와 턱에 날카로운 재갈을 물고 머리와 목이 부자연스러운 자세를 취하게 되자 늘 입에 거품이 약간 생겼다.

어떤 사람들은 그 모습을 좋게 보고 "아주 건강하고 기운이 넘치는 말이네!"라고 외친다. 하지만 입에 거품을 무는 것은 사람에게나 말에게나 똑같이 부자연스러운 현상이다.

무언가가 불편하다는 확실한 신호이므로 주의를 기울여야 한다. 그것 말고도 나는 기관지에 압박을 받아 호흡이 몹시 불편할 때가 많았다. 일하고 돌아오면 목과 가슴이 팽팽해져 아팠다. 입과 혀가 얼얼했다. 맥이 빠지고 우울했다.

옛집에서 나는 존과 주인님이 내 친구라는 것을 늘 알고 있었다. 이곳에서는 여러 면에서 대우가 좋은데도 불구하고 친구는 없었다. 제지 고삐가 내게 어떤 고통을 주는지 요크 씨는 알고 있었을지도 모른다. 아니 알고 있었을 것이다.

그래도 그는 그것을 어쩔 수 없는 일로 여겼던 것 같다. 어쨌든 내가 구제받을 방법은 전혀 없었다.

24. 앤과 달아난 말

이른 봄이 되자 윌리엄 백작과 그의 가족 일부가 런던으로 갔다. 요크 씨도 함께 데려갔다. 나는 진저와 몇몇 다른 말과 함께 시골 저택에서 사용되도록 남겨졌고, 우두머리 마구간지기가 말들을 책임지게 되었다.

저택에 남은 해리엇은 매우 병약해서 한 번도 마차를 타고 외출한 적이 없었다. 반면 앤은 오빠나 사촌들과 함께 말을 타는 것을 좋아했다. 말을 상당히 잘 다루었으며 아름다운 외모 못지않게 성격도 명랑하고 상냥했다.

앤은 나를 자신의 말로 선택하고 '블랙 오스터'라는 이름을 붙여주었다. 나는 맑고 차가운 공기 속을 달리는 것이 무척 즐거웠다. 가끔 진저와 달릴 때도 있고 리지와 달릴 때도 있었다.

리지는 생기 있는 밤색 암말로 순종에 가까웠다. 멋진 동작과 활기찬 성격 때문에 신사들에게 인기가 꽤 높았다.

하지만 리지에 대해 나보다 더 많이 알고 있는 진저는 리지가 상당히 신경질적이라고 말했다.

블랜이라는 이름을 가진 신사 한 명도 저택에 머물렀다.

그는 항상 리지를 타며 대단한 말이라고 칭찬했다.

어느 날 앤은 리지에게는 곁안장(두 발을 한쪽으로 모아 앉는 여성용 안장 – 옮긴이)을 얹고, 다른 안장 하나는 내게 얹으라고 지시했다.

우리가 저택 문간에 이르렀을 때 블랜이 몹시 불안한 표정으로 물었다. "이게 어떻게 된 거야? 블랙 오스터에게 싫증이라도 난 거니?"

앤이 대답했다. "어머, 아니에요. 그럴 리가요. 하지만 친절을 베풀어 내 말을 한 번 타게 해줄게요. 나는 오빠의 멋진 리지를 타볼래요. 사실, 크기와 외모로 따지면 내 말보다 리지가 여성을 태우기에 훨씬 더 적합해 보이잖아요."

"리지를 타지 않는 게 좋겠어. 내 충고대로 해. 리지는 멋진 말이지만, 너무 신경질적이라서 여성이 타기에 위험하다고. 정말이지 리지는 안전한 말이 아니야. 제발 부탁이니 안장을 바꾸자."

앤이 소리 내어 웃으며 대꾸했다. "친애하는 사촌오빠, 괜히 나 때문에 골머리 앓지 말아요. 난 아기였을 때부터 죽 말을 타왔어요. 사냥터에서 사냥개들을 쫓아다닌 적도 많고요. 여성들이 사냥에 참여하는 것을 오빠가 찬성하지 않는다는 건 알고 있지만, 그렇다고 사실이 바뀌지는 않죠. 나는 남성들이 그토록 좋아하는 말인 리지를 꼭 타볼 작정이에요. 그러니 어서 말에 오르는 걸 좀 도와줘요. 오빠는 늘 내게 좋은 친구잖아요."

더는 할 말이 없었으므로 블랜은 앤을 조심스럽게 안장에 앉혔다. 재갈과 고삐를 살피고 고삐를 앤의 손에 살며시 건넨 뒤 내 등에 올라탔다. 우리가 막 출발하려 할 때 하인이 나와서 쪽지 한 장과 해리엇의 말을 전했다. 의사 애슐리 씨에게 질문이 적힌 쪽지를 전하고 답신을 받아와 달라는 부탁이었다.

마을은 1.5킬로 정도 떨어져 있었으며 의사는 마을에서 제일 끝에 자리한 집에 살았다. 우리는 유쾌하게 달려 의사의 집 대문에 이르렀다. 큰 상록수 사이로 조금만 더 가면 집이 있었다.

블랜이 내려서 앤을 위해 대문을 열어주려 하자 앤이 말했다. "난 여기서 기다릴게요. 오스터의 고삐는 대문에 걸어놓으면 돼요."

그가 수상쩍은 표정으로 바라보며 말했다. "5분도 안 걸릴 거야."

"서두르지 말아요. 리지와 내가 오빠 몰래 달아나는 일은 없을 테니."

블랜은 쇠못 중 하나에 내 고삐를 걸어둔 뒤 곧 나무들 사이로 사라졌다. 리지는 나를 등지고 길에서 몇 걸음 떨어진 곳에 얌전히 서 있었다. 앤은 고삐를 느슨히 쥔 채 편안히 앉아 노래를 흥얼거렸다.

나는 블랜의 발자국 소리에 귀를 기울였다. 그가 집에 도착해 문을 두드리는 소리가 들렸다. 길 건너편에 초원이 있고, 초원으로 통하는 문이 활짝 열려 있었다.

바로 그때 수레용 말들과 어린 망아지들이 무질서하게 초원 밖으로 달려 나왔다. 한 소년이 뒤에서 큰 채찍을 휘두르고 있었다. 망아지들은 거칠게 장난을 치며 뛰놀았다.

그중 한 마리가 느닷없이 길을 건너와서는 실수로 리지의 뒷다리에 쿵 부딪혔다. 멍청한 망아지 때문인지, 큰 채찍 소리 때문인지 아니면 둘 다 때문인지 모르겠지만, 리지가 세차게 발길질을 하고는 그곳을 떠나 쏜살같이 질주하기 시작했다. 너무 갑작스러운 일이라 앤은 안장에서 떨어질 뻔했다. 하지만 곧 제자리를 잡았다.

나는 크고 날카롭게 울며 도움을 청했다. 계속해서 히힝 소리를 내고 안절부절못한 채 발로 땅을 긁었다. 고삐를 풀려고 머리를 흔들었다. 오래 기다릴 필요는 없었다. 블랜이 문으로 달려 나왔다. 그는 걱정스러운 표정으로 주변을 둘러보다 날아가듯 달리고 있는 리지의 모습을 발견했다. 벌써 길 저편으로 멀어져가고 있었다.

블랙이 즉시 안장으로 뛰어올랐다. 나는 채찍도 박차도 필요 없었다. 내 마음 역시 그와 마찬가지로 간절했기 때문이다. 이를 알아차린 블랙은 나를 알아서 달리도록 내버려 두고 몸을 약간 앞으로 숙였다. 우리는 그들을 뒤따라 질주했다.

2.5킬로쯤 달리는 동안 길이 곧게 나 있었다. 그런 다음 오른쪽으로 구부러지고 그다음엔 두 갈래로 나뉘었다. 우리가 굽은 길에 이르기 한참 전에 이미 리지는 시야에서 사라졌다. 어느 길로 갔을까?

한 여인이 손을 눈썹 위에 대고 햇빛을 가린 채 정원 문에서서 열심히 길을 내다보고 있었다.

고삐를 당길 새도 없이 블랙이 소리쳐 물었다. "어느 쪽입니까?"

"오른쪽이요!"

여자가 손으로 가리키며 외쳤다. 우리는 곧장 오른쪽 길로 달렸다. 잠시 리지의 모습이 보였지만, 또다시 굽은 길이 나왔고 리지는 사라졌다. 우리는 리지의 모습을 몇 차례 힐끗 보고는 놓쳤다. 그들과 전혀 가까워지지 못한 듯 보였다.

도로를 수리하는 늙은 일꾼 한 명이 삽을 놓고 양손을 들어 올린 채 돌무더기 근처에 서 있었다. 우리가 가까이 오자 그는 할 말이 있다는 신호를 보냈다. 블랙이 고삐를 약간 당겼다.

"공원으로, 공원으로 갔습니다. 거기서 길을 벗어났어요."

나는 그 공원을 아주 잘 알고 있었다. 땅이 대부분 울퉁불퉁하고 야생화와 진녹색 가시덤불로 덮여 있었다. 볼품없는 늙은 가시나무가 드문드문 서 있었다. 짧은 풀이 자란 공터는 개미탑과 두더지 굴로 가득했다. 내가 아는 곳 중 전속력으로 달리기에 가장 나쁜 곳이었다.

공원으로 막 출발하려 할 때 우리는 앞에서 쏜살같이 달려가는 초록색 승마복을 다시 보았다. 앤의 모자는 없어지고 긴 갈색 머리가 뒤로 나부꼈다. 앤은 남은 힘을 다해 말을 세우려는 듯 머리와 몸을 뒤로 젖히고 있었다. 그 힘마저 거의 다 빠져버린 것 같았다. 울퉁불퉁한 땅 때문에 리지의 속도가 많이 줄어들었다. 지금이 리지를 따라잡을 기회인 듯 보였다.

큰길에 있을 때 블랜은 내가 알아서 가게 내버려 두었지만, 이제 울퉁불퉁한 땅이 나오자 그는 가벼운 손놀림과 숙련된 눈을 이용해 능숙하게 나를 이끌었다. 그 덕분에 내 속도는 거의 느려지지 않았다. 우리는 거의 그들을 따라잡았다.

황야를 반쯤 가로지르자 최근에 땅을 파서 만든 넓은 수로가 나타났다. 파낸 흙이 반대편에 아무렇게나 쌓여 있었다. 틀림없이 여기서 멈출 거야!

하지만 아니었다. 리지는 조금도 망설임 없이 수로를 뛰어넘었고, 거친 흙더미들 사이에서 휘청거리다 넘어졌다.

블랜이 신음을 토해내며 말했다. "자, 오스터, 최선을 다해 뛰어!"

그가 고삐를 단단히 쥐었다. 나는 정신을 바짝 차린 뒤 수로와 둑을 한 번에 깔끔히 뛰어넘었다. 불쌍한 앤은 얼굴을 땅으로 향한 채 야생화 사이에 쓰러져 꼼짝도 하지 않았다.

블랜이 무릎을 꿇고 앉아 이름을 불렀다. 아무 소리도 나지 않았다. 그는 조심스럽게 얼굴이 위로 향하도록 앤의 몸을 돌렸다. 얼굴이 백지장처럼 하얗고 두 눈은 감겨 있었다.

"앤! 앤! 말 좀 해봐!"

대답이 없었다. 블랜은 앤의 승마복 단추를 풀어 옷깃을 느슨하게 한 후 손과 손목을 만져보았다. 그런 다음 벌떡 일어서서 도움을 청하기 위해 주위를 살폈다.

그리 멀지 않은 곳에 잔디를 깎는 사내 두 명이 있었다.

그들은 리지가 사람도 태우지 않고 거칠게 달려가는 것을 보고는 일손을 놓고 리지를 잡으러 가던 참이었다. 두 사람은 블랜의 외침을 듣자마자 우리가 있는 곳으로 왔다. 먼저 온 사내가 그 광경을 보고 몹시 걱정스러운 표정으로 무엇을 도우면 되겠냐고 물었다.

"말을 탈 수 있겠나?"

"글쎄요, 말을 썩 잘 다루지는 못하지만, 앤 아가씨를 위해 목숨을 걸어보겠습니다. 겨울에 제 아내가 앤 아가씨에게 아주 큰 은혜를 입었거든요."

"그럼 이 말을 타게, 친구. 자네 목숨은 아주 안전할 거야. 의사에게 가서 즉시 와달라고 전해. 그런 다음 저택으로 가서 사람들에게 자네가 알고 있는 걸 모두 말하고, 마차와 앤의 하녀, 도와줄 일꾼을 보내라고 요청해주게. 난 여기에 있겠네."

"예, 최선을 다하겠습니다. 아가씨가 곧 눈을 뜰 수 있기를 빌어요."

그는 이렇게 말하고 나서 다른 사내를 보고 외쳤다.

"어이! 얼른 가서 물을 좀 가져와. 그리고 집사람에게 전해. 될 수 있는 대로 빨리 앤 아가씨에게 오라고."

사내는 힘겹게 안장으로 기어오른 후 "이랴!" 소리와 함께 양다리로 내 옆구리를 쳐서 길을 떠났다. 수로를 피하려고 약간 우회했다. 채찍이 없어서 애를 먹는 듯 보였다.

하지만 내 걸음걸이가 그런 어려움을 곧 해결해주었다. 사내는 안장에 가만히 앉아 내 고삐를 붙잡고 있는 게 자신이 할 수 있는 최선이라는 사실을 깨닫고는 과감히 그렇게 했다. 나는 최대한 그를 흔들지 않으려 했지만, 울퉁불퉁한 땅에서 한두 번 그가 "침착해! 어이쿠! 침착해!"라며 소리를 질렀다.

대로에서는 아무 문제 없었다. 그는 의사의 집과 저택에서 자신이 맡은 심부름을 충실히 마쳤다. 사람들이 그에게 들어와서 뭐라도 마시라고 청하자 그가 대꾸했다.

"아니요, 괜찮습니다. 들판의 지름길을 통해 다시 돌아가야 합니다. 마차보다 먼저 도착할 거예요."

소식이 알려진 후 사람들은 흥분해서 서두르며 큰 소란을 피웠다. 나는 마구간의 내 칸으로 들여보내졌다. 마구간지기가 안장과 굴레를 떼어낸 후 등에 천을 덮어주었다.

진저가 황급히 안장을 얹은 뒤 불려 나갔다. 곧 마차가 마당을 굴러나가는 소리가 들렸다.

한참 후 진저가 돌아왔다. 우리 둘만 남게 되자 진저는 자신이 본 것을 전부 이야기해주었다.

"말해줄 게 많지는 않아. 우리는 거의 쉬지 않고 전속력으로 달려가 그곳에 도착했지. 때마침 의사도 도착했어. 한 여인이 땅에 앉아 아가씨의 머리를 자기 무릎에 받치고 있었어. 의사가 아가씨의 입에 무언가를 부었지. 내가 들은 건 아가씨가 죽지 않았다는 말이 전부였어. 어떤 남자가 나를 멀찍이 끌어냈거든. 잠시 후 아가씨가 마차에 실렸어. 그런 다음 우리는 다 함께 집으로 왔지. 오는 길에 주인님은 무슨 일인지 묻는 어느 신사에게 아가씨의 뼈가 부러지지 않았기를 바라지만, 아직 의식이 돌아오지 않았다고 대답했어."

백작의 아들 조지 경이 진저를 타고 사냥을 나갈 때면 요크 씨는 고개를 절레절레 저으며 말했다. 사냥철에 처음 사냥을 나가는 말은 차분하고 안정적으로 상황을 통제할 수 있는 사람이 훈련해야지, 조지 경처럼 아무렇게나 말을 타는 사람이 훈련해선 안 된다고.

진저는 사냥 나가는 것을 좋아했다. 하지만 사냥에서 돌아오면 근육을 무리하게 사용한 듯 보일 때가 간혹 있었다. 이따금 짧은 기침을 토해내기도 했다. 진저는 기운이 무척 왕성한 말이라서 전혀 불평하지 않았지만, 나는 진저를 걱정하지 않을 수 없었다.

사고가 나고 이틀 후 블랜이 나를 보러 왔다. 그는 나를 토닥이며 크게 칭찬했다. 그는 조지 경에게 이 말도 틀림없이 자신처럼 앤의 위험을 알고 있었다며 다음과 같이 말했다.

"녀석을 제어하려 했어도 그럴 수 없었을 거야. 앞으로 앤은 이 말 외에 다른 어떤 말도 타선 안 돼."

그들의 대화를 듣고 앤이 이제 고비를 넘겼고, 곧 다시 말을 탈 수 있으리라는 사실을 알게 되었다. 좋은 소식이었다.

나는 행복한 생활이 다시 찾아오기를 고대했다.

25, 스미스

이제 스미스에 대해 조금 이야기해야겠다. 요크 씨가 런던으로 가자 스미스가 마구간을 책임지게 되었다. 그는 자신의 업무를 아주 완벽하게 이해하고 있었다. 멀쩡한 상태일 때는 더없이 충실하고 쓸모 있는 사람이었다. 말을 친절하고 영리하게 다루었고 수의사 못지않게 치료할 수도 있었다. 수의사와 2년 동안 함께 살았던 적이 있기 때문이다.

마차를 모는 솜씨도 일품이었다. 말 두 마리가 나란히 끄는 쌍두마차뿐만 아니라 4두마차나 말 두 마리가 한 줄로 끄는 이륜마차까지 모두 운전할 수 있었다.

얼굴이 잘생기고 지식이 풍부한데다 성격도 매우 쾌활해서 모든 이가 그를 좋아했다. 물론 말들도 그를 좋아했다. 그런 사람이 왜 낮은 지위에 머문 채 요크 씨처럼 우두머리 마부 자리를 얻지 못하는 건지 놀라울 따름이었다.

다만, 그에게는 큰 흠이 하나 있었다.

그것은 바로 술에 대한 애정이었다. 여느 사내들처럼 늘 술에 취해 있지는 않았다. 몇 주 혹은 몇 달 동안 착실히 지내기도 했다. 그러다 술만 마셨다 하면 요크 씨의 표현대로 '진탕' 마시고는 스스로 망신을 당하고, 아내를 공포에 떨게 하고, 모든 주변 사람에게 폐를 끼쳤다. 그가 워낙 유능했으므로 요크 씨는 두세 차례 사건을 숨긴 채 백작에게 알리지 않았다.

어느 날 밤, 스미스는 무도회에서 사람들을 태운 뒤 마차를 몰고 집으로 와야 했다. 하지만 고삐를 잡을 수도 없을 만큼 취한 탓에 마차에 타고 있던 한 신사가 운전석에 올라 숙녀들을 집으로 데려왔다.

물론 이 일은 숨길 수 없었다. 스미스는 즉시 해고되었다.

그의 불쌍한 아내와 어린 자식들은 저택 출입문 근처의 예쁜 집에서 나와 형편이 닿는 곳으로 가야 했다.

이곳에서 오래 지낸 맥스가 내게 이 모든 이야기를 들려주었다. 아주 오래전에 일어났던 일이지만, 진저와 내가 오기 얼마 전 스미스는 다시 돌아왔다. 요크 씨가 그를 위해 인정 많은 백작에게 잘 말해준 덕분이었다.

스미스는 자신이 그곳에 사는 한, 술을 한 방울도 입에 대지 않겠다고 굳게 약속했다. 그가 약속을 아주 잘 지켰으므로 요크 씨는 자신이 떠나 있는 동안 그에게 자신의 자리를 맡겨도 되겠다고 생각했다.

게다가 스미스는 매우 영리하고 정직해서 그 자리에 유일한 적임자로 보였다.

이제 4월 초였다. 런던에 갔던 가족이 5월에 집으로 올 예정이었다. 말 한 마리가 끄는 가벼운 사륜마차를 새로 단장해두어야 했다.

마침 블랜 대령이 연대로 복귀해야 했으므로, 스미스가 그를 마차에 태우고 시내로 갔다 돌아오기로 했다. 그는 마차를 맡기고 돌아올 것을 대비해 안장을 챙긴 뒤 나를 데려갈 말로 선택했다.

기차역에서 대령은 스미스의 손에 돈을 조금 쥐여준 뒤 작별을 고하며 당부했다.

"앤을 잘 부탁하네, 스미스. 타고 싶어 한다고 아무나 함부로 블랙 오스터를 타게 하면 안 되네. 이 말은 앤을 위해 준비해둬."

마차 제조업자에게 마차를 맡기고 나서 스미스는 나를 타고 화이트 라이언 여관으로 갔다. 여관 마부에게 나를 잘 먹인 후 4시까지 손질을 마쳐달라고 주문했다. 오는 동안 앞발 편자 중 한쪽의 못 한 개가 느슨해졌지만, 마부는 4시가 거의 다 되어서야 그것을 알아차렸다.

5시에 여관 마당으로 들어선 스미스는 옛 친구들을 만났다며 6시에나 떠날 거라고 말했다. 마부가 그에게 못에 대해 말한 뒤 직접 편자를 살펴보겠냐고 묻자 스미스가 대꾸했다.

"아니요. 집에 도착할 때까지 괜찮을 거요."

그의 목소리가 아주 크고 퉁명스러웠다. 편자를 살펴보지 않겠다는 건 전혀 그답지 않은 태도였다. 평소에 그는 편자의 못이 느슨해지지 않도록 몹시 까다롭게 굴었기 때문이다.

그는 6시에도 7시에도 8시에도 오지 않았다. 그가 나를 부른 건 9시가 다 되었을 즈음이었다. 목소리가 크고 거칠었다. 이유는 알 수 없었지만, 그는 기분이 몹시 나쁜 듯 여관 마부에게 욕설을 퍼부었다.

여관 주인이 문간에 서서 인사했다. "조심히 가세요, 스미스 씨!"

그는 대답 대신 화를 내며 악담을 했다. 시내를 다 벗어나기도 전에 그는 질주하기 시작했다. 내가 전속력으로 달리고 있는데도 자꾸만 나를 채찍으로 후려쳤다. 아직 달이 뜨지 않아서 사방이 매우 어두웠다. 길은 최근에 수리되어 돌이 많았다. 그런 길을 전속력으로 달리다 보니 편자가 점점 더 헐거워졌다. 통행료를 내는 문에 가까워질 때쯤 편자가 떨어져 나갔다.

제정신이었다면 그는 내 걸음걸이에 뭔가 이상이 있다는 것을 알아차렸겠지만, 지금은 너무 취해서 알아차리지도 못했다. 문 너머로 기다란 길이 나 있고, 길에는 새 돌이 깔려 있었다.

돌이 크고 날카로워서 어떤 말도 위험을 감수하지 않고서는 빨리 달릴 수 없었을 것이다. 이런 길에서 편자 하나를 잃은 채 나는 전속력으로 달려야만 했다. 스미스가 내게 계속 채찍질하고 마구 욕설을 퍼부으며 더 빨리 달리라고 재촉했다. 당연히 편자가 벗겨진 발에 엄청난 통증이 느껴졌다.

발굽은 순식간에 깨지고 갈라졌다. 발굽 안쪽이 돌의 날카로운 면에 심하게 베였다.

이렇게는 도저히 계속 갈 수 없었다. 그런 상황에서는 어떤 말도 몸을 가눌 수 없었을 것이다. 고통이 너무 컸다.

나는 비틀거리다 양 무릎을 꿇으며 세차게 넘어지고 말았다. 내가 넘어지자 스미스가 휙 튕겨 나갔다. 내가 달리고 있던 속도 때문에 그는 분명히 엄청 세게 땅에 떨어졌을 것이다. 나는 곧 일어서서 돌이 없는 길가로 절뚝이며 이동했다.

산울타리 위에 달이 떠 있었다. 달빛에 바라보니 스미스는 내게서 2미터 정도 떨어진 곳에 누워있었다.

그는 일어나지 않았다. 일어나려고 약간 힘을 쓰고는 고통에 겨운 소리를 냈다. 나 역시 신음을 낼 수 있었을 것이다.

발과 무릎에 극심한 통증이 있었기 때문이다. 하지만 말들은 조용히 아픔을 견디는 것에 익숙하다. 나는 아무 소리도 내지 않고 그곳에 서서 귀를 기울였다. 스미스가 한 번 더 무거운 신음을 냈다.

달빛을 받으며 누워있는 그는 아무런 움직임도 보이지 않았다. 그를 위해서도 나 자신을 위해서도 할 수 있는 게 전혀 없었다. 아! 말이나 바퀴, 발자국 소리가 들려야 할 텐데!

그 길은 사람이 자주 다니는 곳이 아니었다. 이렇게 밤늦은 시간에는 도와줄 사람이 나타날 때까지 몇 시간이고 그곳에서 머물러야 할 수도 있었다.

나는 계속 주시하고 귀를 기울이며 서 있었다. 4월의 조용하고 기분 좋은 밤이었다. 밤꾀꼬리의 낮은 노랫소리가 약간 들리는 것 외에는 고요했다. 달 주변에 흘러가는 흰 구름과 산울타리 위로 휙 날아가는 갈색 부엉이 말고는 아무것도 움직이지 않았다.

그러고 있으니 오래전 여름밤이 떠올랐다.

그레이 씨네 농장의 쾌적한 초록빛 초원에서 엄마 옆에 누워있던 때가….

26, 사건의 결말

자정이 거의 다 되었을 때였다. 멀리서 말발굽 소리가 들렸다. 소리는 가끔 끊겼다가 다시 점점 더 뚜렷하고 가까워졌다. 얼스홀로 가는 길은 백작이 소유한 숲을 통해 나 있었다. 그쪽 방향에서 소리가 났다.

나는 누군가 우리를 찾으러 나온 것이기를 바랐다. 소리가 점점 더 가까워지자 그것이 진저의 발자국 소리라는 것을 분명히 알 수 있었다. 좀 더 가까워지니 진저가 이륜마차를 끌고 있었다.

나는 크게 히힝 울었다. 진저가 히힝 울며 답하는 소리와 남자들의 목소리를 듣고 뛸 듯이 기뻤다. 그들은 돌길 위로 천천히 다가와 땅에 누워있는 사람의 어두컴컴한 형체 앞에 멈추었다.

남자 중 한 명이 뛰어내려 검은 형체 위로 몸을 숙이고는 외쳤다. "스미스야! 꼼짝도 안 해!"

다른 남자가 따라와서 몸을 숙였다. "양손이 아주 차갑군."

그들이 스미스를 일으켜 세웠다. 하지만 그는 이미 죽은 상태였다. 머리가 피로 흠뻑 젖어 있었다. 그들은 스미스를 다시 눕힌 뒤 와서 나를 살펴보았다. 그리곤 무릎의 베인 상처를 발견했다.

"이런, 말이 넘어지며 그를 던져버렸군! 이 검은색 말이 그랬을 줄 누가 상상이나 했겠어? 녀석이 넘어질 수 있다는 건 생각도 못 한 일이야. 틀림없이 스미스는 여기에 몇 시간 동안 누워있었겠군! 말이 이곳을 떠나지 않았다는 것도 이상하네."

로버트가 나를 앞으로 이끌려고 시도했다. 나는 한 발을 내디뎠지만, 다시 넘어질 뻔했다.

"아이고! 무릎뿐 아니라 발도 안 좋네. 여기 봐. 발굽이 산산이 잘려 나갔어. 이러니 당연히 넘어질 수밖에, 불쌍한 녀석! 저기, 네드. 아무래도 이 말이 스미스와 무슨 일이 있었던 것 같아. 스미스가 편자도 없는 말을 타고 이런 돌길을 달렸다고 생각해봐! 옛 버릇이 도졌던 건지도 모르지.

불쌍한 수전! 수전이 하얗게 질린 얼굴로 우리 집에 와서 남편이 돌아왔는지 묻더라고. 조금도 걱정하지 않는 척하면서 남편을 늦어지게 했을 만한 일들을 이것저것 이야기하고는 그래도 가서 남편을 좀 찾아봐 달라고 부탁했어.

그나저나 이제 어쩌지? 시신뿐 아니라 말까지 집으로 데려가야 하니, 쉽지 않겠어."

그들 사이에 계속 대화가 오간 끝에 마구간지기인 로버트가 나를 데려가고, 네드가 시신을 싣고 가기로 합의되었다.

시신을 마차에 싣는 것은 어려운 일이었다. 진저를 잡고 있을 사람이 아무도 없었기 때문이다. 하지만 무슨 일이 벌어졌는지 나만큼이나 잘 알고 있는 진저는 돌처럼 가만히 서 있었다. 나는 그 사실을 알아차렸다. 진득하게 서 있지 못하는 게 진저의 유일한 단점이었기 때문이다.

네드가 스미스의 시신을 싣고 아주 천천히 출발한 뒤, 로버트가 와서 내 발을 다시 살펴보았다. 그는 손수건을 꺼내 내 발을 꽁꽁 싸매고 나서 나를 집으로 이끌었다.

그날 밤 걸었던 일을 나는 절대 잊지 못할 것이다. 로버트는 아주 천천히 나를 이끌었다. 극심한 고통 속에 절뚝이면서도 최선을 다해 걸었다. 로버트는 그런 내 모습이 안쓰러웠는지 자주 나를 토닥여주고 기분 좋은 목소리로 말을 건네며 기운을 북돋워 주었다.

마침내 마구간에 도착해 곡식을 조금 먹었다. 로버트가 젖은 천으로 내 무릎을 감싼 뒤 왕겨로 만든 찜질 약에 내 발을 넣고 묶어주었다. 아침에 수의사가 와서 보기 전에 열기를 빼고 상처를 씻기 위해서였다. 가까스로 볏짚에 누운 나는 아픈데도 불구하고 잠이 들었다.

다음날 수의사가 와서 내 상처를 살펴봤다. 그는 관절이 상하지 않았기를 바란다고 말했다. 관절이 상해도 일하는 데 별 지장은 없겠지만, 흉터는 절대 없어지지 않을 거라고 했다.

그들은 최선을 다해 잘 치료해주었던 것 같다. 치료는 길고 고통스러웠다. 내 무릎에 그들의 표현대로 새살이 돋으면 그 새살을 부식제로 다 태워버렸다. 마침내 상처가 다 낫자 양 무릎 앞쪽에 물집을 만드는 액체를 발라 털을 모두 제거했다. 나는 생각했다. 그들이 이렇게 하는 데에는 그럴만한 이유가 있을 테니 다 괜찮을 거라고….

스미스의 죽음이 너무 갑작스러운데다 목격자도 없었으므로 사망원인에 대한 조사가 실시되었다. 화이트 라이언 여관의 주인과 마부는 스미스가 여관을 떠날 때 취해 있었다고 증언했다. 다른 사람 여러 명도 같은 증언을 했다.

통행료를 받는 곳의 문지기는 스미스가 문을 통과할 때 말을 가혹하게 빨리 몰았다고 말했다. 돌들 사이에서 내 편자도 발견되었다. 따라서 사건은 아주 명백히 밝혀졌고, 나는 모든 혐의를 벗었다.

모든 이가 수전을 불쌍히 여겼다. 수전은 반쯤 넋이 나간 채 계속해서 "오! 그이가 얼마나 착했는데! 이게 다 저 지긋

지긋한 술 때문이야. 사람들은 왜 그런 저주받은 음료를 파는 거지? 오, 스미스, 스미스!"라고 말했다. 장례가 끝날 때까지 계속 그렇게 중얼거렸다.

집도 친척도 없었던 수전은 어린 여섯 자녀와 함께 큰 참나무 옆 쾌적한 집을 떠나 또다시 저 크고 우울한 구빈원으로 들어가야 했다.

27. 몸을 상한 채 내리막길로

무릎이 충분히 낫자마자 나는 한두 달 동안 작은 초원으로 보내졌다. 그곳에 다른 동물은 하나도 없었다. 자유를 즐기고 향긋한 풀을 뜯으면서도 몹시 외로웠다. 오랫동안 집단생활에 익숙해져 있었기 때문이다.

진저와 나는 절친한 친구가 되었던 터라 진저와 함께 있지 못하는 것이 매우 아쉬웠다. 길에서 말발굽 소리가 들릴 때면 자주 히힝 하고 울었지만, 대답이 돌아오는 경우는 드물었다.

어느 날 아침, 문이 열리더니 그렇게도 보고 싶던 진저가 들어왔다. 남자는 진저에게서 고삐를 벗겨낸 다음 진저를 남겨두고 떠났다. 나는 기쁨에 차서 진저에게 달려갔다.

우리 둘은 반갑게 만났다. 그리고 곧 사정을 알게 되었다. 진저가 나와 함께 있게 된 것은 우리의 즐거움을 위한 배려 때문이 아니었다.

진저의 이야기는 너무 길어서 다 말할 수 없지만, 진저가 혹독한 승마 때문에 몸이 상해서 휴식을 취하기 위해 이곳으로 끌려왔다는 것이 이야기의 결말이었다.

젊은 조지 경은 어떤 경고도 받아들이지 않았다. 말을 거칠게 탔고, 자신의 말에게는 아무 관심도 없이 기회가 생길 때마다 사냥을 나갔다. 내가 마구간을 떠나고 얼마 지나지 않아 장애물 경마 시합이 있었다. 조지 경은 경마에 참가하기로 결정했다. 진저가 약간 지쳐 있어서 경마에 적합한 상태가 아니라고 마구간지기가 말해도 그는 듣지 않았다.

경마 당일, 조지 경은 선두주자를 따라잡으려고 진저를 다그쳤다. 원기 왕성한 말인 진저는 전력을 다해 달려 네 번째로 결승선을 통과했다. 하지만 기관지를 다쳤고, 조지 경이 너무 무거운 탓에 등 근육도 상했다.

진저가 말했다. "그래서 우리가 여기에 있게 된 거지. 한창 젊고 힘이 넘칠 때 몸을 상한 채로. 너는 어느 주정뱅이 때문에, 나는 어느 바보 때문에…. 참 힘들다."

우리는 둘 다 자신이 예전 같지 않다고 느꼈다. 그래도 그런 느낌이 우리의 즐거움을 망치지는 않았다. 우리는 함께 있어 좋았다. 예전처럼 전속력으로 달리며 돌아다니지는 못해도 함께 풀을 뜯고 누워있고 몇 시간씩 보리수 그늘에 서서 머리를 가까이 맞대고 있었다.

백작 가족이 도시에서 돌아올 때까지 우리는 그렇게 시간을 보냈다.

어느 날 우리는 백작이 초원으로 들어오는 모습을 보았다.

요크 씨도 함께 있었다. 누구인지 알았으므로 우리는 보리수 밑에 가만히 서서 그들이 다가오도록 내버려 두었다.

그들이 우리를 꼼꼼히 살펴보았다. 백작은 화가 많이 나 보였다.

“쓸모없이 낭비된 돈이 삼백 파운드야. 하지만 제일 마음이 쓰이는 건 내 오랜 친구의 말들이 다쳤다는 사실이네. 내 집에서 잘 지내리라 생각하고 보낸 말들이 다쳤으니….

암말은 1년 동안 방목장에 있게 한 뒤 어떻게 할지 보세.

하지만 저 검은색 말은 팔아야겠어. 안타깝지만, 저런 무릎을 가진 말을 내 마구간에 둘 수는 없네.”

요크 씨가 대꾸했다. “예, 백작님. 물론이죠. 외모를 크게 따지지 않는 곳에 가서 대우를 받으며 잘 지낼 수도 있을 겁니다. 제가 아는 사람이 바스에서 말을 빌려주는 마구간을 운영하고 있습니다. 그자는 싼값에 좋은 말을 구할 때가 많아요. 말들도 잘 돌보고요. 지난번 조사에서 말에게 혐의가 없다는 사실이 밝혀졌으니 녀석을 보증하는 데 백작님의 추천이나 제 추천이면 충분할 겁니다.”

“그자에게 연락해 보는 게 좋겠네, 요크. 나는 말을 파는 가격보다 말이 지낼 장소를 더 꼼꼼히 따져볼 걸세.”

이렇게 말한 뒤 두 사람은 우리를 떠났다.

진저가 말했다. "저들이 곧 너를 데려가겠구나. 그럼 난 내 유일한 친구를 잃게 되는 거네. 아마 우리는 두 번 다시 만나지 못할 거야. 뭐 이런 힘든 세상이 다 있담!"

이 일이 있고 일주일쯤 후 로버트가 고삐를 들고 초원으로 들어왔다. 그는 내 머리에 고삐를 씌운 뒤 나를 끌고 나갔다.

진저와 작별할 새도 없었다. 내가 끌려 나갈 때 우리는 서로 히힝 소리를 주고받았다. 진저는 걱정스러운 듯 울타리까지 따라와서 나를 불렀다.

내 발굽 소리가 들리지 않을 때까지 계속.

요크 씨의 추천으로 나는 말을 빌려주는 마구간 주인에게 팔렸다. 기차를 타고 가야 했다. 기차를 타는 것이 생소한 일이어서 처음에는 큰 용기가 필요했다.

기차 연기와 빠른 속도, 기적소리, 무엇보다 내가 서 있는 칸의 진동이 내게 전혀 해가 되지 않는다는 사실을 알고 나는 곧 태연히 상황을 받아들였다.

여행을 마친 나는 그럭저럭 편안한 마구간에 있게 되었다.

보살핌도 잘 받았다.

반면, 이곳의 마구간은 예전 마구간만큼 공기가 잘 통하고 쾌적하지는 않았다. 평지가 아니라 경사면에 있었고, 내 머리는 여물통에 계속 묶여 있었다.

늘 경사면에 서 있어야 하는 상황이 심신을 몹시 지치게 했다. 말이 편안히 서서 머리를 마음대로 움직일 수 있어야 일을 더 많이 할 수 있다는 사실을 사람들은 아직 모르는 것 같다.

다행히 먹고 씻는 것에는 아무 문제도 없었다. 대체로 주인님은 우리를 최대한 잘 돌봐주었던 것 같다. 그는 돈을 받고 빌려줄 목적으로 상당히 많은 말과 다양한 종류의 마차를 보유하고 있었다.

주인님의 일꾼들이 마차를 몰 때도 가끔 있었지만, 평소에는 신사나 숙녀가 말과 마차를 빌려 직접 몰았다.

28. 마차용 말과 운전자들

이제까지 나를 몰았던 사람들은 적어도 말을 몰 줄 아는 사람들이었다. 하지만 이곳에서 나는 말을 대상으로 하는 온갖 종류의 나쁘고 무식한 운전방식을 모두 경험했다.

나는 '마차용 말'이었다. 나를 빌리고 싶어 하는 사람이 있으면 누구에게나 임대되었다. 성격이 좋고 순해서 무지한 운전자들에게 다른 말보다 더 자주 임대되었던 것 같다.

내가 경험한 운전방식을 전부 말하려면 오래 걸릴 테니 그 중 몇 가지만 언급하겠다.

우선, 고삐를 바짝 죄는 사람들이 있었다. 그들은 고삐를 최대한 단단히 잡고 있기만 하면 아무 일 없으리라 생각하는 듯 보였다. 절대로 고삐를 늦추지 않았고, 말에게 움직일 수 있는 최소한의 자유도 주지 않았다. 그들은 늘 '말을 잘 저지하는 것'과 '말을 멈춰 서게 하는 것'에 대해 이야기한다. 말이 스스로 멈춰 설 줄 모르는 동물인 것처럼.

기력이 쇠약한 불쌍한 말의 경우 그런 운전자들 때문에 입이 딱딱하게 굳고 무감각해졌다면, 고삐를 바짝 죄는 것이 말에게는 약간 도움이 될 수도 있을 것이다. 하지만 자기 다리로 거뜬히 설 수 있고, 입이 부드러워 고삐를 살짝만 움직여도 알아듣는 말에게 그것은 고통을 주는 어리석은 운전방식일 뿐이다.

그다음엔 고삐를 헐겁게 잡는 사람들이 있다. 그들은 고삐를 우리 등에 편안히 걸쳐둔 채 손을 무릎에 한가로이 놓고 있다. 갑자기 무슨 일이 일어나면 그런 사람들은 당연히 말을 통제할 수 없다. 말이 주춤거리거나 놀라서 발을 헛디디면 그들은 아무런 도움이 되지 못한다. 말이나 사람이나 어쩔 줄 몰라 하다 피해를 보게 된다.

나는 놀라거나 발을 헛디디는 습관이 없고, 운전자의 안내와 격려에만 의존하도록 길들여 있어서 그런 운전방식에 이의가 없었다. 그래도 내리막길에서는 고삐를 약간 당겨주는 걸 좋아한다. 운전자가 잠이 든 건 아닌지 알고 싶기도 하고.

어설픈 방법으로 말을 몰면 말에게 나쁜 습관이 든다. 게으른 습관이 들 때도 많다. 주인이 바뀌면 새로운 주인은 다소 고생스럽게 채찍으로 때려가며 그런 버릇들을 없애야 한다.

대지주 고든 씨는 늘 우리가 최선의 걸음걸이와 태도를 유지하도록 신경 썼다. 말을 망치고 나쁜 습관이 들도록 내버려 두는 것은 어린아이를 응석받이로 키우는 것만큼이나 잔인한 행위라고 그는 말했다. 그것 때문에 말과 아이 둘 다 나중에 고생하게 될 거라고.

서툰 운전자들은 조심성마저 없을 때가 많다. 자신이 모는 말보다 다른 일에 더 많은 주의를 기울인다.

어느 날 나는 서툰 운전자가 모는 사륜마차를 끌고 나갔다. 뒤에는 부인과 두 아이가 타고 있었다. 출발할 때 내가 제대로 출발했는데도 그는 고삐를 홱 당기고 의미 없이 여러 차례 채찍질했다.

대규모로 도로 수리가 진행 중이어서 돌이 새로 깔리지 않은 곳에도 여기저기 많은 돌이 흩어져 있었다. 운전자는 부인과 아이들과 함께 웃고 농담하며 양옆으로 보이는 풍경에 관해 이야기했다.

말을 지켜보거나 가장 매끄러운 길로 마차를 모는 일은 그의 안중에 없는 듯했다. 그런 상황에서 내 앞발 중 하나에 돌이 박혔다.

그 자리에 고든 씨나 존처럼 좋은 운전자가 있었다면 그는 내가 세 걸음도 가기 전에 무언가가 잘못되었다는 사실을 알았을 것이다.

주변이 어두웠어도 숙련된 운전자는 고삐의 느낌으로 걸

음걸이에 문제가 있다는 것을 알아차리고 내려서 돌을 뽑아냈을 것이다.

하지만 이 남자는 계속 웃고 떠들기만 했다. 걸을 때마다 돌은 편자와 재차(발굽의 예민한 삼각형 모양의 부위. 각질로 되어 있으며 다리에서 오는 충격을 흡수하는 역할을 함 - 옮긴이) 사이로 더 단단히 박혔다.

박힌 돌은 안쪽이 날카롭고 바깥쪽이 둥글었다. 모두 알다시피 이런 모양의 돌이 발에 박히면 매우 위험하다. 그와 동시에 발을 베이기라도 하면 비틀거리다 넘어지기도 쉽다.

남자가 앞을 잘 못 보는 건지 그냥 부주의한 건지 모르겠지만, 그는 발에 돌이 박힌 나를 족히 800미터는 몰고 간 다음에야 무언가를 알아차렸다. 그때 나는 아파서 다리를 많이 절뚝거리고 있었다.

드디어 그가 내 모습을 발견하고 외쳤다.

"어허, 이거 큰일이군! 저들이 우리에게 다리 저는 말을 빌려줬어! 창피해서 원!"

그는 고삐로 채고, 채찍을 휘두르며 말했다.

"자, 나한테 엄살은 통하지 않아. 갈 길이 남았으니 다리를 절며 게으른 척해봤자 소용없다고."

마침 그때 한 농부가 갈색 콥종 말을 타고 다가왔다. 그는 모자를 들어 올려 인사하고 멈춰 선 뒤 말했다.

"실례지만, 당신의 말에 뭔가 문제가 있는 것 같습니다. 발에 돌이 박힌 것처럼 걷고 있어요. 괜찮다면 내가 발을 좀 살펴보겠습니다. 이렇게 아무렇게나 흩어져 있는 돌들은 말에게 엄청 위험한 것들이에요."

운전자가 대꾸했다. "녀석은 빌린 말이에요. 이 말에게 무슨 일이 있었는지 모르겠지만, 이렇게 절뚝거리는 짐승을 내주다니 참 너무하는군요."

농부는 말에서 내려 고삐를 팔에 걸친 다음 즉시 가까이 있는 쪽의 발을 들어 올렸다.

"맙소사, 돌이 있네! 그래서 절뚝거렸던 거야! 그럴 줄 알았어!"

처음에 그는 손으로 돌을 뽑아내려 했다. 돌이 너무 꽉 박혀 있자 주머니에서 돌을 뽑아내는 용도로 쓰이는 곡괭이를 꺼냈다. 그것으로 아주 조심스럽게 약간 힘을 들여 돌을 뽑아냈다. 그런 다음 돌을 들고 말했다.

"자, 이게 바로 말의 발에 박혀 있던 돌입니다. 말이 넘어져 자기 무릎을 부러뜨리지 않은 게 놀랍군요!"

"그러게요! 그거참 괴상한 일이네요! 발에 돌이 박힌 줄 전혀 몰랐어요."

농부가 약간 경멸 어린 목소리로 대꾸했다.

"그래요? 하지만 말은 알고 있죠. 좋은 말은 알 거예요. 게다가 가끔 이런 길에서는 발에 돌이 박힐 수밖에 없어요.

말을 절뚝거리게 하고 싶지 않으면 예리하게 지켜보고 얼른 돌을 빼주어야만 합니다. 이 발에 멍이 심하게 들었네요."

농부가 가만히 발을 내려놓고 나를 토닥이며 덧붙였다.

"충고 하나 해도 된다면, 얼마 동안은 말을 천천히 모는 게 좋겠어요. 발에 상처가 심해서 절뚝거림이 바로 없어지지는 않을 겁니다."

그런 다음 자신의 말에 올라타 부인을 향해 모자를 들어 올려 인사한 뒤 그곳을 떠났다.

농부가 가고 나자 운전자가 고삐를 채고 마구를 채찍으로 치기 시작했다. 나는 그것을 계속 가라는 뜻으로 이해했다.

나는 다시 출발했다. 돌이 제거되어 기뻤지만, 발은 계속해서 몹시 아팠다. 마차용 말이 된 나는 그런 일들을 자주 겪었다.

29. 런던 토박이들

증기 기관차를 운전하듯 말을 모는 사람들도 있다. 그런 운전자들은 대개 런던에서 온 사람들로 한 번도 자신의 말을 가져본 적이 없고, 보통 기차를 타고 여행했다.

그들은 늘 말이 크기만 더 작을 뿐 증기 기관차와 비슷하다고 여기는 것 같았다. 말에 대해 돈만 지불하면 그 말은 자신들이 원하는 만큼 멀리 빠르게 가야 한다고 생각한다.

원하는 짐을 마음껏 실어도 된다고 생각한다. 진흙투성이에 걷기 힘든 길이든 마르고 걷기 편한 길이든, 돌길이든 매끄러운 길이든, 오르막이든 내리막이든 모두 똑같다. 말은 계속해서 같은 걸음걸이로 가야만 한다.

휴식도 배려도 없이.

그런 사람들은 가파른 언덕을 오를 때 말에서 내려야 한다고 절대 생각하지 않는다. 내리긴 어딜 내려, 타려고 돈을 냈으니 타야지! 말? 말은 그런 일에 익숙하다고!

사람들을 언덕 위로 끌고 가지도 못할 거면 말이 왜 있겠어? 내려서 걸어라? 정말 재미있는 농담이군!

그들은 채찍을 쓰고 고삐를 채며 흔히 거칠게 나무라는 투로 "가자, 이 게으른 짐승아!"라고 소리친다. 그런 다음 또 다시 채찍질한다.

가는 내내 우리는 그들과 잘 지내보려고 최선을 다한다.

몹시 지치고 낙담할 때도 많지만, 우리는 아무런 불평 없이 고분고분하게 행동한다. 증기 기관차형 운전방식은 우리를 가장 빨리 지치게 한다. 마차를 증기 기관차처럼 모는 운전자와 15킬로를 가느니, 차라리 능숙하고 사려 깊은 운전자와 30킬로를 가는 게 더 낫다.

게다가 그들은 아무리 내리막이 가팔라도 좀처럼 제동을 걸지 않는다. 그 때문에 가끔 사고가 나기도 한다.

제동을 건다고 해도 언덕 아래에서 제동 장치를 푸는 것을 자주 잊어버린다. 나는 바퀴 한쪽에 제동 장치가 걸린 채 다음 언덕을 중간까지 오르다 멈춰야 했던 적이 몇 번이나 있었다. 그제야 운전자가 제동 장치를 풀지 않았다는 사실을 떠올렸기 때문이다. 그런 실수는 말의 근육에 엄청난 무리를 준다.

런던 토박이들은 신사답게 천천히 출발하지 않는다. 보통 마구간 마당부터 전속력으로 출발한다. 멈추고 싶을 때는 먼저 우리를 채찍으로 때린 다음 갑자기 멈춘다.

그러면 우리는 엉덩방아를 찧을 뻔하며 입을 재갈에 베인다. 그들은 그렇게 멈추는 것을 급정거라고 부른다.

모퉁이를 돌 때는 도로에 통행 방향이 아예 없는 것처럼 급격히 방향을 튼다.

나는 로리와 일하러 나갔던 어느 봄날 저녁을 잘 기억한다. (한 쌍의 말을 빌리겠다는 주문이 들어오면 나는 주로 로리와 함께 보내졌다. 로리는 착하고 성실한 친구였다)

우리에게는 전담 운전자가 있었다. 그는 늘 우리를 사려 깊고 친절하게 대했으므로 그날도 아주 즐거운 하루를 보냈다.

땅거미가 질 무렵 우리는 경쾌한 걸음걸이로 귀가하고 있었다. 도중에 왼쪽으로 급격히 방향을 틀어야 하는 지점이 있었다. 우리 측에 산울타리가 가까이 있는 데다 지나갈 공간이 넉넉해서 운전자는 속도를 늦추지 않았다.

모퉁이에 가까워지자 나는 말 한 마리와 바퀴 두 개가 언덕을 내려와 빠른 속도로 우리를 향해 다가오는 소리를 들었다. 산울타리가 높아서 나는 아무것도 볼 수 없었다.

다음 순간 로리와 내가 서로 쿵 충돌했다. 다행히 나는 산울타리에서 떨어진 오른편에 있었다. 로리는 왼편에 있어서 끌채의 보호도 받지 못했다. 상대방 운전자는 모퉁이를 향해 곧장 마차를 몰았다.

그가 우리를 봤을 때는 이미 마차를 세울 시간이 없었다.

충격은 고스란히 로리에게 가해졌다. 이륜마차의 끌채가 가슴을 들이받자 로리는 비명을 지르고 비틀거리며 뒤로 물러섰다. 나는 그 소리를 절대 잊지 못할 것이다.

상대편 말은 엉덩방아를 찧으며 넘어지다 끌채를 부러뜨렸다. 알고 보니 그 말도 우리 마구간에서 임대된 말이었다.

그 운전자는 무지하게 마구잡이로 운전하는 부류 중 한 명이었다. 그들은 어느 쪽이 자신의 통행 방향인지조차 모른다. 알고 있다 해도 상관하지 않는다.

불쌍한 로리는 살이 찢겨 벌어진 채 피를 흘리고 있었다.

피가 아래로 줄줄 흘러내렸다. 그 마차가 한쪽으로 조금 더 치우쳤다면 로리를 죽였을 거라고 사람들은 말했다. 차라리 그편이 불쌍한 친구 로리에게 좋았을 것이다.

목숨을 건진 로리는 오랜 시간에 걸쳐 상처를 치유한 뒤 석탄을 나르는 곳으로 팔려 갔다. 가파른 언덕을 오르내리는 일이 어떤 건지는 말들만 안다.

말 한 마리가 뒤에 짐이 무겁게 실린 바퀴 두 개짜리 수레를 끌고 가파른 언덕을 내려와야 하는 광경을 나는 몇 번이나 보았다. 제동 장치가 설치될 수 없는 수레였다. 그런 광경은 지금 생각해도 마음이 아프다.

로리가 일을 못 하게 되자 나는 마구간에서 내 옆 칸에 있는 '페기'라는 이름을 가진 암말과 자주 마차를 끌었다.

퍼기는 튼튼하고 멋진 말이었다. 털은 밝은 회갈색에 아름다운 반점이 있고, 갈기와 꼬리는 짙은 갈색이었다. 순종은 아니었지만, 아주 예쁘고 상당히 온순한데다 적극적이었다.

하지만 눈에는 초조한 기색이 어려 있었다. 퍼기의 눈을 보고 무언가 문제가 있다는 것을 확신했다. 처음 함께 나갔을 때 나는 퍼기의 걸음걸이가 아주 이상하다고 생각했다.

퍼기는 속보로 서너 걸음, 느린 구보로 서너 걸음 달리고 나서 앞으로 폴짝 뛰어올랐다.

퍼기와 마차를 끄는 말은 모두 퍼기의 걸음걸이를 아주 싫어했다. 나 역시 꽤 불편했다. 집으로 돌아왔을 때 나는 퍼기에게 왜 그렇게 이상하고 불편하게 걷는지 이유를 물었다.

퍼기가 난처해하며 대답했다.

"아, 내 걸음걸이가 나쁘다는 건 알지만, 내가 뭘 어쩌겠어? 정말이지 그건 내 잘못이 아니야. 내 다리가 너무 짧아서 그런 것뿐이라고. 서 있으면 나는 너만큼 커. 하지만 무릎 위 다리는 네가 나보다 족히 7.5센티는 더 길지. 그러니 네가 나보다 보폭이 훨씬 더 길고 걸음이 빠른 건 당연한 일이야.

너도 알다시피 내가 나 스스로를 만든 건 아니잖아. 그럴 수 있었다면 좋겠다. 그럼 긴 다리를 가졌을 텐데. 내 모든 고민은 짧은 다리 때문에 생겨나거든."

퍼기가 풀이 죽은 채 말을 계속 이어나갔다.

"사람들은 아주 빨리 가고 싶어 해. 어떤 말이 다른 말들의 속도를 따라잡지 못하면 그 말은 계속 채찍질을 당하게 되지. 그래서 최대한 그들의 속도를 따라잡으려다 보니 이렇게 보기 싫고 어색한 걸음걸이를 갖게 된 거야.

늘 그런 건 아니었어. 첫 주인님과 살았을 때 나는 언제나 일정한 속도로 잘 걸었지. 그래도 주인님은 크게 재촉하지 않았어. 그는 시골의 젊은 목사였지. 착하고 친절했어.

서로 멀리 떨어진 교회 두 개를 갖고 있어서 일이 아주 많았지만, 더 빨리 가지 않는다고 나를 나무라거나 채찍질한 적은 한 번도 없었지. 나를 매우 좋아했어. 계속 그와 함께 지내는 것이 내 유일한 소원이었지. 하지만 그는 시골을 떠나 대도시로 가야 했어. 그 후 나는 어느 농부에게 팔렸고.

농부 중에는 훌륭한 주인님도 일부 있지. 하지만 이 농부는 천박한 사람이었던 것 같아. 좋은 말이나 운전방식에는 아무런 관심도 없이 빨리 가는 것만 좋아했지.

나는 최대한 빠르게 걸었지만, 그걸로 성에 차지 않았는지 그는 늘 채찍질을 했어. 그래서 그가 원하는 속도를 맞추려고 이렇게 앞으로 뛰어오르는 이상한 걸음걸이를 갖게 된 거야. 장날 밤이면 그는 늘 여관에서 아주 늦게까지 머물다가 전속력으로 달려 집으로 돌아갔지.

어느 캄캄한 밤에 평소처럼 그가 전속력으로 나를 몰아 집으로 가는 길이었어. 갑자기 바퀴가 길에 있는 무언가 크고 육중한 물체에 부딪치자 마차가 순식간에 뒤집혔지. 그는 튕겨 나가 팔이 부러지고 갈비뼈도 몇 개 부러졌던 것 같아.

아무튼 그것으로 그와 지내는 생활은 끝났어. 나는 전혀 서운하지 않았지. 사람들이 빠르게 가야만 한다면 내가 어디에 있든 상황은 똑같을 거야. 내 다리가 더 길면 좋겠어!"

가엾은 페기!

나는 페기가 몹시 안쓰러웠다. 그런데도 위로할 방법이 없었다. 느리게 걷는 말이 빠르게 걷는 말과 함께 마차를 끄는 일이 얼마나 힘든지 알고 있었기 때문이다. 채찍을 맞는 것은 전부 느리게 걷는 말의 몫이다. 느리게 걷는 말에게 그것은 어쩔 수 없는 일이다.

페기는 사륜 쌍두마차를 끄는 데 자주 이용되었고, 아가씨 중 몇 명에게 많은 사랑을 받았다. 아주 온순했기 때문이다. 얼마 후 페기는 두 명의 아가씨에게 팔렸다. 그들은 직접 마차를 몰고 다녔기 때문에 안전하고 좋은 말을 원했다.

나는 그 지역에 나갔다가 여러 번 페기를 마주쳤다. 페기는 안정된 걸음걸이로 걷고 있었다. 더없이 즐겁고 만족스러워 보였다. 그런 페기를 보게 되어 무척 기뻤다. 페기는 좋은 곳에서 지낼 자격이 충분한 말이었으니까.

페기가 떠난 자리에 또 다른 말이 들어왔다. 그는 젊은 말이었다. 주춤거리고 흠칫거리는 버릇 때문에 평판이 나빠져서 지내기 좋은 곳을 잃게 되었다. 어쩌다 주춤거리는 버릇이 생겼는지 묻자 그가 이야기했다.

"글쎄, 잘 모르겠어요. 어렸을 때 난 소심했어요. 크게 겁먹었던 적도 여러 번 있었죠. 뭐든 이상한 게 보이면 난 늘 돌아서서 그걸 바라봤어요. 눈가리개를 착용한 상태에서 무언가를 보거나 파악할 수 있으려면 머리를 돌려야 하잖아요. 그러면 주인님은 언제나 채찍으로 날 때렸어요.

채찍질은 당연히 날 계속 흠칫거리게 할 뿐 두려움을 줄여주지는 않았어요. 이상한 것들을 그냥 조용히 바라보고 나를 해칠 것이 아무것도 없다는 사실을 깨닫도록 주인님이 내버려 뒀다면, 나는 그것들에 익숙해졌을 거예요.

하루는 어느 늙은 신사가 주인님과 함께 마차를 타고 가는 길에 하얀 천 조각 같은 것이 내 옆으로 스쳐 날아갔죠.

나는 주춤거리다 흠칫하며 앞으로 나아갔어요. 여느 때처럼 주인님이 채찍으로 나를 세게 때리자 신사가 소리쳤어요.

'그럼 안 돼요! 안 돼! 주춤거린다고 말을 때리면 절대 안 됩니다. 무서워서 주춤거리는 거예요. 그렇게 때리면 말은 겁을 더 많이 먹고 버릇만 나빠져요.'

그래서 생각했죠. 모든 사람이 주인님 같지는 않은가 보다고. 나도 아무 이유 없이 주춤거리고 싶지는 않아요. 하지만 무언가에 익숙해지는 것이 허락되지 않는다면 대체 어떻게 그것이 위험한지 아닌지 알아내야 하죠?

난 내가 알고 있는 것에 대해서는 절대로 겁먹지 않아요.

내가 공원에서 자랄 때 그곳에 사슴이 있었어요. 그 덕분에 나는 양이나 소 못지않게 사슴도 잘 알고 있어요. 하지만 사슴은 흔한 동물이 아니라서 예민한 말은 대부분 사슴을 무서워해요. 사슴이 있는 방목장을 지나치게 되면 큰 소동이 일어나죠."

나는 내 동료의 이야기가 진실이라는 것을 알고 있었다.

그리고 모든 젊은 말이 농장주 그레이 씨와 대지주 고든 씨처럼 좋은 주인을 만나면 좋겠다고 생각했다.

물론 이곳에서도 좋은 운전자를 만날 때가 가끔 있었다.

내 기억으로 어느 날 아침이었다. 나는 가벼운 이륜마차를 끌고 펄트니가에 위치한 어느 집 앞으로 갔다. 신사 두 명이 나왔다. 둘 중에 키가 더 큰 신사가 내 머리 쪽으로 와서는 재갈과 굴레를 살펴본 뒤 손으로 목줄을 움직여 편안히 매였는지 확인했다.

신사가 마부에게 물었다. "이 말에게 대륵굴레(머리끝, 입술, 턱, 정수리에 작용해 말의 머리와 목을 강하게 제어할 수 있는 굴레 - 옮긴이)가 필요하다고 생각하나?"

"흠, 이 말은 대륵굴레 없이도 아주 잘 갈 겁니다. 입 상태가 대단히 좋거든요. 기운이 좋은데도 불구하고 사납지 않아요. 하지만 손님들이 대부분 대륵굴레를 좋아해서요."

"난 좋아하지 않네. 제발 그걸 떼어내고 고삐를 뺨에 매주게. 먼 길을 갈 때는 입을 편안히 해주는 게 좋아, 그렇지 않나, 친구?"

신사가 이렇게 말하며 내 목을 토닥였다. 신사가 고삐를 잡은 뒤 둘 다 마차에 올랐다. 그가 아주 차분히 내 방향을 돌렸다. 그런 다음 고삐를 살짝 움직이고 내 등에 채찍을 가볍게 휘둘렀던 게 지금도 기억난다. 그런 다음 우리는 출발했다.

나는 목을 활모양으로 치켜들고 내가 지닌 가장 좋은 걸음걸이로 출발했다. 내 뒤에 있는 사람은 훌륭한 말을 어떻게 몰아야 하는지 잘 알고 있는 사람이었다. 다시 옛 시절로 돌아간 듯해서 기분이 매우 유쾌했다.

이 신사는 나를 아주 마음에 들어 했다. 여러 차례 안장을 얹고 나를 타본 뒤 그는 나를 자기 친구에게 팔라고 주인님을 설득했다. 신사의 친구는 안전하고 기분 좋게 탈 수 있는 말을 구하고 있었다.

결국, 그해 여름 나는 베리 씨에게 팔려 가게 되었다.

30. 도둑

새 주인님은 미혼의 남성이었다. 그는 바스에 살았고 사업 때문에 몹시 바빴다. 의사가 그에게 말을 구해 운동할 것을 권하자 그는 운동할 목적으로 나를 샀다.

집에서 가까운 곳에 마구간을 한 채 빌리고, 필처라는 이름의 사내를 마구간지기로 고용했다. 주인님은 말에 대해 아는 게 거의 없었지만 나를 잘 대해줬다. 주인님이 무지하다는 상황만 빼면 그곳은 내게 좋고 편한 곳이었다.

주인님은 최상급 건초는 물론이고 귀리와 으깬 콩, 밀기울과 살갈퀴, 독보리 등 필요하다고 생각되는 것을 잔뜩 주문했다. 나는 주인님이 주문하는 것을 듣고 좋은 사료가 많이 있다는 사실을 알았다. 그래서 풍족하게 지내리라 생각했다.

며칠 동안은 모든 게 잘 흘러갔다. 마구간지기는 자신의 업무를 잘 파악하고 있었다.

마구간을 깨끗하고 공기가 잘 통하게 유지했다. 나를 깨끗이 손질해주었고 늘 친절했다. 그는 예전에 바스에서 제일 큰 여관의 마부로 일했었다. 그곳을 그만둔 후 지금은 과일과 채소를 재배해 시장에 내다 팔았다. 그의 아내는 닭과 토끼를 사육해 팔았다.

얼마 뒤 내 사료에는 귀리가 부쩍 줄어든 게 보였다. 콩을 먹을 때도 귀리 대신 밀기울이 섞여 있었고, 귀리는 거의 찾아볼 수가 없었다. 들어 있어야 하는 양 중 기껏해야 사 분의 일밖에 들어 있지 않았다.

이삼 주가 지나자 이런 상황은 내 힘과 기운에 영향을 미치기 시작했다. 풀 사료가 아무리 훌륭해도 곡식 없이 풀만 먹어서는 내 건강 상태를 유지할 수 없었다.

나는 불평할 수도 내게 부족한 것을 알릴 수도 없었다. 그렇게 두 달 정도가 지났다. 무언가 문제가 있다는 사실을 주인님이 모른다는 게 의아했다.

어느 날 오후, 주인님은 친구를 만나러 나를 타고 시골로 나갔다. 농부인 친구는 웰스로 가는 길목에 살았다. 그는 말에 대해 탁월한 안목을 갖고 있었다. 친구를 맞이한 후 그가 나를 바라보며 말했다.

"베리, 자네 말이 처음 봤을 때만큼 건강해 보이지 않는군. 말은 잘 지내나?"

"응, 그런 것 같아. 예전만큼 활기가 넘치지는 않지만. 말들은 가을이 되면 늘 둔하고 약해진다고 마구간지기가 말하더군. 그래서 난 활기가 줄어든 걸 당연한 일로 여겼네."

"가을이라니, 어처구니가 없군! 이제 겨우 8월이야. 가을이 되었다 해도, 일도 많지 않고 사료도 좋은 걸 먹는 말이 이렇게 기운이 떨어져선 안 돼. 사료는 어떻게 먹이나?"

주인님이 설명했다. 친구는 천천히 고개를 저은 뒤 나를 여기저기 만져보기 시작했다.

"이보게 누가 자네 곡식을 먹는지 알 수 없지만, 자네 말이 먹지 않는 건 확실하네. 올 때 아주 빠르게 달렸나?"

"아니, 아주 천천히 왔어."

주인님의 친구가 손으로 내 목과 어깨를 쓸어내리며 말했다.

"그럼, 여기에 손을 대보게. 풀밭에서 막 달리다 온 것처럼 따뜻하고 축축해. 아무래도 자네 마구간을 좀 더 주의 깊게 살피는 게 좋겠어. 나야 의심하는 걸 싫어하는 데다 내가 있든 없든 항상 믿을 수 있는 일꾼들을 두어서 의심을 할 까닭이 없지. 하지만 말 못 하는 짐승의 사료를 훔칠 정도로 사악하고 비열한 악당들도 있네. 잘 조사해봐."

그런 다음 일꾼을 불러 나를 데려가도록 지시했다.

"이 말에게 으깬 귀리를 충분히 먹이게. 아끼지 말고."

말 못 하는 짐승! 그래, 우리는 말을 못 한다. 말할 수 있었다면 나는 귀리가 어디로 갔는지 주인님에게 알려줄 수 있었을 것이다.

마구간지기는 매일 아침 6시쯤 어린 아들과 함께 마구간으로 왔다. 아이는 늘 덮개가 있는 바구니를 들고 있었다.

그런 다음 아버지와 함께 마구 보관실로 들어갔다. 그곳에 곡물이 저장되어 있었다. 나는 열린 문틈으로 그들을 볼 수 있었다. 아이는 상자에서 귀리를 꺼내 작은 주머니를 채운 후 그곳을 떠났다.

주인님이 친구를 만난 지 닷새 혹은 엿새째 되는 아침이었다. 소년이 마구간을 떠나자마자 문이 홱 열리고 경찰들이 들이닥쳤다. 경찰은 아이의 팔을 단단히 쥐고 있었다.

또 다른 경찰이 따라 들어와 안에서 문을 잠근 뒤 말했다.

"자, 네 아버지가 토끼 먹이를 보관해두는 곳으로 안내해."

아이가 잔뜩 겁에 질린 얼굴로 울기 시작했다. 피할 방법이 없자 아이는 곡물저장 상자로 그들을 안내했다. 여기에서 경찰은 소년의 바구니에서 발견된 것과 같은 빈 자루를 하나 더 발견했다. 소년의 바구니에 든 자루에는 귀리가 가득 들어 있었다.

그 시간에 필처는 내 발을 닦아주고 있었다.

경찰들이 곧 필처를 보았다. 그가 고함치며 거세게 저항하는데도 불구하고 경찰들은 그를 데려가 교도소에 가두었다.

그의 아들도 함께 데려갔다.

아이는 무죄로 풀려났지만, 필처는 두 달 징역형을 선고받았다는 사실을 나는 나중에 듣고 알았다.

31. 사기꾼

주인님은 곧바로 마땅한 사람을 구하지 못했다.

며칠 후 새 마구간지기가 왔다. 키가 크고 그런대로 잘생긴 사내였다. 하지만 마구간지기의 모습을 한 사기꾼이 있다면 알프레드가 바로 그런 사람이었다.

그는 내게 아주 호의적이었고, 한 번도 나를 학대하지 않았다. 주인님이 그곳에 와서 보고 있을 때면 그는 나를 많이 쓰다듬고 토닥여주었다.

주인님 댁 문으로 데려가기 전에는 항상 갈기와 꼬리를 물에 적셔 빗고, 발굽에 기름을 칠해 나를 멋지게 치장했다.

하지만 내 발을 닦거나 편자를 살펴보고 손질하는 일에 있어서는 나를 소와 마찬가지라고 생각했다. 재갈이 녹슬고 안장이 축축하고 껑거리끈이 뻣뻣해도 그냥 내버려 두었다.

알프레드는 자신을 대단한 미남으로 여겼다. 마구 보관실의 작은 거울 앞에서 머리와 구레나룻, 넥타이를 매만지느라 많은 시간을 보냈다.

주인님이 그에게 말할 때는 늘 공손히 모자를 만지며 "예, 예. 베리 씨."라고 대꾸했다. 사람들은 모두 그를 아주 착실한 젊은이라고 생각했다. 베리 씨가 복이 많아 그런 일꾼을 만났다고.

하지만 그는 가장 게으르고 거만한 사람이었다. 물론 학대받지 않아서 좋았지만, 말에게 필요한 건 그게 다가 아니다.

나는 묶여 있지 않고 자유롭게 움직일 수 있는 마구간에서 지냈다. 그가 마구간 청소를 게을리하지 않았다면 아주 편안했을 것이다. 볏짚을 모두 치운 적이 한 번도 없었기 때문에 밑에 깔린 볏짚에서 심한 악취가 났다. 강한 가스가 올라와 눈이 쓰리고 따가웠다. 예전만큼 식욕을 느끼지도 못했다.

하루는 주인님이 들어와 말했다.

"알프레드, 마구간에서 아주 지독한 냄새가 나는군. 박박 문질러 닦고 물로 충분히 쓸어내야 하지 않겠나?"

알프레드가 모자를 만지며 대꾸했다.

"원하시면 그렇게 하겠습니다. 하지만 말이 머무는 칸을 물로 쓸어내는 건 아주 위험해요. 말이 감기에 걸리기 쉽거든요. 말에게 해를 입히고 싶지는 않지만, 베리 씨께서 원하신다면 그렇게 하겠습니다."

"흠, 말이 감기에 걸려서는 안 되지. 그래도 이 마구간 냄새는 마음에 들지 않아. 배수관은 괜찮은 것 같은가?"

"말씀을 듣고 보니 배수관에서 가끔 냄새가 나는 것 같습니다. 무언가 잘못되었을 수도 있겠네요."

"그럼 벽돌공을 불러 살펴보게."

"예, 알겠습니다."

벽돌공이 와서 벽돌을 꽤 많이 들추었지만, 아무런 이상도 발견하지 못했다. 벽돌공은 석회를 조금 뿌린 뒤 주인님에게 5실링을 청구했다.

내 칸의 악취는 여전히 심했다. 그게 다가 아니었다. 습기가 많은 볏짚에 서 있자 내 발은 점점 단단함을 잃고 물러졌다. 주인님이 자주 걱정스러운 듯 말했다.

"이 말에 무슨 문제가 있는지 모르지만 자꾸 발을 헛디뎌. 넘어질까 봐 가끔 무섭네."

그럴 때마다 알프레드는 이렇게 대꾸했다.

"그렇죠. 저도 녀석에게 운동을 시킬 때 같은 점을 알아차렸습니다."

사실 그는 내게 운동을 거의 시키지 않았다. 주인님이 바쁠 때면 나는 며칠 동안 산책 한 번 못하고 서 있었다. 중노동한 것처럼 먹이만 잔뜩 먹으며 지냈다.

이런 생활은 내 건강을 해쳤다. 가끔 둔하고 무기력한 느낌이 들었다. 불안하고 열이 날 때도 자주 있었다. 채소나 밀기울을 먹었다면 열이 내렸겠지만, 그는 거만하고 무지해서 내게 그런 사료를 전혀 주지 않았다.

운동하거나 사료를 바꾸는 대신 나는 약을 먹고 마셔야 했다. 약을 삼키는 것은 성가신 일일 뿐 아니라 불쾌하고 불편한 일이기도 했다.

어느 날, 주인님을 등에 태우고 새로 깐 돌길 위를 걷던 나는 발이 너무 물러진 탓에 꽤 심하게 두 번 휘청거렸다.

주인님은 시내에 있는 장제사(말의 편자를 만들거나, 말굽에 편자를 대는 일을 전문적으로 하는 사람 - 옮긴이)를 찾아가서 내게 무슨 문제가 있는지 봐달라고 부탁했다. 장제사가 내 발을 하나하나 들어 올려 검사한 다음 일어서서 양손의 먼지를 털어내며 말했다.

"발굽에 심한 염증이 생겼습니다. 발이 몹시 물러서 쓰러지지 않은 게 다행이에요. 마구간지기가 왜 그걸 보지 못한 건지 궁금하군요. 이런 염증은 더러운 마구간에서 지내는 말에게 생깁니다. 그런 곳에서는 바닥에 깐 볏짚을 제대로 청소하지 않거든요. 내일 마구간지기를 이곳으로 보내면 제가 발굽을 돌본 뒤 연고를 드리죠. 마구간지기에게 연고를 바르는 법도 알려주겠습니다."

다음날 장제사는 내 발을 깨끗이 씻어주고, 약효가 강한 연고를 삼부스러기에 흠뻑 묻힌 뒤 그것을 발굽에 채워 넣었다. 발굽에 무언가가 박히니 불쾌했다.

장제사는 매일 마구간 볏짚을 싹 갈고 바닥을 아주 깨끗한 상태로 유지하라고 지시했다. 그런 다음 내 발이 다시 건강해질 때까지 밀기울과 약간의 채소를 먹이고 곡물은 많이 먹이지 말라고 일렀다.

이렇게 치료하자 나는 곧 다시 기운을 차렸다.

하지만 베리 씨는 마구간지기에게 두 번이나 속은 것에 혐오감을 느낀 나머지 말을 소유하는 것을 포기하고 필요할 때마다 빌리기로 결심했다. 그리고 나를 발이 다 나을 때까지 데리고 있다가 다시 팔기로 했다.

3 부

32. 말 시장

말 시장은 아주 흥미로운 곳이다. 볼거리가 많다. 시골에서 갓 올라온 어린 말들이 긴 줄로 늘어서 있었다. 털이 덥수룩하고 몸집이 작은 웨일스 포니종 무리도 보였다. 키가 메리렉스만했다.

온갖 종류의 수레용 말도 수백 마리나 있었다. 그중 일부는 긴 꼬리를 땋아 내린 채 진홍색 끈으로 묶여 있었다.

나 같은 말도 꽤 많았다. 잘생기고 우량종이지만, 사고나 흠, 불안정한 호흡이나 그밖에 다른 불만 사항 때문에 중간 등급으로 떨어진 말도 있었다.

한창때라서 어떤 일에든 적합한 훌륭한 말들도 있었다.

그들은 멋진 모습으로 다리를 힘차게 뻗으며 걸음걸이를 과시했다. 속보로 달릴 때는 사육 담당자가 옆에서 고삐를 잡고 함께 뛰었다.

뒤편으로 돌아가면 불쌍한 말도 많았다.

그들은 중노동으로 몸이 망가지고 무릎 관절이 상해 있었다. 걸을 때마다 뒷다리를 질질 끌었다. 몇몇 늙은 말은 아랫입술을 축 늘어뜨리고 두 귀를 무겁게 뒤로 젖힌 채 크게 낙담한 표정을 짓고 있었다. 더는 삶의 즐거움도 희망도 없는 것처럼.

어떤 말들은 갈비뼈가 다 드러날 정도로 여위었고, 어떤 말들은 등과 엉덩이에 옛 상처를 고스란히 간직하고 있었다.

그것들은 말이 보기에 슬픈 장면들이었다. 자신도 같은 처지에 놓일지 모르기 때문이다.

가격을 올리고 깎으며 많은 거래가 오갔다. (말이 스스로 이해한 바에 따라 생각을 말해도 된다면) 그 말 시장에는 똑똑한 사람조차 알아차릴 수 없을 정도로 거짓말과 속임수가 판을 치는 듯했다.

나는 튼튼하고 쓸모 있게 생긴 말 두세 마리와 함께 있었다. 많은 사람이 와서 우리를 보았다. 내 부러진 무릎을 보기만 하면 신사들은 늘 내게서 돌아섰다. 나를 데리고 있는 사내가 마구간에서 미끄러진 것뿐이라고 단언해도 소용없었다.

그들은 우선 내 입을 당겨 연 다음 눈을 보았다. 다리를 모두 만져보고 피부와 살을 세게 눌렀다. 그런 다음 걸음걸이를 확인했다.

이런 것들을 행하는 데에도 차이가 있다는 것이 놀라웠다. 어떤 이들은 말이 나무 조각에 불과한 듯 거칠고 퉁명스럽게 대했다.

반면 어떤 이들은 말의 몸에 조심스럽게 손을 댔다. 이따금 토닥여주기도 하고 "좀 실례할게."라고 말하기도 했다.

물론 내가 말을 사러 오는 사람들을 판단하는 기준은 나를 대하는 그들의 태도였다.

한 남자가 있었다. 그가 나를 사면 기쁠 것 같았다. 신사는 아니었다. 그렇다고 번지르르한 차림에 시끄럽게 떠드는 부류의 사람도 아니었다. 그는 왜소하지만 다부진 체격을 가졌고 민첩하게 움직였다. 나를 다루는 솜씨를 보자마자 그가 말에 익숙하다는 사실을 알아차렸다.

음성은 부드러웠으며 회색 눈에 깃든 눈빛이 선해 보였다.

이상하게도 (하지만 진실이다) 나는 그에게서 풍기는 깨끗하고 신선한 냄새에 호감을 느끼게 되었다. 내가 싫어하는 퀴퀴한 담배와 술 냄새가 아니라 건초 다락에서 나온 듯 신선한 냄새였다.

그는 나를 사는 값으로 23파운드를 제안했고, 그 제안이 거절당하자 가버렸다. 그를 눈으로 좇았지만 이미 사라지고 없었다.

그런 다음 아주 매정하게 생기고 목소리가 큰 사내가 왔다. 그가 나를 살까 봐 몹시 두려웠지만, 사내도 그냥 떠나갔다. 살 생각이 없는 사람이 한두 명 더 왔다 갔다.

매정하게 생긴 사내가 다시 와서 23파운드를 제안했다. 거래가 거의 성사되어가고 있었다. 상인은 자신이 원하는 값을 다 받지 못할 것 같으니 가격을 내려야겠다고 생각한 듯했다.

바로 그때 회색 눈을 가진 남자가 다시 돌아왔다. 나는 그를 향해 머리를 뻗는 것 외에 다른 방법이 없었다. 그가 다정하게 내 얼굴을 쓰다듬으며 말했다.

"어이, 친구. 난 우리가 서로 잘 맞을 것 같아. 이 말에 24파운드를 내겠소."

"25파운드를 내면 팔겠습니다."

남자가 단호한 어조로 대꾸했다.

"24파운드 10실링! 한 푼도 더는 못 줍니다. 팔 거요, 말 거요?"

상인이 대답했다. "팔겠습니다. 정말이지 굉장히 우수한 말입니다. 저런 말을 승합마차용으로 원하는 거면 엄청 싸게 사는 거예요."

그 자리에서 돈을 지불한 뒤 새 주인님은 내 고삐를 잡고 시장을 빠져나와 어느 여관으로 갔다. 그곳에 안장과 굴레가 준비되어 있었다.

주인님은 내게 귀리를 충분히 준 다음 내가 먹는 동안 혼잣말하기도 하고, 말을 건네기도 하며 옆에 서 있었다.

30분 후 우리는 런던으로 길을 떠났다. 쾌적한 골목과 시골길을 지난 다음 런던으로 통하는 큰 도로에 올라 꾸준히 걸었다.

땅거미가 질 무렵 우리는 런던에 도착했다. 가스등이 벌써 켜져 있었다. 양옆으로 거리가 있었다. 서로 교차하는 거리도 있었다. 그런 거리가 수 킬로에 걸쳐 이어졌다. 절대로 끝에 다다를 수 없을 것만 같았다. 마침내 거리 하나를 통과해 긴 승합마차 승차장에 이르자 주인님이 명랑한 목소리로 외쳤다.

"안녕하세요, 감독관님!"

"어이! 좋은 말을 구했나?"

"그런 것 같습니다."

"행운을 비네."

"감사합니다, 감독관님."

주인님은 이렇게 말한 뒤 계속해서 길을 갔다. 우리는 곧 옆길로 방향을 틀었다. 그 길을 절반쯤 올라간 다음 아주 좁은 길로 들어섰다. 길 한쪽에는 약간 허름해 보이는 집들이 있고, 반대쪽에는 마차 보관소와 마구간으로 보이는 건물들이 있었다.

주인님이 그중 한 집 앞에 멈춰 서서 휘파람을 불었다.

문이 벌컥 열리며 젊은 여자 한 명과 뒤이어 어린 여자아이와 남자아이가 달려 나왔다. 주인님이 내 등에서 내리자 아주 활기차게 인사가 오갔다.

"자, 해리. 이제 문을 열어라. 그럼 엄마가 등불을 가져올 거야."

잠시 후, 그들은 나를 둘러싼 채 작은 마구간 마당에 서 있었다.

"이 말은 온순해요, 아빠?"

"그럼, 돌리. 너의 새끼 고양이들만큼 온순하단다. 와서 토닥여줘."

소녀는 무서워하지 않고 즉시 작은 손으로 내 어깨를 이곳저곳 토닥여주었다. 느낌이 참 좋았다!

아이들의 엄마가 말했다. "당신이 말을 닦아주는 동안 난 밀기울 죽을 가져올게요."

"그렇게 해요, 폴리. 녀석이 원하는 게 바로 그거야. 물론 내가 먹을 근사한 음식도 준비되어 있겠지?"

"소시지 덤플링(밀가루나 쌀가루, 감자, 빵 등의 녹말이 든 재료로 빚은 반죽에 소시지를 넣어 만든 음식 – 옮긴이)이랑 사과파이!"

소년이 외치자 모두 큰 소리로 웃었다. 나는 편안하고 깨끗한 향이 나는 마구간으로 들여보내졌다. 마른 볏짚이 잔뜩 깔려 있었다. 저녁을 든든히 먹은 후 자리에 누운 나는 이곳에서 행복하게 지내게 되리라 생각했다.

33. 런던의 승합마차용 말

새 주인님의 이름은 제레미아 바커였지만, 다들 그를 제리라고 불렀다. 그의 아내 폴리는 최고의 아내감이었다. 통통하고 자그마한 여인으로 단정하고 깔끔했다. 부드러운 검은 머리와 검은 눈, 웃는 모양의 작은 입을 갖고 있었다.

해리는 키가 크며 솔직하고 성격이 좋은 소년으로 12살이었다. 꼬마 도로시(사람들은 돌리라고 불렀다)는 엄마를 쏙 빼닮았고 8살이었다. 그들은 신기할 정도로 서로 사이가 좋았다. 나는 이전에도 이후에도 그렇게 행복하고 명랑한 가족을 본 적이 없었다.

제리는 승합마차 한 대와 말 두 마리를 가지고 있었다.

마차를 몰아 생계를 꾸렸다. 다른 말 하나는 '캡틴'이라고 불리는 흰색 말로 키가 크고 뼈대가 꽤 굵었다. 지금은 늙었지만 젊었을 때는 틀림없이 아주 멋진 말이었을 것이다.

지금도 여전히 머리를 치켜들고 목을 활모양으로 만들어

위풍당당한 자세를 유지했다. 실제로 캡틴은 순종에다 예의가 바르고 기품 있는 말이었다. 어느 한구석 나무랄 데가 없었다. 그는 젊었을 때 크림 전쟁에 나갔었다고 말했다. 기병대의 장교가 그를 타고 연대를 이끌었다고 했다. 그에 관한 이야기는 나중에 더 자세히 들었다.

다음 날 아침, 내가 정성껏 손질을 받고 있을 때 폴리와 돌리가 나와 친해지려고 마당으로 들어왔다. 아침 일찍부터 아버지를 돕고 있던 해리는 내가 믿음직한 말인 것 같다고 자신의 의견을 말했다.

아내 폴리는 사과 한 조각을, 돌리는 빵 한 조각을 내게 가져다주었다. 그들이 나에 대해 칭찬을 늘어놓자 나는 다시 예전의 '블랙 뷰티'가 된 것 같았다.

나를 어루만지는 손길을 느끼고, 내게 말을 건네는 부드러운 음성을 들으니 무척 기뻤다. 나도 그들에게 친해지고 싶다는 뜻을 최대한 보여주었다. 폴리는 내가 아주 잘생겼다고 말했다. 부러진 무릎만 아니면 승합마차를 끌기엔 너무 아까운 말이라고.

제리가 말했다. "물론 누구의 잘못으로 무릎이 부러졌는지 알 길은 없어. 그걸 모르는 한 나는 말의 잘못이 아닌 것으로 믿을 거야. 내가 타본 말 중에 걸음걸이가 가장 안정되고 훌륭한 말이거든.

이전 말의 이름을 따서 '잭'이라고 부르는 게 어떨까, 여보?"

"그렇게 해요. 좋은 이름이니 계속 사용하는 게 좋겠어요."

아침 내내 캡틴이 나가서 승합마차를 끌었다. 해리가 학교를 마친 후 와서 내게 먹이와 물을 주었다. 오후에는 내가 승합마차에 연결되었다. 목사리와 굴레가 편안히 맞는지 보려고 제리가 애를 많이 썼다. 그런 모습이 존과 똑같았다.

껑거리끈의 구멍을 한두 칸 늘려 매자 마구 착용이 잘 마무리되었다. 제지 고삐도 대륵굴레도 없이 단순한 고리 형태의 재갈만 물었다. 얼마나 다행이었는지!

옆길을 통해 달린 후 우리는 지난밤 제리가 인사를 건넸던 큰 승합마차 승차장에 이르렀다. 이 넓은 도로 한쪽에는 전면에 멋진 가게가 있는 높은 집들이 있었다. 다른 쪽에는 철제 울타리로 둘러싸인 고풍스러운 교회와 교회 마당이 있었다.

이 철제 난간을 따라 승합마차 여러 대가 늘어서서 승객을 기다리고 있었다. 땅에는 약간의 건초가 여기저기 놓여 있었다. 남자 몇 명이 모여서 이야기를 나누고 있었다. 운전석에 앉아 신문을 읽는 이들도 있었다. 한두 명은 말에게 건초를 조금 먹이고 마실 물을 주었다.

우리는 순서에 따라 제일 끝에 있는 마차 뒤로 가서 섰다.

남자 두세 명이 와서 나를 살펴보고는 한마디씩 했다.

"장례식용 말로 아주 좋겠군."

또 다른 남자가 신중하게 고개를 저으며 말했다.

"너무 영리하게 생겼어. 며칠 내로 뭔가 문제점을 발견하게 될 거야. 내 말이 틀리면 성을 갈겠네."

제리가 기분 좋게 받아쳤다.

"글쎄, 내가 이 말의 문제점을 찾아내는 것보다 말이 내 문제점을 찾아내는 게 더 빠를걸? 문제점이 있다 해도 마음을 단단히 먹고 좀 더 오래 데리고 있어 볼 작정이야."

그때 얼굴이 넓적한 남자가 나타났다. 회색 망토와 흰색 단추가 달린 커다란 외투를 입고 모자를 쓰고 있었다. 목에는 파란색 모직 스카프를 느슨하게 맸다. 머리도 회색이었다. 인상은 쾌활해 보였다. 다른 남자들이 그에게 길을 비켜 주었다.

그는 나를 사려는 사람처럼 여기저기 살펴본 다음 끙 소리를 내며 몸을 일으키고 말했다.

"자네에게 꼭 맞는 말이군, 제리. 얼마를 주고 샀든 이 말은 그만한 가치가 있을 걸세."

승차장에서 내 평판은 그렇게 해서 내려졌다. 이 남자의 이름은 그랜트였다. 보통 '감독관 그랜트'로 불렸다. 그는 그 승차장에서 가장 오래된 운전자여서 문제를 해결하고 분쟁을 막는 일을 도맡았다. 보통은 유쾌하고 분별 있는 사람이었다. 하지만 가끔 술에 잔뜩 취해 성질이 나면 누구도 그의 주먹에 가까이 가고 싶어 하지 않았다. 펀치가 날아들 수 있었기 때문이다.

승합마차용 말로 생활한 첫 주는 몹시 힘들었다. 나는 런던에 전혀 익숙하지 않았다. 소음이 심하고 모든 게 급했다.

말과 수레, 마차가 바글댔다. 그런 곳을 헤치며 나아가야 했던 나는 불안하고 초조한 느낌이 들었다. 하지만 곧 내 운전자를 전적으로 신뢰해도 된다는 사실을 깨닫고는 안심하고 그곳에 적응했다.

제리는 내가 지금껏 알았던 운전자 중에서 운전을 제일 잘했다. 그보다 더 좋았던 것은 그가 말을 자기 자신과 다름없이 생각한다는 점이었다.

제리는 내가 일을 꺼리지 않고 최선을 다한다는 사실을 금세 파악했다. 내가 계속 가야 할 때 채찍 끝으로 내 등을 가볍게 치는 경우를 제외하면 절대로 채찍을 휘두르지 않았다.

그마저도 내가 고삐의 움직임으로 잘 알아차렸기 때문에 채찍은 그의 손에 있을 때보다 그의 옆 구석에 박혀 있을 때가 더 많았다.

얼마 지나지 않았는데도 나와 제리는 마음이 더없이 잘 통했다. 마구간에서도 제리는 우리가 편안히 지내도록 최선을 다했다. 마구간이 구식이어서 경사면이 너무 많은 부분을 차지했다. 그러자 제리는 마구간 뒤편에 움직일 수 있는 막대 두 개를 가로로 고정해 두었다가 우리가 잘 때와 쉴 때는 고삐를 벗긴 다음 막대를 올렸다. 그러면 우리는 빙그르르 돌며 어디든 원하는 방향으로 서 있을 수 있었으므로 매우 편안했다.

제리는 우리를 늘 청결한 상태로 있게 하고 될 수 있는 대로 다양한 사료를 주었다. 양도 늘 많았다. 사료뿐 아니라 깨끗하고 신선한 물도 잔뜩 주었다. 밤낮으로 우리 옆에 물이 있게 했다.

물론 몸이 후끈한 상태로 들어왔을 때는 예외였다. 어떤 사람들은 말이 원하는 대로 물을 다 마셔서는 안 된다고 말한다. 하지만 필요할 때마다 물을 마시는 것이 허락되면 우리는 한 번에 조금씩만 마신다. 물 없이 남겨져 갈증으로 고생하다가 한 번에 반 통을 들이켜는 것보다는 그편이 우리에게 훨씬 더 이롭다.

어떤 마구간지기들은 집에 가서 맥주를 마시면서도 우리에게는 건초와 귀리만 주고, 그것들을 촉촉이 적실 물을 주지 않는다. 그러고 나면 우리는 당연히 한 번에 너무 많은 물을 들이켜게 된다. 이는 우리의 호흡을 망치고 위를 냉하게 만드는 데 영향을 미친다.

이곳에서 우리가 누리는 최고의 혜택은 일요일마다 쉴 수 있다는 점이다. 주중에 일이 너무 힘들어서 그처럼 쉬는 날이 없었다면 아마 버텨낼 수 없었을 것이다. 쉬는 날에 우리는 함께 있으면서 즐거운 시간을 보냈다.

내가 동료의 과거 이야기를 알게 된 것도 그때였다.

34. 늙은 군마

캡틴은 군마로 길들여지고 훈련받았다. 그의 첫 주인님은 크림 전쟁에 나가게 된 기병대의 장교였다. 그는 다른 말들과 함께 훈련받는 일이 무척 즐거웠다고 했다. 속보로 달리기, 좌우로 방향 바꾸기, 구령에 따라 멈추기, 트럼펫 소리나 장교의 신호에 따라 전속력으로 돌진하기 등.

젊은 시절 캡틴은 얼룩무늬가 있는 짙은 회색이었고, 아주 잘생긴 말로 인정받았다. 젊고 혈기 넘치는 신사였던 그의 주인님은 그를 매우 좋아했다. 처음부터 아주 조심스럽고 친절하게 대해주었다.

군마로 사는 것이 무척 즐겁다고 생각했지만, 큰 배를 타고 바다 건너 외국으로 보내지게 되자 생각이 바뀔 뻔했다고 캡틴이 털어놓았다.

"그때 얼마나 끔찍했다고! 물론 우리는 스스로 땅을 떠나 배에 탈 수 없었어. 그러자 사람들은 우리 몸통을 튼튼한 끈으로 맨 다음 다리를 땅에서 들어 올렸지. 몸부림쳐도 소용 없었어. 우리는 그렇게 바다 위 공중에서 흔들거리며 큰 배의 갑판으로 옮겨졌지. 그런 다음 작고 답답한 마구간으로 들여보내졌어. 오랫동안 하늘도 못 보고 다리를 뻗을 수도 없었지. 가끔 강풍이 불어 배가 흔들리면 우리는 이리저리 뒹굴었고 속도 몹시 안 좋았어.

드디어 항해가 끝나고 사람들이 우리를 들어 올려 다시 땅으로 내려놓았어. 참 기쁘더군. 발밑에 단단한 땅을 느끼게 되자 다들 기뻐서 히힝 하고 힘차게 울었지. 우리가 도착한 나라는 우리가 살던 곳과 매우 달라서 싸우는 것 외에도 견뎌야 할 고난이 많았어. 군인들은 대부분 자기 말을 좋아해서 눈이 오든 비가 오든 어떤 나쁜 상황에서도 말을 편안하게 해주려고 최선을 다했지."

내가 물었다. "전투는 어땠어요? 무엇보다 그게 제일 힘들지 않았나요?"

"글쎄, 잘 모르겠어. 우리는 늘 트럼펫 소리에 따라 질주하는 것을 좋아했어. 출발하고 싶어 안달이었지. 때론 구령을 기다리며 몇 시간 동안 서 있어야 할 때도 있었지. 구령이 떨어지면 우리는 대담하고 적극적으로 달려 나갔어. 포탄도 총검도 총알도 없는 것처럼.

우리를 탄 사람이 안장에 굳건히 앉아 고삐를 계속 쥐고 있는 것이 느껴지는 한, 우리 중 누구도 공포에 떨지 않았어. 무시무시한 포탄이 허공을 가르며 날아와 산산조각으로 터질 때조차 두려워하지 않았지.

고결한 주인님과 나는 부상 한 번 입지 않고 함께 많은 전투에 참여했어. 다른 말들이 총알에 맞아 쓰러지고 창에 찔리고 무시무시한 칼에 베이는 모습을 봤어. 우리는 그들을 전장에서 숨진 채로 혹은 부상으로 고통스러워하며 죽어가도록 내버려 뒀지.

그런데도 난 두렵지 않았던 것 같아. 주인님이 활기 넘치는 목소리로 병사들을 격려할 때면 주인님과 내가 절대 죽을 리 없을 것처럼 느껴졌거든. 주인님이 나를 이끄는 동안에는 대포 코앞까지 돌격할 준비가 되었을 정도로 나는 주인님을 전적으로 신뢰했지.

수많은 용감한 군인이 칼에 베여 쓰러지고, 치명상을 입은 채 안장에서 떨어지는 모습을 보았어. 죽어가는 이들의 울부짖음과 신음도 들었고. 나는 피로 덮여 미끌미끌한 땅 위를 느린 구보로 달렸어. 부상당한 군인이나 말을 밟지 않기 위해 비껴가야 할 때도 많았지.

그럼에도 난 두려움을 느낀 적이 없었어. 그 끔찍한 날이 오기 전까지는…. 난 그날을 절대 잊지 못할 거야."

여기에서 캡틴은 잠시 말을 멈추고 한숨을 쉬었다. 내가 기다리자 그는 계속해서 이야기했다.

"어느 가을 아침이었어. 평소처럼 동이 트기 1시간 전에 우리 기병대는 모두 일어나 그날의 임무를 위해 말에 안장을 얹고 준비했어. 싸워야 할지 기다려야 할지는 몰랐지만, 병사들이 말 옆에 서서 명령을 기다리며 대기했지. 날이 점차 밝아올 때쯤 장교들 사이에서 약간의 동요가 이는 듯 보였어. 그리고는 날이 완전히 밝기도 전에 적군이 총을 발사하는 소리가 들렸지.

장교 중 한 명이 말에 오른 다음 병사들에게 말에 오르라고 명령했어. 즉시 모든 군인이 안장에 앉았지. 말들은 자신의 등에 탄 군인이 고삐를 채거나 발뒤꿈치로 눌러 출발 신호를 줄 때까지 기다리며 서 있었고, 모두 활기와 열의가 가득했지. 하지만 우리는 훈련을 잘 받은 말들이어서 재갈을 씹고 이따금 안달하며 머리를 흔드는 것 말고는 전혀 움직이지 않았어.

주인님과 나는 맨 앞줄에 있었지. 모든 군인이 가만히 앉아 경계를 늦추지 않고 있었어. 주인님이 잘못된 쪽으로 넘어가 있던 내 갈기의 흐트러진 부분을 잡아 바른쪽으로 넘겨주고 손으로 어루만졌지. 그리고는 내 목을 토닥이며 말했어.

'오늘 전투는 그 어느 때보다 치열할 거야. 하지만 지금까지 해왔던 대로 우리의 임무를 다하면 돼.'

그날 아침, 주인님은 내 목을 예전보다 더 많이 쓰다듬어 주었던 것 같아. 조용히 계속해서 쓰다듬었지.

무언가 다른 생각에 빠진 사람처럼. 나는 내 목에 닿는 그의 손길이 좋아서 목덜미를 당당하고 멋지게 활모양으로 치켜들었어. 움직이지 않고 가만히 선 채로. 나는 그의 기분을 모두 알고 있었거든. 언제 내가 얌전히 있기를 바라는지, 언제 내가 활기차게 달리기를 바라는지.

그날 일어났던 일을 전부 말할 수는 없지만, 우리가 함께 했던 마지막 돌격에 대해 말해줄게. 적군의 대포 바로 앞에 계곡이 가로놓여 있었어. 그 무렵 우리는 포탄이 발사되는 요란한 소리와 날아드는 총알에 익숙해져 있었지.

하지만 그날처럼 총알이 빗발쳤던 적은 한 번도 없었어.

사방에서 우리를 향해 총알과 포탄이 마구 쏟아졌지. 수많은 용감한 군인이 쓰러지고, 말들도 넘어지며 등에 타고 있는 사람을 땅에 내동댕이쳤어.

등에 사람을 태우지 않은 말들은 미친 듯이 열 밖으로 달려 나왔어. 자신을 이끌어줄 사람 없이 홀로 남았다는 사실에 겁을 먹고 옛 동료들 사이로 비집고 들어와서는 그들과 함께 전속력으로 돌격했지. 무서운데도 누구 하나 멈추거나 되돌아가지 않았어.

시간이 갈수록 대열이 줄었지. 동료가 넘어지면 우리는 서로 가까이 붙어서 그들을 지켜주었어. 대포에 가까워지자 우리는 흔들리거나 비틀거리지 않고 오히려 더 빠르게 질주했지.

주인님…, 나의 소중한 주인님은 팔을 높이 들어 올린 채 전우들을 격려하고 있었어. 그때 포탄 하나가 내 머리 옆으로 쌩 지나가더니 주인님을 쳤어. 비명을 지를 새도 없이 주인님이 그 충격으로 휘청하는 게 느껴졌지.

나는 속도를 줄이려고 노력했어. 하지만 주인님은 오른손에 들고 있던 칼을 떨어뜨렸지. 왼손에 쥐고 있던 고삐마저 놓치고는 땅으로 떨어지고 말았어. 다른 군인들이 빠르게 우리를 스쳐 지나갔지. 그들이 돌격하는 힘 때문에 나는 있던 자리에서 밀려났고….

그의 옆에 계속 있으려고, 쇄도하는 말발굽 아래 그를 남겨두지 않으려고 애썼지만 허사였어. 이제 주인님도 친구도 없이 저 커다란 도살장에 홀로 있게 되자 공포가 엄습하더군. 몸이 떨렸어. 전에는 그렇게 떨었던 적이 한 번도 없었는데.

다른 말들이 그랬듯이 이제 나도 대열에 합류해 같이 질주하려 했어. 하지만 군인들의 칼에 부딪히는 바람에 떨어져 나왔지. 마침 그때 어느 군인이 내 굴레를 붙잡고 등에 올라탔어. 그가 타고 있던 말이 죽었거든.

나는 새로운 주인님과 함께 다시 전진했어. 하지만 우리 용감한 부대는 처참히 제압당하고 말았지. 격렬한 총격전이 끝난 후 살아남은 자들은 계곡 너머로 되돌아왔어. 어떤 말들은 심한 부상을 입고 피를 흘려 거의 움직일 수 없었고,

어떤 말들은 세 다리로 서서 발을 질질 끌며 걸으려고 애썼어. 뒷다리가 총에 맞아 부서졌는데도 앞다리로 일어서려고 몸부림치는 말도 있었지. 전투 후 부상당한 사람들은 실려 오고, 전사자들은 땅에 묻혔어."

"부상당한 말은 어쩌고요? 죽게 내버려 두었어요?"

"아니. 군대 수의사들이 총을 들고 전장을 돌아다니며 쓰러진 말을 모두 쏘아 죽였어. 가벼운 부상만 입은 말들은 다시 데려와 돌봤고.

그날 아침, 전투에 나갔던 뛰어나고 열정적인 말들은 대부분 다시 돌아오지 못했어! 우리 마구간에 있던 말 중에 돌아온 말은 넷 중 하나꼴밖에 되지 않았지.

나는 주인님을 두 번 다시 보지 못했어. 주인님은 숨진 채 안장에서 떨어졌던 것 같아. 내가 그 정도로 좋아했던 주인님은 지금껏 한 명도 없었어. 그 후에도 나는 다른 많은 전투에 참여했지만, 한 번밖에 다치지 않았지. 심각한 부상은 아니었어. 전쟁이 끝나자 나는 다시 영국으로 돌아왔어. 떠날 때와 마찬가지로 건강하고 튼튼한 상태로."

"사람들이 전쟁을 아주 멋진 일인 것처럼 이야기하는 걸 들었어요."

"허! 그들은 전쟁을 한 번도 본 적이 없는 사람들일 거야.

적군 없이 그냥 훈련하고 행진하고 모의 전투를 할 때는 확실히 멋진 일이야. 그래, 그때는 참 멋져.

하지만 훌륭하고 용맹한 군인 수천 명과 말 수천 마리가 전사하거나 평생 불구가 되는 경우 전쟁은 그런 멋진 모습과 전혀 딴판이 되지."

"그들이 무엇 때문에 싸우는지 아세요?"

"아니. 그건 말이 이해할 수 없는 문제야. 하지만 적을 죽이기 위해 바다 건너 그 먼 길을 가는 것이 옳은 일이었다면 적은 엄청 사악한 사람들이었던 게 분명해."

35. 제리

나는 새 주인님보다 더 좋은 사람을 알지 못했다. 그는 친절하고 선량했다. 존처럼 옳은 일에 대해 강한 신념을 가진 사람이었다. 성격이 좋고 명랑해서 시비 붙는 일도 거의 없었다. 그는 짧은 노래를 지어 부르는 것을 매우 좋아했다.

그런 노래들을 혼자 흥얼거렸다.

> 오라. 아버지와 어머니, 형제자매여~♬
> 오라. 다 함께 서로 의지하고 도우러~♪

실제로 그의 가족은 노랫말대로 행동했다.

해리는 나이가 훨씬 더 많은 소년들 못지않게 마구간 일을 잘했다. 자신이 할 수 있을 만한 일을 늘 찾아서 했다.

아내 폴리와 딸 돌리는 아침마다 와서 승합마차 준비 작업을 거들었다. 쿠션들을 쓸고 두들겨 먼지를 털어내고 유리

창도 닦았다.

그러는 동안 제리는 마당에서 우리를 씻겨주었다. 해리는 마구를 닦았다. 그들 사이에는 언제나 웃음과 즐거움이 넘쳤다. 그런 분위기 속에 있으면 캡틴과 나도 덩달아 기분이 좋아졌다. 꾸지람과 폭언을 듣는 경우보다 훨씬 더 기분이 좋았다. 제리의 노래 덕분에 그들은 늘 아침 일찍 일어났다.

아침에 몇 분을 허비하면,
그 시간은 되찾을 수 없지~♪
온종일 허둥지둥하고,
우왕좌왕할 수도 있고~♩
그 시간은 영원히 사라지는 거라네~♬
영원히~♪

그는 아무 생각 없이 어슬렁거리며 시간을 허비하는 것을 참지 못했다. 그가 유일하게 분노에 가까운 감정을 표출하는 경우는 지각을 밥 먹듯 하는 손님들을 발견하는 때였다.

그들은 자신의 게으름을 벌충하기 위해 말이 승합마차를 무리하게 끌도록 요구했다.

어느 날, 험상궂게 생긴 젊은 남자 두 명이 승차장 부근의 술집에서 나와 제리를 불렀다.

“어이, 마차 운전수! 늦었으니 서두릅시다. 전속력으로 달려요. 1시 기차를 탈 수 있게 빅토리아 역으로 데려다주면 1실링을 더 내겠소.”

“안전한 속도로 태워다 드리겠습니다. 몇 푼 더 벌자고 그렇게 전속력으로 달릴 수는 없어요.”

우리 마차 옆에 로렌스의 마차가 서 있었다. 로렌스가 문을 활짝 열며 외쳤다.

“원하는 대로 해드리죠, 손님들! 이 마차를 타면 제 말이 역까지 잘 모셔다드릴 겁니다.”

로렌스는 손님을 태운 뒤 제리를 향해 윙크하며 말했다.

“보통 속도 이상으로 달리는 건 저 친구의 양심에 어긋나는 일이에요.”

그리고는 지친 말을 채찍으로 세게 때려 최대한 힘차게 출발했다.

제리가 내 목을 토닥이며 말했다.

“잭, 1실링 더 벌자고 그런 일을 해선 안 돼. 그렇지, 친구?”

제리는 무리하게 마차를 몰며 무책임한 손님들의 기분을 맞추는 일을 완강히 반대했다. 늘 안전한 속도로 다녔지만, 본인도 말했듯이 그래야 하는 이유가 있으면 전속력으로 달리는 것도 마다하지 않았다.

어느 날 아침에 일어났던 일을 나는 잘 기억하고 있다.

승차장에서 손님을 기다리며 서 있을 때였다. 무거운 여행 가방을 들고 오던 한 젊은 남자가 보도에 놓인 오렌지 껍질을 밟고 세게 넘어졌다. 제리가 맨 먼저 달려가 그를 안아 일으켰다. 남자는 몹시 놀란 듯 보였다.

사람들의 부축을 받으며 가게 안으로 들어갈 때 그는 몹시 고통스러운 것처럼 걸었다. 물론 제리는 승차장으로 돌아왔다. 10분쯤 후 가게 점원이 제리를 부르자 우리는 보도에 마차를 댔다.

젊은 남자가 말했다. "사우스 이스턴 철도역으로 데려다 줄 수 있습니까? 재수 없이 넘어져 기차 시간에 늦은 것 같아요. 난 반드시 12시 기차를 타야 합니다. 늦지 않게 역에 데려다줄 수 있다면 정말 감사하겠습니다. 요금도 기꺼이 더 낼 거고요." 남자의 얼굴은 무척 창백하고 아파 보였다.

제리가 진심 어린 목소리로 대꾸했다. "최선을 다하겠습니다. 손님이 충분히 회복된 것 같다면요."

남자가 간곡히 부탁했다. "꼭 가야 합니다. 어서 문을 열어주세요. 지체할 시간이 없어요."

제리는 곧바로 운전석에 오른 다음 내가 잘 알아듣도록 경쾌하게 혀 차는 소리를 내며 고삐를 챘다.

"자, 잭! 신나게 달려. 왜 그래야 하는지 알면 우리도 얼마든지 빨리 갈 수 있다는 걸 보여주자고."

교통이 복잡한 한낮 시내에서 빠르게 달리는 일은 늘 어렵지만, 우리는 최선을 다했다. 훌륭한 운전자와 좋은 말이 서로 잘 이해하고 뜻을 같이하면 그들은 경이로운 일을 해낼 수 있다. 나는 입 상태가 매우 좋아서 운전자가 고삐를 살짝만 건드려도 어디로 가야 하는지 알아차릴 수 있었다.

온갖 마차와 수레가 사람들이 걷는 속도처럼 천천히 지나다니는 런던에서 그런 능력은 큰 장점이다. 어떤 차들은 이리로 가고, 어떤 차들은 저리로 간다. 느리게 가는 차도 있고, 그런 차를 추월하려는 차도 있다.

승합마차는 승객을 태우기 위해 몇 분마다 잠깐씩 멈추기 때문에 그 뒤에 오는 말은 따라 멈추거나 아니면 승합마차를 추월해야 한다. 추월을 시도할 때 다른 차가 좁은 틈새로 달려 들어올 수도 있다. 그러면 다시 승합마차 뒤에 계속 머물러야 한다. 곧 기회를 보아 간신히 앞지르는 데 성공한다.

양쪽에 바퀴들이 너무 가까이 있어서 1센티만 더 가까워도 서로 긁힐 지경이다.

잠시 잘 나아가는 것 같다가도 금세 수레와 마차의 긴 행렬에 갇혀 거북이걸음을 해야 한다. 상습 정체 구간에 이르면 어떤 차가 옆길로 빠져나가거나 경찰이 개입할 때까지 몇 분이고 정지해 있어야 한다.

따라서 언제든 기회가 생길 때를 대비해야 한다. 틈새가 있는지 강아지처럼 지켜보고 있다가 쥐처럼 재빨리 움직여야 한다. 바퀴가 맞물리거나 충돌하지 않도록 혹은 다른 마차의 끝채에 가슴이나 어깨를 부딪치지 않도록 조심하면서.

이 모든 상황에 대처할 준비가 되어 있어야 한다. 대낮에 런던 거리를 빠르게 통과하고 싶다면 많은 연습이 필요하다.

제리와 나는 그 모든 상황에 익숙했다. 우리가 런던 거리를 빠르게 통과하기로 작정한다면 아무도 우리를 이길 수 없을 것이다.

나는 빠르면서 대담했고, 늘 나의 운전자를 신뢰했다.

제리는 빠르면서도 인내심이 있었다. 나를 믿어준다는 점도 좋았다. 나는 그의 목소리와 혀를 차는 소리로 그가 빨리 가고 싶어 한다는 것을 느꼈다. 고삐의 움직임으로 내가 가야 하는 방향도 알아차렸다. 제리는 채찍을 쓸 필요가 전혀 없었다.

이제 다시 이야기로 돌아가야겠다. 그날따라 거리가 몹시 혼잡했지만, 우리는 칩사이드 거리로 내려갈 때까지 꽤 잘 나아갔다. 거리 끝에 이르자 삼사 분 동안 길이 막혔다.

남자가 고개를 내밀고 걱정스러운 목소리로 말했다.

"내려서 걷는 게 낫겠어요. 이렇게 정체가 계속되면 시간 맞춰 도착하지 못할 거예요."

제리가 대꾸했다. "최선을 다하겠습니다, 손님. 제시간에 도착할 것 같아요. 정체는 금방 풀릴 겁니다. 게다가 손님의 짐은 들고 가기에 너무 무거워요."

바로 그때 앞에 있던 수레가 움직이기 시작하자 우리는 좋은 기회를 잡게 되었다. 차들 사이로 넘나들며 최대한 빠르게 나아갔다. 놀랍게도 런던대교에 오르자 확실히 속도를 낼 수 있었다. 다른 마차들이 모두 우리와 같은 방향으로 빠르게 달렸기 때문이다. 손님과 같은 기차를 타려는 사람들인 것 같았다.

우리는 수많은 마차와 함께 역으로 들어갔다. 기차역의 대형시계가 12시 8분 전을 가리켰다.

남자가 말했다. “다행입니다! 시간에 맞춰 도착했어요. 정말 감사합니다. 당신에게도 당신의 훌륭한 말에게도. 당신 덕분에 살았어요. 그 은혜를 돈으로 다 갚을 수는 없겠지만, 여기 요금을 더 받아주세요.”

“아니에요, 손님. 괜찮아요. 시간에 맞춰 도착해서 기쁩니다. 어서 가셔야죠. 기차 도착을 알리는 종이 울리고 있어요. 어이 짐꾼! 이 신사분의 짐을 곧 출발하는 기차로 날라주면 되네.”

제리는 지체 없이 마차를 돌려 기차 시간이 임박해 달려 들어오는 다른 승합마차들에 자리를 내주었다. 그런 다음 몰려드는 마차들이 지나갈 때까지 한편에 멈춰 서서 기다리며 말했다.

“참 다행이야! 다행이고말고! 불쌍한 젊은이. 무슨 일로 그렇게 걱정인 건지 궁금하군.”

마차를 몰지 않을 때면 제리는 내가 들을 수 있을 정도로 아주 크게 혼잣말을 했다.

제리가 승차장으로 돌아오자마자 사람들이 크게 웃으며 그를 놀려댔다. 사람들은 제리가 자신의 원칙을 어긴 채 웃돈을 받기 위해 기차역까지 무리하게 마차를 몰았다고 주장하고는 얼마나 많은 돈을 챙겼는지 알고 싶어 했다.

제리는 장난스럽게 고개를 끄덕이며 대꾸했다.

"내가 보통 받는 돈보다 훨씬 더 많이 받았지. 그 돈이면 며칠은 일하지 않고도 안락하게 지낼 수 있을걸?"

"허튼소리 말고!"

한 사람이 외치자 또 다른 사람이 말했다.

"이 친구 사기꾼이네. 우리한테 설교를 늘어놓고는 자신도 똑같은 행동을 하다니."

제리가 사실을 털어놨다.

"이보게 들, 신사가 요금을 더 주겠다고 했지만 난 받지 않았어. 그가 기차를 탈 수 있게 되어 기뻐하는 모습을 본 것으로 보상은 충분했으니까. 잭과 내가 이따금 마음이 동해 빨리 달리기로 하든 말든 그건 우리 문제지 자네들이 상관할 문제가 아니야."

"그럼 자넨 절대로 부자가 되지 못하겠군."

로렌스의 말에 제리가 대꾸했다.

"아마 그렇겠지. 하지만 부자가 되지 못한다고 덜 행복할지는 모르겠네. 성경에 나온 말씀을 수없이 들어봐도 '부자가 되라.'고 이르는 구절은 하나도 없었어. 게다가 신약에는 부자들에 관한 기이한 이야기가 많이 나와서 부자가 되면 나는 굉장히 불안할 것 같아."

마차 운전석에 앉아있던 감독관 그랜트가 어깨너머로 돌아보며 말했다.

"부자가 된다 해도 자네는 그럴 자격이 충분할 걸세, 제리.

자네의 부에 저주가 딸려오지는 않을 거야. 로렌스! 자네는 가난하게 살다 죽을 거네. 채찍을 너무 많이 휘둘러."

로렌스가 반박하며 물었다.

"아니, 채찍을 맞지 않으면 말이 가려고 들지를 않는데 어쩌라는 겁니까?"

"자네는 채찍 없이 말을 몰려고 애써본 적도 없었어. 마치 무도병(얼굴이나 손, 발 따위가 뜻대로 되지 않고 저절로 심하게 움직여 춤을 추는 듯한 모습의 신경병 – 옮긴이)에 걸린 사람처럼 늘 팔로 채찍을 휘두르지. 그러다 보면 자네나 자네의 말 중 한쪽이 지치게 돼. 자네는 툭하면 말을 갈아치우지. 왜 그럴까?

말을 평안하게 해주거나 격려해주는 법이 절대 없기 때문이야."

"그건 내가 행운을 얻지 못해서 그래요. 그게 진짜 이유라고요."

로렌스의 항변에 감독관이 대꾸했다.

"자네는 앞으로도 절대 행운을 얻지 못할 걸세. 행운의 여신은 친구가 될 사람을 고르는 데 꽤 까다로워서 주로 분별 있고 고운 심성을 가진 사람들을 선호하거든. 적어도 내가 경험한 바로는 그래."

감독관 그랜트가 다시 몸을 돌려 신문을 읽자 다른 남자들도 자기 마차로 돌아갔다.

36. 일요 승합마차

어느 날 아침, 제리가 나를 막 끌채에 연결해 줄을 매고 있을 때 한 신사가 마당으로 들어왔다.

"안녕하십니까, 브릭스 씨."

제리가 인사하자 신사가 말했다.

"좋은 아침이오, 제리 씨. 당신과 협의할 게 좀 있어서 왔소. 일요일 아침마다 내 아내를 교회에 태워다줄 사람이 필요해요. 요즘 나가는 새 교회는 아내가 걷기에 너무 멀어서 말이야."

"브릭스 씨. 말씀은 감사합니다만, 저는 6일 동안만 영업할 수 있는 면허를 취득해서 일요일에는 손님을 태울 수 없습니다. 그건 불법이에요."

"아! 자네 마차가 6일 영업 마차인 줄은 몰랐네. 하지만 면허를 바꾸는 건 아주 쉬울 거야. 면허를 바꾼다고 손해 볼 일은 없을 것 같은데….

실은, 내 아내가 자신을 태워다줄 사람으로 자네를 간절히 원해."

"저도 부인의 요청을 들어드리면 좋겠습니다, 브릭스 씨.

하지만 예전에 7일 영업 면허를 취득했더니 일이 너무 고되더라고요. 저에게도 말들에게도. 해마다 쉬는 날이 하루도 없었죠. 일요일을 가족들과 보낸 적이 한 번도 없었습니다. 예배당에 갈 수도 없었고요. 승합마차를 몰기 전에는 늘 예배당에 갔었거든요. 그래서 지난 5년 동안은 그냥 6일 영업 면허를 취득했어요. 그편이 여러모로 더 좋은 것 같습니다."

브릭스 씨가 맞장구쳤다.

"물론이지. 당연히 모든 사람은 휴식을 취하고 일요일마다 교회에 갈 수 있어야 해. 하지만 말에게 아주 짧은 거리이고, 하루에 한 번만 갔다 오는 일이어서 자네가 기꺼이 해주리라 생각했네. 오후와 저녁 시간은 모두 자네 맘대로 쓰면 되고. 게다가 자네도 알다시피 우리는 아주 좋은 고객이잖나."

"예, 맞습니다. 베풀어주시는 모든 호의를 고맙게 여기고 있어요. 브릭스 씨나 브릭스 부인을 도울 수 있는 일이라면 무엇이든 뿌듯하고 행복한 마음으로 해야겠지만, 일요일만큼은 포기할 수 없습니다. 정말 안 돼요.

성경 말씀에 하느님이 인간을 만들었고, 말과 다른 모든 짐승을 만들었다고 나와 있습니다. 하느님은 그들을 만들자마자 하루를 쉬고는 모든 생물에게 일주일 중 하루를 쉬라고 명했죠. 하느님은 틀림없이 그들에게 무엇이 좋은지 알았던 겁니다. 당연히 제게도 좋을 거고요.

이제 하루씩 휴식을 취하다 보니 저는 더 튼튼하고 건강해졌습니다. 말들도 생기 넘치고 빨리 지치지 않아요. 6일 영업 면허를 가진 운전자가 모두 그렇게 말해요. 그리고 저는 은행에 예전 어느 때보다 더 많은 돈을 저축해두었습니다.

아내와 아이들에게 의견을 물어보면 아마 깜짝 놀랄 거예요! 무슨 일이 있어도 일주일 내내 일하는 삶으로 돌아가고 싶어 하지 않을 겁니다."

"흠…, 잘 알았으니 더는 고민하지 말게나. 다른 곳을 알아보지." 신사는 이렇게 말한 뒤 떠나갔다.

제리가 내게 말했다. "어쩔 수 없구나, 잭. 일요일엔 반드시 쉬어야 해."

그런 다음 크게 소리쳤다. "폴리! 여보! 이리로 와 봐요."

잠시 후 폴리가 와서 물었다. "무슨 일이에요, 제리?"

"브릭스 씨가 내게 일요일 아침마다 브릭스 부인을 교회에 태워 달라고 요청하기에 나는 6일 영업 면허만 갖고 있다고 말했어. 그랬더니 브릭스 씨가 7일 영업 면허를 따면 내게 충분히 보상하겠다는군.

폴리, 당신도 알다시피 그들은 우리에게 아주 좋은 고객이야. 브릭스 부인은 여러 시간 동안 쇼핑하거나 지인을 방문하러 자주 외출한 다음 귀부인답게 공정한 값을 지불하지.

어떤 사람들처럼 값을 깎거나, 세 시간 동안 타 놓고 두 시간 반 동안 탔다고 우기지도 않아. 말들에게도 일이 수월해.

항상 몇십 분이나 늦어 놓고 기차를 탈 수 있게 마구 달리라며 재촉하는 사람들과는 다르거든. 부인의 이번 부탁을 들어주지 않으면 아무래도 우리는 좋은 고객을 잃게 될 것 같아. 당신 생각은 어때?"

폴리가 아주 천천히 대답했다.

"있잖아요, 제리. 일요일 아침마다 브릭스 부인이 당신에게 거금을 준다 해도 나는 당신을 다시 7일 영업 운전수가 되게 하지 않을 거예요. 일요일이 없다는 게 어떤 건지 우리는 이미 알잖아요. 이제 일요일에 쉰다는 게 어떤 건지도 알고요.

다행히 당신은 우리를 부양하기에 충분한 돈을 벌어오죠.

귀리와 건초값, 면허 요금과 집세를 모두 지불하려면 가끔 빠듯할 때도 있어요. 하지만 해리가 곧 돈을 벌 거예요.

나도 그 끔찍한 때로 돌아가느니 차라리 지금처럼 일하는 게 낫고요. 그때 당신은 아이들을 볼 짬도 거의 없었죠.

우리가 다 함께 예배당에 가거나 행복하고 조용하게 하루를 보낸 적이 한 번도 없었어요. 제발 그 시절로 돌아가는 일은 없었으면 좋겠다는 게 내 생각이에요, 제리."

제리가 말했다. “나도 브릭스 씨에게 똑같이 말했고 말을 바꿀 생각도 없어. 그러니 마음 졸이지 말아요, 폴리. (폴리는 울고 있었다) 돈을 두 배 더 번다고 해도 옛날로 돌아가지 않을 거요. 그렇게 결정했어. 자, 이제 힘차게 일하러 출발해볼까!”

이 대화를 하고 나서 3주가 지났는데도 브릭스 부인에게 아무런 호출이 들어오지 않았다. 승차장에서 손님을 태우는 것 외에는 일거리가 하나도 없었다. 제리는 그런 상황을 몹시 속상해했다. 말과 사람에게 일이 그만큼 더 힘들어졌기 때문이다.

하지만 폴리는 늘 남편을 격려하며 말했다.

“신경 쓰지 말아요, 여보, 괜찮아요. 최선을 다하고 나머지는 내버려 둬요. 모든 게 잘 될 거예요. 언젠가는.”

사람들은 제리가 최고의 고객을 잃었다는 사실과 그 이유를 곧 알게 되었다. 대부분 제리가 어리석었다고 말했지만, 두세 명은 제리의 편을 들었다.

트루먼이 말했다.

“노동자들이 일요일에 쉬는 것을 고수하지 않으면, 그들은 머지않아 하루도 쉬지 못하게 될 거야. 휴일을 갖는 건 모든 인간의 권리이자 모든 짐승의 권리라고. 하느님의 말씀에 따라 우리는 하루를 쉬게 되어 있어. 영국 법으로도 하루 쉬게 되어 있고. 우리는 성경과 헌법에 명시된 우리의 권리를 지키고 이어나가야 해. 우리 아이들을 위해서."

로렌스가 반박했다.

"자네 같은 교인들의 말은 아주 다 그럴듯하게 들리지. 하지만 나는 벌 수 있을 때 돈을 벌겠네. 난 종교를 믿지 않아.

교인이 일반인보다 낫다고 보지 않거든."

제리가 끼어들었다.

"교인이 일반인보다 낫지 않다면 그건 그 교인이 독실하지 않기 때문이야. 몇몇 사람이 법을 어긴다는 이유로 국법이 잘못되었다고 말하는 것이나 마찬가지지. 어떤 사람이 자신의 화를 이기지 못하고 이웃을 욕하고 빚을 갚지 않는다면 그자는 독실한 사람이 아니야.

그가 얼마나 자주 교회에 나가든 상관없어. 일부 사람들이 엉터리에 사기꾼이라고 해서 종교가 허위가 되는 것은 아니네. 진정한 종교는 세상에서 가장 선하고 진실한 것이야.

인간을 아주 행복하게 하고 우리가 사는 세상을 더 좋게 만들 수 있는 유일한 것이지."

존스가 대꾸했다.

"종교가 그렇게 좋은 것이라면 교인들이 일요일마다 우리에게 일을 시키지 못하도록 금했겠지. 자네도 알다시피 많은 교인이 그렇게 하잖나. 내가 종교를 엉터리라고 말하는 것도 그 때문이야.

교회에 가는 사람이 없다면 우리가 일요일에 일하러 나가 봤자 거의 아무 보람도 없을 걸세. 하지만 그들은 소위 말하는 특권을 가지고 있고, 내게는 그런 특권이 없어. 내가 내 영혼을 구원할 기회를 잡을 수 없다면 그들이 내 영혼을 책임져주기를 기대해야겠지."

여러 사람이 이 말을 듣고 박수를 쳤다. 박수가 그친 뒤 제리가 말했다.

"자네 말이 아주 그럴듯하게 들릴 수는 있겠지만, 그렇게 되지는 않을 거야. 모든 사람은 자신의 영혼을 스스로 돌봐야 해. 내 영혼을 업둥이처럼 남의 집 문간에 내려놓고 그 사람이 내 영혼을 돌봐 주리라 기대해선 안 돼."

"자신들이 좋아하는 목사를 찾아갈 수 없다면 교인들은 모두 어떻게 해야 하지?"

로렌스의 질문에 제리가 답했다.

"다른 사람의 일에 이래라저래라 간섭하려는 건 아니지만, 그렇게 멀리 걸어갈 수 없다면 더 가까운 교회로 가면 돼.

비가 오면 주중과 마찬가지로 우비를 입으면 되고. 옳은 일은 하면 되고, 그른 일은 단념하면 돼. 선량한 사람은 길을 찾을 걸세. 이건 교회에 나가는 사람에게나 우리 운전수에게나 똑같이 해당되는 말이야."

37. 황금률

그 일이 있고 이삼 주 후, 우리가 일을 마치고 저녁 늦게 마당으로 들어섰을 때 폴리가 급히 뛰어오며 말했다.

"다 잘 됐어요, 제리! 오늘 오후에 브릭스 부인이 하인을 보내서 내일 오전에 자신을 태우고 나가줄 수 있는지 묻더라고요. 내가 말했죠. '네, 가능할 거예요. 우리는 부인이 이제 다른 사람을 쓰는 모양이라고 생각했어요.'라고.

그러자 하인이 '저기 실은, 제리 씨가 일요일마다 오는 것을 거절해서 브릭스 씨가 불쾌해했어요. 다른 승합마차를 이용하려고 시도했지만, 모두 무언가 문제가 있었죠. 어떤 마차는 너무 빨리 달리고, 어떤 마차는 너무 느리게 달렸어요.

마님도 제리 씨의 마차만큼 좋고 깨끗한 마차가 없다고, 제리 씨의 마차가 자신에게 제일 잘 맞는 것 같다'고 말했어요."

폴리가 숨이 가쁜 듯 말을 마치자 제리가 유쾌하게 웃음을 터뜨리며 말했다.

"모든 게 잘 될 거라는 당신 말이 맞았어, 여보. 어서 가서 저녁을 차려요. 나는 얼른 마구를 벗겨서 잭을 편안하고 행복하게 만들어줄 테니."

그 후 브릭스 부인은 제리의 승합마차를 예전처럼 자주 불렀지만, 일요일에는 절대 부르지 않았다.

그러던 어느 일요일 아침, 우리에게 일거리가 생겼다. 사정은 이러했다. 우리는 토요일 밤에 몹시 지친 상태로 집에 왔다. 다음 날 쉬게 되리라 생각하며 기뻐했지만, 그렇게 되지 못했다.

제리가 마당에서 나를 씻겨주고 있을 때 폴리가 수심에 찬 얼굴로 제리에게 다가왔다.

"무슨 일 있소?"

제리가 묻자 폴리가 이야기했다.

"저기 여보, 다이나가 방금 편지를 보냈어요. 어머니가 위독해서 살아있을 때 보려면 당장 출발해야 한대요. 그곳은 여기서 16킬로 넘게 떨어진 시골이래요. 기차를 타면 6킬로 넘는 거리를 더 걸어가야 하고요.

다이나가 몸이 약한 데다 태어난 지 겨우 4개월 된 아기까지 있어서 당연히 그 방법은 불가능할 거예요. 당신이 승합마차로 태워다줄 수 있을지 알고 싶어 해요.

요금은 돈을 구하는 대로 정확히 내겠다고 약속한대요."

"이런, 쯧쯧! 생각해볼게. 요금이 아니라 우리 일요일을 잃게 되는 문제에 대해 생각해 보겠다는 거요. 말들도 지쳐있고, 나도 피곤하다는 사실이 마음에 걸리는군."

"그 문제에 대해서는 나도 마음에 걸려요. 일요일 반나절을 당신 없이 보내야 하니까요. 하지만 우리는 남에게 대접받고 싶은 대로 남을 대접해야 해요. 어머니가 죽어가고 있다면 내가 어떤 대접을 받고 싶을지 나는 아주 잘 알아요.

제리, 그건 안식일을 어기는 게 아닐 거예요. 불쌍한 짐승이나 당나귀를 구덩이에서 꺼내주는 일이 안식일을 망치지 않는다면, 불쌍한 다이나를 어머니에게 데려다주는 일도 틀림없이 안식일을 망치지 않을 거예요."

"이런, 폴리. 당신은 목사님이나 다름없군. 그럼 오늘은 일찌감치 일요일 아침 설교를 들었으니 다이나에게 가서 전해요. 내가 정각 10시까지 집 앞으로 가겠다고.

가는 길에 푸줏간 주인 브레이든 씨네 들러서 내 인사를 전하고 가벼운 이륜마차를 빌려줄 수 있는지 물어 봐줘요.

그가 일요일에는 마차를 사용하지 않는 걸로 알고 있거든.

가벼운 마차로 가는 게 말에게 큰 도움이 될 거요."

폴리는 갔다가 금방 돌아왔다. 브레이든 씨가 흔쾌히 마차를 빌려주기로 했다는 소식도 가져왔다.

"잘 됐군. 이제 빵과 치즈를 좀 싸줘요. 일을 최대한 빨리 마치면 오후에는 돌아올 거요."

"그럼 난 식사 대신 간단히 차와 고기파이를 먹고 기다릴 게요."

폴리는 이렇게 말한 뒤 자리를 떴다. 제리는 여장을 꾸리며 자신이 좋아하는 곡조에 맞춰 "폴리는 둘도 없는 여인이라네~♪"라고 흥얼거렸다.

길을 떠날 말로 내가 선택되었다. 우리는 10시에 가볍고 바퀴가 높은 이륜마차를 끌고 출발했다. 마차가 매우 쉽게 굴러서 사륜 승합마차를 끄는 일에 비하면 식은 죽 먹기처럼 보였다.

5월의 어느 화창한 날이었다. 도시를 벗어나자마자 맑은 공기와 신선한 풀 향기가 느껴졌다. 부드러운 시골길을 밟으니 옛 시절로 돌아간 듯 즐거웠다. 금세 기분이 상쾌해졌다.

다이나의 가족은 나무가 우거진 길 위쪽 조그만 농가에 살았다. 근처의 초원에는 멋진 나무들이 그늘을 드리우고 있었다. 나무 그늘에서 젖소 두 마리가 풀을 뜯고 있었다.

다이나의 동생으로 보이는 한 청년이 제리에게 마차를 초원에 들여놓으라고 요청했다. 그런 다음 더 좋은 마구간을 제공하고 싶지만, 마구간이 없으니 나를 외양간에 묶어놔도 되겠냐고 물었다.

"당신의 소들이 불쾌해하지 않는다면 이 아름다운 초원에 내 말을 한두 시간 정도 있게 하는 게 좋겠습니다. 말은 얌전해요. 그래도 된다면 내 말에게 귀한 선물이 될 겁니다."

청년이 대꾸했다. "그럼요, 되고말고요. 제 누나에게 친절을 베풀어주셨으니 무슨 부탁이든 성심껏 들어드려야죠. 한 시간 후에 식사를 좀 할 겁니다. 어머니가 아프셔서 집이 엉망이긴 해도 들어와서 같이 드시면 좋겠습니다."

제리는 그에게 다정한 어조로 감사를 표한 뒤 먹을 것을 싸 왔으니 그냥 초원에서 거닐고 싶다고 말했다.

마구를 벗은 나는 무엇을 먼저 해야 할지 몰랐다. 풀을 뜯어야 할지 아니면 등을 대고 굴러야 할지, 누워서 쉬어야 할지 아니면 자유롭게 초원을 질주해야 할지.

나는 순서대로 모든 것을 했다.

제리도 나만큼 아주 행복해 보였다. 그는 제방 옆 나무 그늘에 앉아 새소리에 귀를 기울였다. 혼자 노래를 흥얼거리다 자신이 좋아하는 작은 책을 소리 내어 읽고는 초원을 걸어서 작은 개울가로 내려갔다.

그곳에서 꽃과 산사나무 가지를 꺾어 그것들을 긴 담쟁이덩굴 줄기로 묶었다. 그런 다음 함께 가져온 귀리를 내게 듬뿍 주었다. 시간이 너무도 짧게 느껴졌다. 얼스홀 저택에 불쌍한 진저를 남겨두고 온 이후로 나는 초원에 들어간 적이 없었다.

우리가 집으로 돌아왔을 때 마당으로 들어서자마자 제리가 폴리에게 말했다.

“여보! 어쨌든 난 일요일을 잃어버리지 않았어. 새들이 덤불 숲에서 찬송가를 불러준 덕분에 예배에 참석했거든. 잭도 어린 망아지처럼 좋아했고.”

제리가 돌리에게 꽃다발을 건네자 돌리는 기뻐서 깡충거리며 뛰어다녔다.

38. 돌리와 진정한 신사

겨울이 추위와 습기를 잔뜩 몰고 일찍 찾아왔다. 몇 주 동안 거의 매일같이 진눈깨비나 비가 내렸다. 변하는 것은 강한 바람이 부느냐 된서리가 내리느냐 뿐이었다. 말들은 그런 변화에 영향을 아주 많이 받았다.

건조하고 추울 때는 두툼한 덮개 몇 장이 우리의 온기를 유지해 주지만, 폭우가 내릴 때는 덮개가 금방 다 젖어버려 아무 쓸모가 없다.

어떤 운전수들은 방수 덮개를 갖고 있다. 그런 덮개를 덮는 건 좋은 일이었다. 하지만 가난한 운전수들은 궂은 날씨에 자신도 말도 보호할 수 없었다.

그해 겨울 대다수의 가난한 운전수가 큰 고통을 받았다.

반나절 일하고 나면 우리 말들은 건조한 마구간에 들어가 쉴 수 있었다. 그동안 운전수들은 마차 운전석에 앉아있어야 했다. 가끔 기다릴 손님들이 있을 때면 새벽 한두 시까지 밖에서 머물기도 했다.

서리나 눈으로 거리가 덮여 미끄러울 때가 우리 말들에게는 최악의 상황이었다. 발을 단단히 딛지 못한 채 무거운 마차를 끌며 미끄러운 길로 1킬로를 가는 것이 좋은 길로 5킬로를 가는 것보다 더 힘들 것이다.

균형을 유지하느라 온 신경이 곤두서고 모든 근육이 팽팽해진다. 그에 더해 우리를 가장 지치게 하는 것은 넘어질지도 모른다는 두려움이다. 도로 상태가 나쁘면 편자가 거칠어진다. 그런 길은 우선 우리 가슴을 조마조마하게 만든다.

날씨가 나쁠 때 승합마차 운전수들은 대부분 근처 술집에 들어가 있고, 사람을 시켜 마차를 지키게 했다. 하지만 그렇게 하다 자주 손님을 놓쳤다. 게다가 제리의 말대로 술집에 있으면 돈을 쓰지 않을 수 없었다.

제리는 절대로 술집에 가지 않았다. 가끔 근처에 있는 커피 가게에 가거나, 뜨거운 커피와 파이를 담은 통을 들고 승차장에 오는 노인에게서 커피를 샀다.

독한 술과 맥주는 나중에 사람을 더 춥게 한다. 운전자의 온기를 가장 잘 유지해주는 것들은 마른 옷과 좋은 음식, 명랑한 기분과 집에 있는 다정한 아내라고 제리는 생각했다.

제리가 집에 올 수 없을 때 아내 폴리는 늘 먹을 것을 싸주었다. 간혹 조그마한 돌리의 모습이 보일 때도 있었다. 돌리는 도로 모퉁이에서 얼굴을 빠끔히 내밀고 아빠가 승차장에 있는지 확인했다. 아빠를 보면 돌리는 엄마가 준비해둔 뜨거운 수프나 푸딩 따위를 통이나 바구니에 담아 들고, 전속력으로 뛰어갔다 돌아오곤 했다.

말과 마차로 북적일 때가 많은 거리를 그런 꼬마가 무사히 건널 수 있다는 사실이 놀라웠다.

승차장 사람들은 돌리를 아주 좋아했다. 돌리가 무사히 길을 건너는 모습을 제리가 지켜볼 수 없는 경우에는 승차장의 누군가가 꼭 지켜봐 주었다.

어느 바람 불고 추운 날, 돌리는 제리에게 뜨거운 수프가 담긴 음식을 가져다주었고, 아빠가 먹는 동안 옆에 서 있었다. 한 술을 채 뜨기도 전에 신사 한 명이 우리 쪽으로 빠르게 걸어오며 우산을 들어 인사했다. 제리도 모자를 들어 답례하고 돌리에게 그릇을 준 뒤 내 등에 걸친 덮개를 벗겼다.

다가오던 신사가 외쳤다. "아니, 괜찮으니 수프를 마저 드세요. 시간이 넉넉하지는 않지만, 당신이 식사를 마치고 어린 딸아이를 안전히 보도로 데려다줄 때까지 기다릴 수는 있소." 신사는 그렇게 말하고 마차에 탔다.

제리가 그에게 진심으로 감사를 표한 뒤 돌리에게 돌아서서 말했다. "돌리, 저런 사람이 신사란다. 진정한 신사란 가난한 마차 운전수와 어린 소녀의 편의를 위해 기다리고 배려할 줄 아는 사람이야."

제리는 수프를 다 먹고 돌리를 길 건너로 데려다준 뒤, 라이즈가로 가달라는 주문을 받았다. 신사는 그 후 여러 번 우리 마차를 탔다. 그는 개와 말을 매우 좋아했던 것 같다.

우리가 그를 집에 데려다줄 때마다 개 두세 마리가 달려 나와 그를 반겼기 때문이다. 이따금 그는 내게로 와서 조용하고 기분 좋게 말을 건네며 나를 토닥여주었다.

"이 말은 좋은 주인을 가졌군. 말도 그럴 자격이 충분하고."

누군가가 자신을 위해 일한 말에게 주목하는 경우는 극히 드물었다. 여인들이 가끔 그랬으며, 이 신사를 비롯해 다른 남자 한두 명도 나를 토닥여주고 내게 친절한 말을 건넸다.

하지만 백 명 중 아흔아홉은 내가 기차를 끄는 증기기관이나 다름없다고 여기며 토닥였다.

신사는 나이가 지긋했다. 늘 무언가와 씨름하는 사람처럼 어깨가 앞으로 굽어 있었다. 입술은 얇고 굳게 닫혀 있었지만, 기분 좋은 미소를 머금고 있었다. 눈빛이 예리했다. 고개의 움직임과 턱은 무슨 일이든 시작하면 단호히 밀고 나가리라는 인상을 주었다. 목소리는 기분 좋고 친절했다. 다른 모든 면과 마찬가지로 단호하긴 해도 말들이 신뢰할 만한 목소리였다.

하루는 그와 또 다른 신사가 함께 우리 승합마차를 탔다.

그들은 거리에 있는 어느 가게에 멈추었다. 그의 친구가 안으로 들어간 사이 그는 문 앞에 서 있었다. 길 건너 우리보다 조금 앞쪽에 아주 근사한 말 두 마리와 수레 한 대가 선 술집 앞에 서 있었다. 수레를 모는 사람은 그 자리에 없었다.

말들이 얼마나 오래 서 있었는지 모르겠지만, 자신들이 충분히 오래 기다렸다고 생각했는지 그곳을 떠나가려 했다.

말들이 멀리 가기 전에 수레꾼이 달려 나와 말을 붙잡았다. 그는 말들이 움직여서 몹시 화가 난 듯 보였다. 채찍과 고삐로 말들을 잔인하게 벌주고 머리까지 사정없이 때렸다.

그 모든 것을 지켜본 신사는 재빨리 길을 건너가 단호한 목소리로 말했다.

“그 짓을 당장 멈추지 않으면 말들을 내버려 둔 것과 잔인하게 행동한 것에 대해 경찰에 신고하겠소!”

술을 마시고 있었던 게 분명한 남자는 욕설을 몇 마디 쏟아냈지만 매질은 멈추었다. 그런 다음 고삐를 잡고 수레에 올랐다. 그동안 신사는 조용히 주머니에서 수첩을 꺼내 수레에 표시된 이름과 주소를 보고 무언가를 적었다.

채찍을 내려치고 떠나가던 남자가 으르렁거리듯 물었다.

“그걸로 뭘 하려고요?”

남자가 얻은 대답은 끄덕임과 쓴웃음이 전부였다.

신사가 마차로 돌아오자마자 그의 동행이 가게에서 나와

웃으며 말했다.

"이보게 라이트, 자네 일로도 충분히 바쁠 텐데 뭣 하러 다른 사람의 말과 하인에 대해서까지 골머리를 앓고 그러나."

신사는 잠시 가만히 서 있은 후 고개를 약간 젖히며 물었다. "자네는 세상이 왜 이리 나빠졌는지 아나?"

"모르겠는데."

"그럼 내가 알려주지. 사람들이 자기 일만 생각하기 때문이야. 학대받는 이들을 옹호하거나 범법자를 가려내려고 애쓰지 않기 때문이라고. 난 그런 사악한 일을 절대로 가만히 보고만 있지 않아. 많은 주인이 내게 고마워했네. 그들의 말이 어떤 대우를 받는지 내가 알려주었거든."

제리가 불쑥 끼어들며 말했다.

"선생님 같은 분이 더 많이 있으면 좋겠습니다. 이 도시에는 그런 사람들이 절실히 필요해요."

그런 다음 우리는 길을 계속 갔다. 마차에서 내릴 때 신사가 말했다.

"우리에게 잔인함이나 잘못을 멈출 힘이 있는데도 그걸 보고 아무것도 행하지 않으면 스스로 공범임을 자처하게 되는 걸세. 그게 내 신념이야."

39. 꾀죄죄한 샘

나는 승합마차용 말로 아주 잘 지냈다고 생각한다. 내 운전자가 곧 내 소유주였다. 지금만큼 형편이 좋지 않았을 때도 그의 관심사는 나를 잘 대해주고 혹사하지 않는 것이었다.

한편으론 대규모 마차 소유주에게 소속된 말도 아주 많았다. 마차 소유주는 운전수들에게 높은 이용료를 받고 하루 동안 말을 빌려주었다.

말이 운전수의 소유가 아니었으므로 운전수는 어떻게든 말에게서 본전을 뽑아낼 생각만 했다. 그들은 우선 마차 소유주에게 이용료를 지불하고 남은 돈으로 생계를 유지했다.

이 말들 중 일부는 끔찍한 시간을 보내기도 했다. 나는 조금밖에 알아듣지 못했지만, 승차장에서도 자주 그런 이야기가 오갔다. 감독관은 인정 많고 말을 좋아하는 사람이었다.

어떤 말이 몹시 지치거나 학대당한 채 돌아오면 그는 가끔 목소리를 높였다.

어느 날, 궁상맞아 보이는 한 운전수가 흠씬 두들겨 맞은 상태의 말을 데리고 돌아왔다. 그 남자는 '꾀죄죄한 샘'이라는 이름으로 통했다.

말의 모습을 본 감독관이 말했다. "자네와 자네의 말은 여기가 아니라 경찰서로 가는 게 더 어울릴 것 같군."

남자는 말의 등에 낡은 덮개를 휙 던져놓은 뒤 감독관을 정면으로 마주 보고 서서 악에 받친 듯 말했다.

"경찰이 처리할 문제가 있다면 그건 우리에게 너무 높은 임차료를 요구하는 마차 주인들이나, 너무 낮게 책정된 마차 요금에 관한 문제여야 해요! 마차 한 대와 말 두 마리에 대한 하루 이용료로 18실링을 내야 하는 경우, 우리 같은 사람은 죽도록 일해 그 돈을 모으고 나면 몇 푼밖에 벌지 못합니다. 정말이지 힘들어서 못 해 먹겠다고요! 하루 동안 말 한 마리당 9실링을 뽑아내고 나야 생계비를 벌기 시작한단 말입니다. 감독관님도 그게 사실이란 걸 알고 있잖습니까.

말들이 일하지 않으면 우리는 쫄쫄 굶어야 해요. 나와 내 아이들은 예전에 겪어봐서 굶주림이 어떤 건지 잘 압니다.

아이가 여섯인데 돈을 버는 사람은 나뿐이에요. 나는 하루에 열네다섯 시간을 승차장에 있고, 최근 몇 달 동안 일요일에 쉬어본 적이 없어요. 마차 주인 스키너는 하루를 쉬게 해줄 수 있는데도 절대 그러지 않아요.

힘들게 일할 사람이 나밖에 없는 걸 어떡하라고요! 따뜻한 외투와 우비를 갖고 싶어도 먹여 살릴 식구가 많으니 어떻게 그것들을 구할 수 있겠습니까? 일주일 전에는 스키너에게 이용료를 내기 위해 시계를 전당포에 맡겨야 했죠. 다시는 그 시계를 찾아오지 못할 거예요."

주변에 서 있던 운전수들 중 몇 사람이 고개를 끄덕이며 그가 옳다고 말했다. 남자는 계속해서 이야기했다.

"자기 말과 마차를 갖고 있거나 좋은 주인에게 고용되어 마차를 모는 사람들은 잘 지내면서 옳은 일을 할 수 있겠지만, 나는 그렇지 못해요. 우리는 처음 반경 6킬로를 벗어나면 1.5킬로당 6펜스밖에 운임을 받을 수 없어요. 바로 오늘 아침에 나는 정확히 9킬로를 가고도 고작 3실링을 받아야 했습니다. 돌아오는 손님을 구하지 못해 계속 빈 차로 돌아와야 했으니 말은 18킬로를 달리고 나는 3실링을 번 셈이죠.

그 후 나는 4.5킬로를 이동하는 손님을 받았어요. 가져온 가방과 상자가 많았습니다. 가방들을 밖에 실었다면 족히 2펜스는 받았을 거예요. 하지만 사람들이 어떻게 하는지 다들 알 겁니다. 가방을 전부 마차 안 앞자리에 쌓고, 무거운 상자 세 개만 마차 지붕에 올렸죠. 그게 6펜스였고 요금이 1실링 6펜스였어요. 그런 다음 돌아올 때 1실링을 받았고요.

이제 말은 27킬로를 달리고 나는 6실링을 벌었어요.

아직도 그 말을 몰아 3실링을 더 벌고 오후에 말을 몰아 9실링을 번 후에야 내 돈 1페니를 만지게 되죠. 물론 그렇게 나쁜 상황이 늘 지속되는 건 아니지만 자주 있어요. 그런 사람에게 말을 혹사해선 안 된다고 말하는 건 조롱이라고 생각해요. 짐승이 완전히 지쳤을 때 다리를 계속 움직이게 하려면 채찍을 쓰는 수밖에 없다고요.

어쩔 수 없어요. 말보다 가족들을 우선시해야 하니까요.

말은 주인이 보살펴야지 우리가 보살필 수 없어요. 난 말을 학대하고 싶어서 학대하는 게 아니에요. 아무도 그렇게 말해선 안 돼요. 하루도 쉬지 못하고 가족들과 함께 조용히 시간을 보내지도 못하다니 뭔가 잘못돼도 단단히 잘못됐죠.

난 겨우 45살인데도 노인처럼 느껴질 때가 많아요. 일부 상류층 사람들은 또 얼마나 우리를 의심하게요. 요금을 속이고 바가지를 씌우나 싶어서요. 참 나, 그들은 손에 지갑을 들고 서서 동전을 하나하나 세죠. 그러면서 우리가 소매치기라도 되는 듯 바라본다니까요.

그들이 나 대신 하루에 16시간 동안 운전석에 앉아 18실링을 뗀 나머지 돈으로 생계를 유지해봤으면 좋겠어요. 비가 오나 눈이 오나 상관없이. 그럼 짐을 마차 안에 쑤셔 넣고 6펜스만 내는 일은 절대로 하지 않을 겁니다. 물론 가끔 아주 후하게 팁을 주는 사람들도 있어요. 그런 사람이 없다면 살 수 없을 거예요. 하지만 팁에만 의존할 순 없는 노릇이죠."

둘러선 남자들은 대부분 그의 말에 동감했다. 그중 한 사람이 말했다.

"삶이 그토록 고되니 가끔 옳지 않은 행동을 한다 해도 그건 당연한 일이에요. 술을 너무 많이 마신다고 해도 누가 그를 나무라겠습니까?"

제리는 이 대화에 끼지 않았다. 나는 그가 그토록 슬픈 표정을 짓고 있는 것을 처음 보았다. 감독관은 양손을 주머니에 꽂은 채 서 있었다. 그리고 손수건을 꺼내 모자를 들고 이마에서 땀을 훔치며 말했다.

"자네가 이겼어, 샘. 자네 말이 다 맞아. 더는 자네에게 경찰에 관한 말을 던지지 않겠네. 저 말의 눈빛을 보고 갑자기 감정이 격해져서 그랬던 거야. 사람도 불행하고 짐승도 불행한데, 이런 상황을 누가 개선할 수 있을지 모르겠군.

아무튼 저 불쌍한 짐승에게 그런 식으로 지치게 해서 미안하다는 말 정도는 하는 게 좋아. 우리가 그들에게 줄 수 있는 건 가끔 건네는 친절한 말이 전부야. 놀랍게도 녀석들은 그 말을 이해한다네."

이 대화를 하고 나서 며칠 후 아침, 새로운 남자가 샘의 마차를 끌고 승차장으로 왔다.

한 운전자가 물었다.

"이봐요! 꾀죄죄한 샘에게 무슨 일 있소?"

남자가 대답했다.

"몸져누웠어요. 어젯밤에 마당으로 실려 와서는 거의 기다시피 해서 집으로 갔죠. 그의 아내가 오늘 아침에 아들을 보내 아버지가 열이 높아 나올 수 없다는 말을 전했어요. 그래서 내가 대신 여기에 온 거고요."

다음 날 아침에도 같은 남자가 다시 왔다.

"샘은 좀 어떤가?"

감독관이 묻자 남자가 대답했다.

"갔습니다."

"가다니? 죽었다고 말하려는 건 아니겠지?"

"죽었습니다. 오늘 새벽 4시에 죽었어요. 어제 온종일 스키너에 대해, 일요일도 없이 산 것에 대해 미친 듯이 화를 냈대요. '난 일요일에 한 번도 쉬지 못했어.' 이게 그의 마지막 말이었답니다."

한동안 아무도 말이 없었다.

이윽고 감독관이 말을 꺼냈다.

"여보게 들, 이건 우리에 대한 경고 같아."

40. 불쌍한 진저

어느 날 우리 마차는 다른 마차와 함께 음악이 흘러나오는 어느 저택 밖에서 대기 중이었다. 그때 허름하고 오래된 승합마차 한 대가 우리 옆에 와서 섰다. 말은 밤색으로 늙고 지쳐 보였다. 털은 손질이 잘 되어 있지 않았고, 털 사이로 뼈가 앙상히 드러나 있었다. 무릎 관절도 상했고 앞다리가 심하게 비틀거렸다.

나는 건초를 조금 먹고 있었다. 바람이 불어 건초 몇 가닥이 그쪽으로 굴러가자 불쌍한 말은 길고 가는 목을 내밀어 건초를 집어먹고는 더 없는지 살피려고 주변을 둘러보았다.

흐리멍덩한 눈에 절망이 어려 있었다. 나는 그 말을 주목하지 않을 수 없었다. 전에 어디선가 보았던 말 같다고 생각하고 있을 때 그 말이 나를 똑바로 바라보며 말했다.

"너! 블랙 뷰티 맞지?"

그 말은 진저였다! 얼마나 변했는지!

아름답게 활모양을 이루고 윤기가 흐르던 목은 이제 가늘어지고 직선으로 내려앉았다. 매끈하고 곧은 다리와 우아한 말굽 뒤쪽 돌기가 부어오른 상태였다. 관절은 중노동으로 모양이 뒤틀렸다. 한때 기운과 생명력으로 가득 찼던 얼굴은 이제 고통으로 가득했다. 옆구리가 들썩이고 자주 기침하는 것을 보니 호흡도 몹시 불편한 듯했다.

우리 운전수들이 약간 떨어진 곳에 함께 있었으므로 나는 조용히 이야기를 나눌 수 있도록 진저 옆으로 한두 걸음 다가갔다. 진저의 이야기는 슬펐다. 얼스홀 저택에서 1년을 지낸 후 진저는 다시 일할 준비가 되었다고 인정되어 어느 신사에게 팔렸다.

한동안은 아주 잘 지냈지만, 평상시보다 더 오래 질주하고 나자 예전에 다쳤던 근육이 다시 나빠졌다. 쉬면서 치료를 받은 후 진저는 다시 팔렸다. 이런 식으로 몇 차례 주인이 바뀌었다. 몸 상태는 점점 더 나빠졌다.

진저가 말했다. "그러다 결국, 어느 남자에게 팔렸지. 그는 마차와 말을 많이 보유하고 그것들을 세주는 사람이야. 너는 잘살고 있는 것으로 보여 다행이다. 나는 입에 담을 수도 없을 만큼 힘들게 살아왔어. 내 약점을 발견할 때마다 사람들은 내가 몸값을 못 한다고 말했지.

그래서 이렇게 변변찮은 승합마차를 끌며 지쳐버리게 된 거야. 그들이 하는 것이라곤 채찍질하고 일을 시키는 게 다야. 내 고통은 전혀 생각해주지 않아. 나를 쓰려고 이용료를 냈으니 내게서 본전을 뽑아야 한다더군. 지금 나를 빌린 남자는 매일 마차 주인에게 많은 돈을 지불해. 그러니 그자도 내게서 본전을 뽑아야 하지. 일요일에 쉬지도 못한 채 일주일 내내 마차를 몰면서."

"학대당하면 넌 스스로 과감히 맞섰잖아."

"아…, 한때는 그랬지만, 소용없더라고. 사람들은 너무 강해. 잔인하고 인정 없는 사람을 만나면 우리가 할 수 있는 건 아무것도 없어. 그저 참는 수밖에. 끝까지 계속해서 참아야 해. 어서 끝이 왔으면 좋겠어. 죽고 싶어. 죽은 말을 본 적이 있어. 그들은 고통을 느끼지 않는 게 분명해. 도축업자에게 보내지느니 차라리 일하다 쓰러져 죽고 싶어."

나는 몹시 괴로워하며 진저에게 코를 가져다 댔지만, 어떤 위로도 해줄 수가 없었다. 진저는 나를 만나 기쁜 듯 말했다.

"넌 내 유일한 친구야."

바로 그때 진저의 운전수가 다가왔다. 그는 진저의 입을 확 당겨 진저를 대열에서 빼낸 뒤 떠나갔다. 몹시 슬퍼하는 나를 남겨둔 채로.

이 일이 있고 얼마 후 죽은 말을 실은 수레 한 대가 우리 승차장을 지나갔다. 머리가 수레 끝에 나와 덜렁거렸다.

생명이 없는 혀에서 천천히 피가 떨어지고 있었다.

움푹 들어간 눈!

모습이 너무 처참해 말로 표현할 수 없었다. 길고 여윈 목을 가진 밤색 말이었다. 이마에 흰색 줄무늬가 보였다. 진저였던 것 같다. 그러기를 바랐다. 그래야 진저의 고통이 끝날 테니까.

아! 사람들이 더 자비로워져서 우리가 그런 불행에 빠지기 전에 차라리 쏘아 죽이면 좋으련만….

41. 푸줏간 주인

나는 런던에서 말들이 겪는 어려움을 많이 보았다. 대부분 약간의 상식만 있으면 방지할 수 있었을 어려움이었다. 우리 말들은 타당한 대우를 받을 경우 힘든 일을 꺼리지 않는다.

은으로 장식된 마구를 착용한 채 윌리엄 백작의 마차를 끌고 고급 사료를 먹던 때의 나보다, 찢어지게 가난한 사람의 마차를 몰면서도 더 행복하게 지내는 말이 더 많다고 나는 확신한다.

작은 조랑말들이 무거운 짐을 싣고 무리하게 나아가거나 비열하고 잔인한 소년에게 심한 매질을 당하며 휘청대는 모습을 보면 자꾸 마음이 쓰였다.

언젠가 숱 많은 갈기와 예쁜 머리를 가진 자그마한 회색 조랑말을 본 적이 있었다. 메리렉스와 아주 많이 닮아서 마구를 착용한 상태가 아니었다면 나는 그를 향해 히힝 울었을 것이다.

그는 무거운 수레를 끄느라 최선을 다하고 있었다. 그런데도 힘세고 심술궂은 소년은 채찍으로 배 아랫부분을 때리고, 작은 입을 잔인하게 잡아챘다.

메리렉스일까? 메리렉스와 똑같이 생겼다. 하지만 그때 목사인 블롬필드 씨가 메리렉스를 절대 팔지 않기로 약속했으니 팔지 않았을 것이다. 이 조랑말은 아주 착한 친구인 것 같았다. 어릴 때 좋은 곳에서 행복하게 지냈었는지도 모른다.

푸줏간에서 일하는 말들이 빠른 속도로 달리도록 재촉당한다는 사실을 나는 자주 눈치챘다. 진짜 그 이유를 알게 된 것은 어느 날 우리가 세인트 존스 우드가에서 잠시 기다려야 했을 때였다. 옆 건물에 푸줏간이 있었다.

우리가 서 있을 때 푸줏간 주인의 수레가 빠른 속도로 돌진해 왔다. 말은 몹시 지쳐 있었다. 머리를 아래로 떨군 채 옆구리를 들썩이고 다리를 떠는 것으로 보아 너무 무리하게 달린 것 같았다. 청년이 수레에서 뛰어내려 바구니를 꺼낼 때 푸줏간 주인이 몹시 못마땅한 표정으로 가게에서 나왔다.

그는 말을 살펴본 후 청년에게 돌아서서 성난 목소리로 말했다.

"이런 식으로 몰지 말라고 대체 몇 번을 말해야겠니? 지난번에도 말을 급하게 몰아 기관지를 망쳐 놓더니 이번 말도 똑같이 그렇게 모는구나. 아들만 아니었다면 널 당장 해고했을 거야. 말을 저런 상태로 만들어 가게로 데려오다니 망신스러워서 원. 말을 그런식으로 몰다가는 툭하면 경찰에 잡혀가게 돼. 경찰서에 잡혀간대도 보석으로 풀려나는 건 기대도 하지 마라! 난 이미 입이 닳도록 주의를 주었으니까. 네가 알아서 조심해야 해."

청년은 이 말을 듣는 동안 시무룩하고 고집스러운 표정으로 서 있었다. 아버지가 말을 마치자 청년이 벌컥 화를 내며 말했다. 그건 자기 잘못이 아니니 책임지지 않겠다고. 자신은 쉴 새 없는 주문에 따른 것뿐이라고.

"아버지는 늘 '빨리 가, 조심해!'라고 말하죠. 주문하는 집들이 어떤지 아세요? 한 사람이 점심에 낼 양고기 다리 한 개를 원하면 난 15분 내에 그걸 가지고 돌아가야 해요.

또, 다른 요리사가 소고기를 주문하는 걸 잊었다고 말하면 난 즉시 와서 소고기를 가지고 돌아가야 하죠. 그러지 않으면 부인이 혼내거든요. 어떤 집은 갑자기 손님이 온다며 지금 바로 갈빗살이 좀 있어야 한대요.

크레센트가 4번지에 사는 부인은 늘 점심을 차릴 고기가 들어오고 나서야 저녁에 쓸 고기를 주문해요. 그러니 계속 서두를 수밖에요. 사람들이 원하는 요리를 생각하고 전날 미리 고기를 주문한다면 이렇게 화낼 필요도 없다고요!"

푸줏간 주인이 말했다.

"그래 주면 좋지. 들볶이는 일이 훨씬 줄어들 거야. 주문 받을 고기를 미리 알면 고객의 취향을 훨씬 더 잘 맞춰줄 수 있을 텐데, 쳇! 말해봤자 무슨 소용이람. 누가 푸줏간 주인의 편의나 그의 말을 생각해주겠느냐고!

그러니 이제 말을 데리고 들어가 잘 보살펴 줘. 오늘은 말을 다시 데리고 나가선 안 돼. 주문이 들어오면 네가 직접 바구니에 담아 가져다줘라."

푸줏간 주인이 그렇게 말하고 안으로 들어가자 청년도 말을 이끌고 자리를 떴다.

모든 소년이 잔인한 것은 아니다. 내가 본 몇몇 소년은 자신의 조랑말이나 당나귀를 강아지나 다름없이 매우 좋아했다. 그러면 내가 제리를 위해 일하듯 조랑말이나 당나귀도 자신의 어린 운전자를 위해 기분 좋게 기꺼이 일했다.

가끔 일이 고될 수도 있지만, 친구의 다정 어린 손길과 목소리가 일을 수월하게 만들어준다.

행상하는 어린 소년이 있었다. 초록색 채소와 감자를 가지고 우리 거리로 올라와 팔았다. 소년은 그리 잘생기지 않은 늙은 조랑말을 갖고 있었다. 그 말은 내가 봤던 조랑말 중 가장 쾌활하고 씩씩했다. 소년과 조랑말의 다정한 모습이 참 보기 좋았다. 조랑말은 주인의 뒤를 강아지처럼 졸졸 따라다녔다.

수레에 연결되면 채찍으로 때리거나 말하지 않아도 알아서 출발했다. 여왕의 마구간에서 나온 듯 흥겹게 덜컹거리며 거리를 내려갔다. 제리는 그 소년을 좋아했고 '찰리 왕자님'이라고 불렀다. 소년이 앞으로 커서 운전수들의 왕이 되겠다고 말했기 때문이다.

작은 석탄 수레를 몰고 우리 거리로 올라오는 노인도 있었다. 그는 석탄 운반 인부들이 쓰는 모자를 쓰고 다녔다.

외모가 거칠고 시커멨다. 그는 자신의 늙은 말과 함께 거리를 터벅터벅 걸었다. 두 명의 동반자는 서로 마음이 잘 통하는 듯 보였다. 말이 알아서 집 앞에 멈추면 집에서 사람이 나와 노인의 석탄을 샀다.

말은 늘 노인을 향해 한쪽 귀를 굽힌 채로 있었다. 노인의 외침 소리는 그가 가까이 오기 한참 전부터 거리에 울려 퍼졌다. 나는 그가 뭐라고 말하는지 몰랐지만, 아이들은 그를 "늙은 바아 후"라고 불렀다. 그의 외침 소리가 그렇게 들렸기 때문이다.

제리의 아내 폴리도 노인에게 석탄을 샀고, 매우 친절하게 대했다. 제리는 늙은 말이 가난한 곳에서도 저렇게 행복할 수 있다고 생각하면 위안이 된다고 말했다.

42. 선거

어느 오후, 우리가 마당으로 들어서자 폴리가 와서 말했다.

"제리! 베컴 씨가 와서 투표할 건지 물었어요. 그리고 선거를 위해 당신 마차를 빌리고 싶대요. 대답을 요구할 거예요."

"폴리, 그냥 내 마차가 이미 다른 곳에 예약되었다고 말해줘요. 그들의 커다란 포스터로 마차를 도배하고 싶지 않아.

게다가 잭과 캡틴이 선술집을 돌아다니며 반쯤 취한 투표자들을 실어 나르게 하는 건 말들에 대한 모욕이라고 생각해. 난 그러지 않겠소."

"그 신사에게 투표할 거예요? 그는 당신과 정치적 견해가 같다고 말했어요."

"어떤 부분에선 그렇지. 하지만 난 그에게 투표하지 않을 거요, 폴리. 그가 어떤 사업을 하는지 알고 있소?"

"네."

"그런 사업을 해서 부자가 된 사람은 어떤 점에서는 아주 해박할지 몰라도 노동자가 무엇을 원하는지 전혀 이해하지 못해. 양심상 나는 그런 사람을 의회로 보내 법을 만들게 할 수 없어요. 그들은 화를 낼 테지만…, 모든 이는 자기 나라를 위해 최선이라고 생각하는 선택을 해야만 해."

선거 전날 아침, 제리가 나를 끌채에 연결하고 있을 때 그의 딸인 돌리가 엉엉 울며 마당으로 들어왔다. 파란색 상의와 흰색 앞치마에 온통 진흙이 묻어 있었다.

"이런, 돌리. 왜 그래?"

돌리가 흐느끼며 말했다. "저기 못된 남자애들이 나한테 흙을 던지면서 나보고 부랑…, 부랑…"

"걔들이 돌리를 '파란색(19세기 중반부터 20세기 초까지 영국을 이끌던 대표적 양대 정당 중 보수당을 상징하는 색 – 옮긴이)' 부랑아라고 불렀어요, 아빠."

해리가 몹시 화난 표정으로 달려 들어와 말했다.

"내가 녀석들을 혼내줬어요. 호되게 맞았으니 기억할 거예요. 비겁하고 못된 '오렌지색(진보당을 상징하는 색 – 옮긴이)' 불량배들."

제리가 돌리에게 뽀뽀해주며 말했다.

"어서 엄마에게 가. 넌 오늘 집에 있으면서 엄마를 돕는 게 나올 것 같구나. 엄마에게도 그렇게 말하고."

그런 다음 진지한 얼굴로 해리에게 돌아서서 말했다.

"해리, 난 늘 네가 지금처럼 동생을 지켜주기를 바란다. 동생을 모욕하는 자를 흠씬 패주는 건 당연히 그래야 하는 일이야. 하지만 명심해. 선거를 두고 싸우는 불량배는 누구도 내 집에 들여놓지 않을 거야.

'파란색' 불량배도 '오렌지색' 불량배만큼 많아. 흰색 불량배도 자주색 불량배만큼 많고. 그밖에 다른 색 불량배도 있지. 나는 내 가족 중 누구도 그런 자들과 어울리게 두지 않을 거다. 여자와 어린아이조차 색깔 때문에 싸우려고 들어.

그 색이 무엇을 뜻하는지 제대로 아는 사람은 한 명도 없으면서."

"아빠, 파란색은 자유를 상징하는 색이잖아요."

"자유는 색깔에서 나오는 게 아니란다. 색깔은 정당을 보여주는 것뿐이야. 색깔에서 얻을 수 있는 자유란 다른 사람이 내는 돈으로 술을 마시고 취할 자유, 더럽고 낡은 승합마차를 타고 투표소에 갈 자유, 자신과 같은 색 옷을 입지 않은 사람을 폭행하고, 자신도 절반밖에 이해하지 못하는 것을 향해 목이 쉬도록 외칠 자유가 전부란다. 네가 말하는 자유는 그런 거야!"

"아빠도 참, 재미있는 농담이네요."

"아니, 해리. 진담이야. 상대방의 생각은 인정하지 않고 자기주장만 늘어놓는 남자들을 보면 창피해. 선거는 대단히 중대한 일이란다. 적어도 모든 사람이 양심에 따라 투표하고 이웃도 똑같이 하도록 놔둬야 해."

43. 곤경에 빠진 친구

드디어 선거 날이 왔다. 제리와 나에게 일이 끊이지 않았다. 맨 처음 온 손님은 여행용 가방을 든 건장하고 뚱뚱한 신사였다. 그는 빅숍게이트 기차역으로 가기를 원했다.

그러고 나서 리젠츠 공원으로 가려는 손님들을 태웠다.

그다음에는 소심하고 불안해 보이는 한 노부인이 우리를 세우고 은행으로 데려가 달라고 했다. 우리는 은행 앞에서 노부인을 기다렸다 다시 태우고 와야 했다. 노부인을 내려주자마자 얼굴이 벌건 신사 한 명이 서류를 잔뜩 들고 허겁지겁 달려와서는 제리가 운전석에서 내려오기도 전에 문을 열고 마차에 탄 뒤 외쳤다.

"보우가 경찰서로 갑시다. 빨리!"

우리는 그를 싣고 출발했다. 한두 차례 손님을 더 받고 나서 돌아오니 승차장에 다른 마차는 한 대도 없었다. 제리가 사료 자루를 목에 걸어주며 말했다.

"이런 날에는 먹을 수 있을 때 먹어둬야 해. 꼭꼭 씹어 먹어, 잭. 시간을 최대한 활용해야지."

나는 으깬 귀리에 밀기울을 약간 섞어 물에 적신 사료를 잔뜩 받았다. 이 사료는 아무 때나 먹어도 맛있었지만, 그날따라 매우 신선했다. 제리는 매우 사려 깊고 친절했다. 어떤 말이 그런 주인님을 위해 최선을 다하지 않겠는가?

그제야 제리는 폴리가 싸준 고기파이를 꺼내 내 옆에 선 채로 먹기 시작했다.

거리는 무척 혼잡했다. 후보들의 정당 색으로 치장된 승합마차들이 군중을 뚫고 이리저리 질주했다. 사람의 목숨과 신체가 어떻게 되든 중요하지 않다는 듯이.

그날 우리는 마차에 치인 사람을 두 명이나 보았다. 한 명은 여자였다. 말들도 큰 곤욕을 치렀다, 불쌍한 말들!

마차에 탄 투표자들은 그런 것을 아무렇지도 않게 여겼다. 그들 대부분은 술에 반쯤 취해 있었다. 자기 편 정당의 마차가 지나가면 창밖으로 환호성을 질러댔다. 그것이 내가 본 첫 선거였다. 이제는 상황이 나아졌다고 듣긴 했어도 또다시 선거를 겪고 싶지는 않았다.

제리와 내가 먹기 시작한 지 얼마 되지 않았을 때 한 젊은 여자가 아이를 무겁게 안고 거리를 걸어왔다. 이리저리 두리번거리며 무척 당황한 듯 보였다.

여자는 곧 제리에게 다가와 성 토마스 병원으로 가는 길과 병원까지 거리를 알려줄 수 있는지 물었다. 여자는 그날 아침 시골에서 시장 수레를 타고 올라왔다고 말했다. 선거에 대해서도 모르고 런던에 온 것도 처음이었다. 어린 아들을 치료하기 위해 그 병원에 가보라는 조언을 받았다고 했다.

아이는 힘없이 칭얼대며 울고 있었다.

"아이고 불쌍한 우리 아기! 아이가 몹시 아파요. 4살인데도 잘 못 걷는답니다. 아이를 그 병원에 데려가면 나을 수도 있다고 의사 선생님이 말했어요. 병원이 얼마나 먼지 좀 알려주세요. 어느 길로 가면 되죠?"

제리가 대꾸했다. "저기, 부인. 이런 군중을 뚫고 거기까지 걸어갈 수는 없어요. 병원은 4.5킬로나 떨어져 있습니다. 아이도 무겁고요."

"네, 무거워요. 하지만 다행히 난 튼튼해요. 길을 알면 어떻게든 갈 수 있을 거예요. 그러니 제발 길을 알려주세요."

"그렇게는 못가요. 당신이 마차에 부딪혀 쓰러지면 아이가 마차에 치일지도 모른다고요. 이렇게 합시다. 그냥 이 마차에 타세요. 내가 병원까지 안전히 데려다줄 테니. 비가 올 것 같지 않아요?"

"아니에요. 고맙지만, 안 되겠어요. 돌아갈 차비밖에 없거든요. 길만 좀 알려주세요."

"이봐요, 부인. 나도 집에 아내와 사랑하는 자식들이 있는 사람이라 아버지의 심정이 어떤 건지 잘 압니다. 내가 마차에 태워 공짜로 병원까지 데려다줄게요. 여자와 아픈 어린 아이에게 그런 위험을 무릅쓰게 한다면 난 내 자신이 부끄러울 겁니다."

"정말, 고맙습니다…"

여자가 흐느끼며 울음을 터뜨리자 제리가 다독이며 말했다.

"자, 기운 내요. 이리 오세요. 마차에 타는 것을 도와드리죠."

제리가 문을 열러 갈 때 두 남자가 달려오며 "마차!"라고 불렀다. 그들의 모자와 단춧구멍은 같은 색이었다.

"손님이 있습니다."

제리가 외쳤지만, 둘 중 한 남자가 여자를 밀치고 지나가 마차에 뛰어올랐다. 다른 남자도 뒤따랐다.

제리가 경찰관처럼 근엄한 표정을 짓고 말했다.

"신사분들, 이 마차는 이미 저 여자분이 타기로 되어 있습니다."

한 남자가 대꾸했다. "여자? 아! 여자는 기다려도 돼요. 우리 일은 아주 중요하거든. 게다가 우리가 먼저 탔으니 마차를 타는 건 우리 권리라고. 우리는 내리지 않을 거요."

제리가 우스꽝스러운 미소를 지은 채 마차 문을 닫아주며 말했다.

"좋아요. 그럼 있고 싶은 만큼 그 안에 있어요. 당신들이 쉬는 동안 난 기다리면 되니까."

그런 다음 그들을 등지고 가까이 서 있는 젊은 여자에게 다가가 웃으며 말했다.

"저들은 금방 갈 겁니다. 걱정하지 말아요."

그들은 곧 떠나갔다. 제리의 속셈을 깨달은 그들은 마차에서 내려 온갖 욕설을 퍼부었다. 자신들이 마차 번호를 신고하면 경찰서로 출두하라는 소환장이 날아갈 거라며 엄포를 놓았다. 이렇게 잠시 지체한 후 우리는 얼른 병원으로 향했다. 되도록 골목길을 통해서 갔다. 제리는 정차 벨을 울린 뒤 젊은 여자가 내리는 것을 도왔다.

여자가 말했다. "정말 어떻게 감사를 드려야 할지…. 저 혼자서는 절대 여기까지 올 수 없었을 거예요."

"별말씀을 다 하십니다. 아이가 얼른 낫기를 바랄게요."

제리는 여자가 병원으로 들어가는 것을 지켜보며 나직이 혼잣말했다. "그들 가운데 지극히 작은 자 하나에게 한 것이 곧 내게 한 것이니라."

그런 다음 내 목을 토닥여주었다.

무언가 기분 좋은 일이 있을 때면 늘 그러듯이.

이제 비가 세차게 내리고 있었다. 우리가 막 병원을 떠나려 할 때 병원 문이 다시 열리고 문지기가 나와 소리쳤다.

"마차!" 우리가 멈추자 한 귀부인이 계단을 내려왔다.

제리는 즉시 부인을 알아보았다.

부인이 베일을 뒤로 넘긴 뒤 말했다. "제리! 제리 맞지? 여기서 자네를 만나다니 정말 다행이야. 자네 같은 친구가 필요하던 참이네. 오늘 런던의 이 지역에선 마차 잡기가 아주 힘들거든."

"모시게 되어 영광입니다, 부인. 제가 우연히 이곳에 있게 되어 정말 다행이에요. 어디로 모셔다드릴까요?"

"패딩턴 기차역으로. 역에 일찍 도착하면 자네한테 폴리와 아이들에 대한 소식을 전부 듣고 싶어."

우리는 역에 일찍 도착했다. 귀부인은 비를 피하는 곳에 서서 제리와 한참 동안 이야기를 나누었다. 나는 그 귀부인이 예전에 폴리가 일했던 집의 여주인이라는 사실을 알게 되었다.

폴리에 대해 많은 것을 물어본 후 부인이 말했다.

"겨울에 승합마차 일은 어땠나? 작년에 폴리가 자네에 대해 걱정을 많이 했어."

"네, 부인. 그랬죠. 겨울에 기침이 심했는데, 날이 따뜻해져도 계속됐어요. 그래서 제가 늦게까지 돌아오지 않으면 폴리가 걱정을 많이 합니다. 부인도 아시다시피 이게 시간과 날씨를 가리지 않고 해야 하는 일이라 몸이 고단해요.

하지만 꽤 잘해나가고 있습니다. 돌볼 말이 없다면 몹시 허전할 거예요. 저는 말을 돌보며 자랐고, 유감스럽게도 그것 말고는 썩 잘하는 일이 없거든요."

"제리, 자네 건강을 위태롭게 하면서까지 이 일을 해야 한다니 몹시 안타깝군. 자네뿐 아니라 폴리와 아이들에게도 안타까운 일이야. 훌륭한 마부나 마구간지기를 필요로 하는 곳이 많으니 이 승합마차 일을 그만둬야겠거든 내게 연락하게."

귀부인은 폴리에게 정겨운 안부를 전한 뒤 제리의 손에 무언가를 쥐여주며 말했다.

"여기 아이들 앞으로 각각 5실링씩 주겠네. 이 돈을 어떻게 써야 할지는 폴리가 알 걸세."

제리는 부인에게 감사를 표하며 무척 기뻐하는 듯 보였다.

역에서 돌아 나온 우리는 드디어 집에 도착했다. 제리는 어땠는지 모르겠지만, 나는 매우 피곤했다.

44. 늙은 캡틴과 그의 후임

캡틴과 나는 매우 사이좋게 지냈다. 캡틴은 늙고 기품 있는 말이었다. 같이 있으면 무척 즐거웠다. 그가 집을 떠나 내리막길로 들어서야 하리라고는 전혀 생각지도 못했다. 하지만 그의 차례가 오고야 말았다. 사건의 정황은 이러했다.

나는 현장에 없었지만, 그 일에 대해 전부 들었다.

캡틴과 제리는 손님 일행을 태우고 런던대교를 건너 큰 기차역으로 갔다가 되돌아오는 길이었다. 다리와 런던 대화재 추모비 사이 어디쯤이었다. 제리는 기운 좋은 말 두 마리가 맥주 양조업자의 빈 짐마차를 끌고 오는 모습을 보았다.

짐마차 마부는 말들에게 무거운 채찍을 휘두르고 있었다.

짐마차가 가벼운데다 말들이 맹렬한 속도로 달리기 시작하자 마부는 말들을 제어할 수 없었다. 거리에는 교통이 혼잡했다.

한 아가씨가 마차에 부딪혔다. 다음 순간 말들이 우리 마차를 향해 돌진했다. 마차 바퀴가 둘 다 빠져나가고 마차가 뒤집혔다. 캡틴은 마차에 끌려 넘어졌다. 끌채가 쪼개지며 그중 하나가 캡틴의 옆구리에 박혔다. 제리도 튕겨 나갔지만, 멍이 들었을 뿐 크게 다치지는 않았다. 그가 어떻게 무사했는지 아무도 몰랐다. 제리는 늘 기적이었다고 말했다.

일어섰을 때 불쌍한 캡틴은 심하게 베이고 여기저기 부딪힌 상태였다. 제리는 그를 천천히 집으로 몰고 왔다. 그의 모습은 처참했다. 흰 털이 피로 흠뻑 젖었고 옆구리와 어깨에서 피가 뚝뚝 떨어졌다.

짐마차를 끌던 마부는 술에 잔뜩 취한 것으로 판명되어 벌금형을 받았으며, 양조업자는 우리 주인님에게 손해 배상금을 지불했다. 하지만 불쌍한 캡틴이 입은 피해를 배상해 줄 사람은 아무도 없었다.

수의사와 제리는 고통을 덜어주고 캡틴을 편안히 해주기 위해 최선을 다했다. 마차를 수리해야 했으므로 나는 며칠 동안 일을 나가지 않았고, 제리는 한 푼도 벌지 못했다. 사고 이후 우리가 처음으로 승차장에 나갔을 때 감독관이 와서 캡틴의 상태가 어떤지 물었다.

제리가 대답했다. "절대 예전 상태로 회복되지는 못할 거예요. 적어도 지금 하던 일에는 쓰일 수 없을 거라고 오늘 아침에 수의사가 말하더군요. 수레를 끄는 일 따위는 가능할 수도 있대요. 화가 치밀었죠. 수레를 끄는 일이라니!

난 런던에서 그런 일을 하며 돌아다니는 말들이 무슨 일을 당하는지 다 봤다고요. 주정뱅이를 멀쩡한 사람과 충돌하게 두지 말고 모조리 정신병원에 처넣을 수 있었으면 좋겠어요. 그들이 자신의 뼈를 부러뜨리든 말든, 자기 수레를 부수든 말든, 자기 말을 절름발이로 만들든 말든 그건 그들 문제니 내버려 둔다고 쳐요. 하지만 고통받는 쪽은 늘 무고한 사람들인 것 같아요. 그럼 그들은 배상에 관해 이야기하죠!

배상은 불가능해요. 온갖 근심 걱정이 생긴데다 시간도 잃었다고요. 오랜 친구 같은 훌륭한 말을 잃은 건 또 어쩌고요. 그런 상황에서 어이없이 배상 얘기를 꺼내다니! 지옥에 떨어진 귀신 중 내가 가장 보고 싶은 귀신이 하나 있다면 그건 바로 술 귀신이에요."

감독관이 대꾸했다. "이보게 제리, 자네 말을 듣고 있으니 심기가 상당히 불편하군. 부끄럽게도 난 자네만큼 행실이 좋은 사람이 아니야. 그렇게 되고는 싶지만."

"왜 술을 끊지 않으세요, 감독관님? 감독관님처럼 좋은 분이 그런 것의 노예가 되어선 안 되죠."

"난 큰 바보일세, 제리. 예전에 이틀 동안 술을 끊어보려 했더니 죽을 것 같더군. 자네는 어떻게 끊었나?"

"몇 주 동안은 힘들었습니다. 아시다시피 저는 한 번도 술에 취한 적이 없지만, 제 자신을 마음대로 할 수 없을 때가 있더라고요. 술을 마시고 싶은 열망이 생기면 딱 잘라 거부하기가 힘들었어요. 술 귀신이냐 제리냐, 둘 중 하나가 항복해야 했죠. 나는 항복하는 쪽이 제리여서는 안 된다고 단언했지만, 힘든 싸움이었어요. 얻을 수 있는 도움은 모두 구했습니다.

습관을 고치려고 시도하기 전에는 습관이란 것이 얼마나 강력한지 몰랐어요. 폴리는 내가 좋은 음식을 먹을 수 있게 많은 정성을 들였죠.

술을 마시고 싶은 열망이 생길 때마다 커피나 페퍼민트 차를 마시거나 성경을 읽었습니다. 제게는 그게 도움이 되더라고요. 가끔 '술을 끊지 않으면 영혼을 잃게 될 거야! 술을 끊지 않으면 폴리가 속상해할 거야!'라는 혼잣말을 되풀이할 때도 있었어요.

하느님과 아내 덕분에 술 마시는 습관을 없앴습니다. 십 년 동안 술 한 방울도 마시지 않았고, 술을 마시고 싶다는 생각도 전혀 들지 않아요."

감독관 그랜트가 말했다. "나도 큰맘 먹고 시도해봐야겠군. 자기 자신을 마음대로 할 수 없는 것처럼 딱한 일도 없으니."

"그럼요, 감독관님. 시도해보세요. 절대 후회하지 않을 겁니다. 감독관님이 술 없이 지내는 것을 보면 우리 승차장에서 일하는 몇몇 동료에게도 큰 도움이 될 거예요. 술을 멀리하고 싶어 하는 사람이 두세 명 있더라고요."

처음에 캡틴은 잘 이겨내는 듯 보였지만, 그는 매우 늙은 말이었다. 그가 그렇게 오랫동안 승합마차 일을 계속할 수 있었던 것은 오로지 그의 훌륭한 체질과 제리의 보살핌 덕분이었다. 이제 그는 너무 많이 쇠약해졌다.

캡틴이 다 나으면 몇 파운드를 받고 팔 수 있을 정도는 될 거라고 수의사가 말했다. 제리는 단호히 거부했다. 남은 돈을 다 쓰는 한이 있어도 오랫동안 자신의 일을 도와준 말을 몇 파운드에 팔아 고된 노동과 불행을 겪게 할 수는 없다고.

훌륭한 옛 친구를 위해 자신이 해줄 수 있는 가장 친절한 일은 그의 머리를 총으로 쏘아 더는 아무 고통도 받지 않게 해주는 것이리라 제리는 생각했다. 캡틴이 남은 생을 보내는 동안 친절한 주인을 찾아줄 방법이 없었기 때문이다.

이렇게 결정된 다음 날, 해리는 새 편자를 맞추기 위해 나를 대장간으로 데려갔다. 내가 돌아왔을 때 캡틴은 가고 없었다. 나와 가족들 모두 무척 안타까워했다.

이제 제리는 또 다른 말을 찾아야 했다. 곧 어느 귀족의 마구간에서 보조 마구간지기로 일하는 지인을 통해 말이 있다는 소식을 듣게 되었다. 가격이 비싼 젊은 말이었지만, 제멋대로 달리다 다른 마차와 충돌해 주인을 마차 밖으로 떨어지게 하고 말았다.

말도 심한 상처를 입고 외모가 망가져서 더는 신사의 마구간에 적합하지 않았다. 마부는 주변에 알아보고 말을 최대한 좋은 값에 팔라는 명을 받았다.

제리가 말했다. “혈기 왕성한 말은 다룰 수 있네. 난폭하거나 입이 굳어서 재갈을 물리기 힘든 말만 아니면 돼.”

남자가 이야기했다. “전혀 난폭하지 않아. 입도 매우 연하고. 내 생각에 사고의 원인은 따로 있었어. 털을 깎은 지 얼마 안 된 데다 날씨가 나빴어. 운동도 부족했고. 그런 상태로 밖에 나가자 녀석은 풍선이 부풀 듯 기운이 솟았던 거야. 우리 마부가 녀석에게 마구를 씌우고 가슴걸이 끈을 있는 힘껏 조였어. 제지 고삐를 매고 아주 날카로운 재갈을 물린 다음 고삐를 재갈에 연결했지. 그게 연한 입을 가진 원기 왕성한 말을 미치게 했던 것 같아.”

“그랬겠군. 내가 가서 말을 보겠네.”

다음 날 핫스퍼라는 이름을 가진 말이 집에 왔다. 그는 흰 털이 하나도 없는 멋진 갈색 말이었다. 키가 캡틴만큼 큰 데다 외모도 잘 생겼고 5살밖에 먹지 않았다. 나는 잘 지내보자는 뜻으로 다정히 인사를 건넸을 뿐 아무것도 묻지 않았다.

첫날밤 핫스퍼는 몹시 불안해했다. 그가 눕는 대신 계속 고리에 걸린 고삐 줄을 위아래로 홱홱 움직이고 여물통을 툭툭 치는 탓에 나는 잠을 이룰 수 없었다.

하지만 다음 날 대여섯 시간 동안 승합마차를 몰고 온 후부터는 차분해지고 분별이 생겼다. 제리가 그를 많이 다독여 주며 말을 건네자 그들은 이내 마음이 통했다.

핫스퍼가 편한 재갈을 물고 일이 익숙해지면 양처럼 순해질 거라고 제리는 말했다. 이전 주인은 몇십 파운드짜리 애마를 잃었고, 승합마차 운전수는 기운이 팔팔한 훌륭한 말을 얻었으니 우는 사람이 있으면 웃는 사람이 있는 법이라고.

핫스퍼는 승합마차용 말이 되어 자신의 위신이 크게 실추되었다고 생각해서 승차장에 서 있는 것을 싫어했다. 하지만 그 주가 끝날 무렵 그는 입이 편하고 머리가 자유로운 것으로 충분한 보상이 되었다고 내게 털어놓았다.

적어도 승합마차를 끄는 일은 머리와 꼬리가 서로 바짝 당겨져 안장에 고정되는 일만큼 모멸적이지는 않다고도 했다.

실제로 핫스퍼는 잘 정착했고, 제리는 그를 무척 마음에 들어 했다.

45. 제리의 새해

사람들에게 크리스마스와 새해는 매우 즐거운 시기이다.

하지만 승합마차 운전수와 그의 말에게는 수확이 있는 시기일지 몰라도 휴일은 아니다. 파티와 무도회가 많이 열리고, 유원지들이 개장했으므로 일이 바빠져 힘들었다. 늦게 끝날 때도 자주 있었다.

가끔 운전수와 말은 비나 서리를 맞으며 몇 시간 동안 밖에서 기다려야 했다. 안에서 사람들이 음악에 맞춰 즐겁게 춤을 추는 동안 그들은 추위로 벌벌 떨었다. 운전석에 앉아 기다리는 지친 승합마차 운전수와 추위로 다리가 뻣뻣해질 때까지 참을성 있게 서 있는 말을 저 아름다운 여인들이 생각해주기는 했을지 궁금하다.

나는 저녁 일을 많이 나가봤으므로 서 있는 것에 익숙했지만, 제리에게는 핫스퍼가 감기에 걸릴지도 모른다는 걱정이 더 컸다.

크리스마스가 있는 주에 우리는 매우 바빠서 늦게까지 일했다. 제리가 기침을 심하게 했다. 우리가 아무리 늦어도 폴리는 제리를 기다리며 앉아 있다가 등불을 들고 그를 마중 나왔다. 얼굴에 근심 걱정이 가득했다.

새해 전날 저녁에 우리는 신사 두 명을 웨스트엔드 지역의 어느 광장에 있는 집으로 태워주었다. 그들은 9시에 내리면서 11시에 다시 오라고 요청했다.

"카드게임을 하는 모임이라서 잠시 기다려야 할 수도 있지만, 늦으면 안 되네."

시계가 11시를 칠 때 우리는 문 앞에 도착했다. 제리는 늘 시간을 정확히 지켰다.

15분마다 시계 종이 울렸다. 한 번, 두 번, 세 번…. 그런 다음 12시를 쳤다.

문은 열리지 않았다.

바람이 매우 변덕스러웠다. 낮 동안 비를 뿌리며 돌풍이 불더니 이제는 진눈깨비가 매섭게 휘몰아쳤다. 밤새 내릴 듯 보였다. 몹시 추운 데다 눈을 피할 곳도 없었다.

제리가 운전석에서 내려와 내 등에 덮인 덮개 중 한 장을 목 위로 좀 더 당겨 올려주었다. 그리고는 발을 동동 구르며 한두 번 왔다 갔다 했다. 그런 다음 양팔을 두드리기 시작하자 기침이 시작되었다. 제리는 마차 문을 연 뒤 발을 보도에 댄 채 마차 바닥에 앉아 진눈깨비를 약간 피했다.

또 15분이 지나 시계 종이 울렸는데도 사람은 나오지 않았다. 12시 반이 되자 제리는 벨을 누르고 하인에게 그날 밤 마차가 필요한지 아닌지 물었다.

"아유, 그럼요. 틀림없이 마차가 필요할 겁니다. 가면 안 돼요. 곧 끝날 거예요."

제리는 다시 앉았다. 그의 목소리는 내가 거의 알아들을 수 없을 정도로 많이 쉬어 있었다.

새벽 1시 15분에 문이 열리고 두 신사가 나왔다. 그들은 아무 말 없이 마차에 탄 후 제리에게 갈 곳을 말했다. 3킬로 가까이 되는 거리였다. 나는 추위로 다리에 감각이 없어서 넘어질 것만 같았다.

내릴 때도 그들은 우리를 너무 오래 기다리게 해서 미안하다는 말을 하지 않았다. 오히려 요금이 비싸다며 화를 냈다.

제리는 절대로 적정한 요금보다 더 많은 돈을 청구하지 않았으므로 한 푼도 깎아주지 않았다. 그들은 2시간 15분 동안 기다리게 한 것에 대해서도 돈을 지불해야 했다. 제리에게 그것은 참 힘들게 번 돈이었다.

마침내 우리는 집에 돌아왔다. 제리는 거의 말을 하지 못했고 심하게 기침을 했다. 폴리는 아무것도 묻지 않은 채 그를 위해 문을 열고 등불을 비춰주었다.

폴리가 말했다. "내가 해줄 수 있는 일이 뭐 없을까요?"

"있지. 잭에게 따뜻한 사료를 갖다 주고 나서 내게 귀리 죽을 좀 쒀줘요."

제리는 쉰 목소리로 이렇게 속삭였다. 숨도 제대로 쉴 수 없을 텐데도 그는 평상시처럼 나를 쓰다듬어주고는 내 잠자리에 깔아줄 볏짚을 더 가지러 다락으로 올라갔다. 폴리가 내 속을 편안히 해줄 따뜻한 사료를 가져다주었다. 그런 다음 그들은 마구간 문을 잠갔다.

다음 날 아침 늦게야 누군가가 왔다. 해리 혼자였다. 그는 우리를 씻기고 먹인 다음 마구간을 깨끗이 쓸었다. 그러고 나서 일요일인 것처럼 볏짚을 다시 가져다 놓았다. 해리는 매우 조용했다. 휘파람도 불지 않고 노래도 부르지 않았다.

정오에 해리가 다시 와서 우리에게 사료와 물을 주었다. 이번에는 돌리도 함께 왔다. 울고 있었다. 그들이 말하는 것을 들어보니 제리가 위독한 모양이었다. 의사가 중증이라고 말했단다. 그렇게 이틀이 지나자 집안은 큰 곤경에 빠졌다.

우리는 해리만 보았다. 가끔 돌리도 왔다. 이야기 상대를 찾으러 왔던 것 같다. 폴리는 늘 제리와 함께 있었고, 제리는 아주 조용히 안정을 취해야 했기 때문이다.

셋째 날, 해리가 마구간에 있을 때 문을 두드리는 소리가 난 뒤 감독관 그랜트가 들어와서 말했다.

"집에 들어가려는 건 아니고, 네 아버지가 어떤지 알고 싶어서 왔어."

"상태가 매우 나빠요. 더 나빠질 수 없을 정도로요. 폐렴이래요. 의사 선생님은 오늘 밤이 고비일 것 같대요."

그랜트가 고개를 저으며 말했다.

"거, 큰일이네, 큰일이야. 지난주에 그 병으로 내가 아는 사람이 두 명이나 죽었어. 순식간에 목숨을 잃는 병이라고.

하지만 목숨이 붙어있는 한 희망은 있는 거니까 용기를 잃지 마."

해리가 재빨리 대꾸했다.

"네. 아버지가 술을 마시지 않아서 다른 사람들보다 나을 가능성이 더 크다고 의사 선생님이 말했어요. 어제 열이 너무 높았을 때, 아버지가 술을 마시는 사람이었다면 종잇장처럼 타버렸을 거래요. 의사 선생님은 아버지가 병을 이겨내리라 생각하는 것 같아요. 아저씨도 그렇게 생각하지 않으세요?"

감독관이 당황스러운 표정으로 답했다.

"만일 선량한 사람은 이런 일을 극복할 수 있다고 정해진 규칙 같은 게 있다면 틀림없이 네 아버지도 극복할 거다. 네 아버지는 내가 아는 사람 중에 제일 선한 사람이거든. 내일 일찍 들르마."

다음 날 아침 일찍, 감독관이 와서 물었다.

"오늘은 좀 어때?"

"나아졌어요. 어머니도 아버지가 이겨내길 바라고요."

"다행이다! 이제 아버지 몸을 따뜻이 해주고 마음을 편하게 해줘야 해. 말들이 걱정이구나. 잭은 앞으로 한두 주 동안 따뜻한 마구간에 있는 게 나을 거야. 다리를 뻗을 수 있도록 네가 잭을 데리고 나가 거리를 천천히 왔다 갔다 해도 좋고. 이 젊은 말을 일없이 이렇게 계속 세워두면 곧 기운이 뻗쳐서 네가 다루기에 너무 벅찬 말이 될 거다. 그 상태로 밖에 나갔다가는 사고를 낼 거야."

"지금도 그런 상태인 것 같아요. 곡물 사료를 줄였는데도 기운이 넘치니 이 말을 어떻게 해야 할지 모르겠어요."

"그래? 그럼 이렇게 하자. 네 어머니에게 가서 말해 봐. 네 어머니가 동의하면 상황이 정리될 때까지 내가 매일 와서 저 말을 데리고 나가 일을 충분히 시켜주마. 저 말이 얼마를 벌든 절반을 떼어 어머니에게 갖다 줄 거야. 그러면 말 사료를 대는 데 도움이 될 거다.

네 아버지가 좋은 공제조합에 소속된 건 알지만, 그것만으로는 말들을 유지하기 힘들어. 말들은 계속 먹기만 하고 일은 하지 않을 테니까. 정오에 와서 네 어머니의 대답을 들으마."

감독관은 해리가 감사 인사를 건넬 틈도 주지 않고 자리를 떴다.

정오에 감독관이 가서 폴리를 만났던 것 같다. 그와 해리가 함께 마구간에 와서 핫스퍼에게 마구를 채운 뒤 그를 데리고 나갔기 때문이다.

감독관은 한 주 넘게 핫스퍼를 데리러 왔다. 해리가 고마움을 표하거나 그의 친절함을 언급하면 그는 웃어넘기며 오히려 자신에게 행운이라고 대꾸했다. 핫스퍼가 아니었다면 자신의 말들도 쉬지 못했을 테니까.

제리는 서서히 좋아졌지만, 의사는 그에게 오래 살고 싶다면 다시 승합마차 일로 돌아가서는 안 된다고 말했다. 부모님이 앞으로 어떻게 할 것인지, 자신들이 돈 버는 일을 어떻게 거들 수 있을지에 대해 아이들은 함께 많은 이야기를 나누었다.

어느 날 감독관이 핫스퍼를 매우 축축하고 더러운 상태로 데리고 와서 말했다.

"거리가 온통 진창이야. 말을 씻기고 말리려면 꽤 힘들 거다."

"괜찮아요, 감독관님. 말을 깨끗이 씻고 마를 때까지 이 말의 곁을 떠나지 않을 거예요. 아버지에게 그렇게 교육받았거든요."

"모든 소년이 너처럼 교육을 잘 받았으면 좋겠구나."

해리가 스펀지로 핫스퍼의 몸과 다리에서 진흙을 닦아내고 있을 때, 돌리가 무언가를 잔뜩 기대하는 표정으로 들어와 말했다.

"오빠, 페어스토우에 누가 살아? 엄마가 페어스토우에서 온 편지를 받았거든. 아주 기뻐하는 표정으로 편지를 들고 위층에 있는 아빠에게 달려갔어."

"모르겠어? 어머니가 예전에 모셨던 파울러 부인이 사는 곳이잖아. 작년 여름에 아버지를 만나 너와 내게 5실링씩 보내준 분 말이야."

"아! 파울러 부인. 당연히 잘 알지. 그분이 엄마에게 뭐라고 썼을지 궁금하다."

"지난주에 어머니가 파울러 부인에게 편지를 보냈어. 그분이 아버지에게 승합마차 일을 그만두게 되면 연락하라고 했다던데. 부인이 뭐라고 했을까…. 돌리, 얼른 들어가서 알아봐."

해리는 늙은 마부처럼 쉭! 쉭! 소리를 내며 핫스퍼를 깨끗이 닦아주었다. 잠시 후 돌리가 춤을 추며 마구간으로 들어왔다.

"오빠! 이렇게 멋진 일은 처음이야. 파울러 부인이 우리를 모두 근처에 와서 살라고 한대. 우리가 살기에 딱 좋을 만한 빈집이 있대. 정원이랑 닭장, 사과나무랑 모든 게 다 있고!

부인의 마부가 봄에 떠날 거라서 그때 아버지가 그 자리를 맡아주기를 바란대. 주변에 명문가들이 있어서 오빠는 정원이나 마구간에 일자리를 얻거나 시동으로 일할 수 있을 거래. 내가 다닐 좋은 학교도 있고. 엄마는 웃었다가 울었다가 정신이 없고, 아빠도 아주 행복해 보여!"

해리가 대꾸했다.

"신난다. 정말 잘됐어. 그곳은 틀림없이 아버지와 어머니 두 분에게 잘 맞는 곳일 거야. 난 단추가 줄줄이 달린, 꼭 끼는 옷을 입어야 하는 시동은 되고 싶지 않아. 마구간지기나 정원사가 될 거야."

일은 빠르게 결정되었다. 제리가 충분히 호전되면, 그들은 시골로 이사하기로 했다. 마차와 말들은 될 수 있는 대로 빨리 팔기로 했다. 그것은 내게 슬픈 소식이었다. 나는 이제 젊지 않아서 내 상태로는 더 좋은 곳을 찾을 수 없었기 때문이다.

버트윅 저택을 떠난 이후로 내 주인님인 제리와 함께 보낸 시절이 가장 행복했다. 하지만 아무리 환경이 좋았다 해도 승합마차 일을 한 3년은 내 기운에 영향을 미쳤다. 더는 예전의 그 기운 좋은 말이 아니라는 느낌이 들었다.

감독관 그랜트는 즉시 자신이 핫스퍼를 데려가겠다고 말했다. 승차장에 나를 살 사람들도 있다고 했다. 제리는 내가 아무 주인이나 만나 다시 승합마차를 끌게 둘 수는 없다고 말했다. 그러자 감독관은 내가 편안히 지낼 곳을 찾아주겠다고 약속했다.

떠나야 하는 날이 왔다. 제리는 아직 밖에 나올 수 없었으므로 나는 새해 전날 이후 다시는 그를 보지 못했다. 폴리와 아이들이 내게 작별인사를 하러 왔다.

"불쌍한 잭! 사랑스러운 잭! 함께 데려갈 수 있다면 좋을 텐데…"

폴리는 이렇게 말한 뒤 손을 내 갈기에 댄 채 가까이 다가와 목에 키스했다. 돌리도 울면서 내게 키스했다. 해리는 나를 많이 쓰다듬어주었지만, 아무 말도 하지 않았다. 표정만이 무척 슬퍼 보였을 뿐이다.

그렇게 해서 나는 새로운 곳으로 이끌려갔다.

4 부

46. 제이크와 숙녀

나는 곡물상이자 제빵업자에게 팔렸다. 제리는 그 사람을 알고 있었다. 그와 함께라면 내가 잘 먹고 공평하게 일하며 지내리라 생각한 듯했다. 처음에는 제리의 생각이 맞았다.

주인님이 계속 가게에 있으면 내가 무리하게 짐을 끌어야 하는 일은 없었다. 하지만 현장 감독은 늘 모든 사람을 재촉하고 몰아붙였다.

내가 짐을 한가득 실었는데도 그는 좀 더 실으라고 명령할 때가 자주 있었다. 그럴 때마다 제이크라는 이름을 가진 수레 운전자는 내가 끌기에 짐이 너무 많다고 말했지만, 감독은 늘 그의 의견을 받아들이지 않고 대꾸했다.

"한 번 가면 될 일을 뭐 하러 두 번 가나. 그래야 일이 진척되지."

제이크는 다른 수레 운전자와 마찬가지로 늘 제지 고삐를 바짝 맸다. 그 때문에 나는 수레를 편하게 끌 수가 없었다.

서너 달쯤 지나자 나는 제지 고삐를 맨 채 일하는 것이 내 기운에 상당히 큰 영향을 미친다는 사실을 깨달았다.

어느 날 나는 평상시보다 더 많은 짐을 실어야 했다. 도중에 가파른 언덕이 나왔다. 나는 있는 힘을 다해도 잘 끌 수가 없어서 계속 멈춰서야 했다. 제이크는 이를 못마땅하게 여기고 심하게 채찍질하며 말했다.

"계속 가! 이 게으른 것아. 아니면 내가 가게 해줄 테다."

나는 다시 무거운 짐을 끌기 시작해 기를 쓰고 2미터 가까이 나아갔다. 다시 채찍이 날아오면 또 안간힘을 쓰며 전진했다. 커다란 수레용 채찍을 맞으면 찌르는 듯 아팠다.

내 불쌍한 옆구리만큼이나 내 마음도 심한 상처를 입었다.

최선을 다하는데도 벌을 받고 학대당하는 상황이 너무 힘들어서 일에 대한 열정도 사라져버렸다. 세 번째로 그가 잔인하게 나를 매질하고 있을 때 한 숙녀가 그에게 급히 다가와 부드럽고 진심 어린 목소리로 말했다.

"저기! 제발 당신의 좋은 말에게 더는 채찍질하지 말아요.

분명히 말은 최선을 다하고 있어요. 길이 상당히 가파르잖아요. 말이 최선을 다하고 있는 건 확실해요."

"최선을 다해도 이 짐을 끌어올리지 못한다면 최선보다 더한 무언가를 해야겠지요. 제가 아는 건 그게 다예요, 아가씨."

"짐이 무겁지 않나요?"

"예, 너무 무겁습니다. 하지만 그건 제 잘못이 아니에요. 우리가 막 출발하려 할 때 현장 감독이 와서 짐을 더 실으라고 하지 뭡니까. 자기 수고를 덜려고요. 나는 최선을 다해 그가 시키는 대로 해야 해요."

그가 다시 채찍을 들어 올리자 숙녀가 말했다.

"제발 그만 해요. 괜찮다면 내가 당신을 도울 수 있을 것 같아요."

제이크가 껄껄 웃었다. 숙녀는 말을 계속했다.

"당신은 말에게 공평한 기회를 주지 않았어요. 저 제지 고삐를 매고 머리를 뒤로 젖힌 상태로는 힘을 온전히 쓸 수 없거든요. 제지 고삐를 벗으면 말은 틀림없이 더 잘 해낼 거예요. 시도해보세요."

그리고 설득력 있게 덧붙였다.

"당신이 그래 준다면 난 아주 기쁠 거예요."

제이크가 짧게 웃고는 대꾸했다.

"이거 참, 숙녀분을 기쁘게 하는 일이라면 당연히 해야죠. 말의 머리를 얼마나 내리게 하고 싶으세요, 아가씨?"

"상당히 많이요. 머리를 마음껏 움직일 수 있도록."

제지 고삐를 벗자 나는 곧 머리를 무릎까지 숙였다. 얼마나 편안하던지! 그런 다음 머리를 위아래로 몇 번 흔들어서 뻣뻣하고 아픈 목을 풀었다.

숙녀가 부드러운 손으로 나를 토닥이고 쓰다듬으며 말했

다.

"불쌍해라! 네가 원했던 게 이거지? 이제 친절하게 말을 건네고 이끌어주면 일을 더 잘할 수 있을 거예요."

제이크가 고삐를 잡고 외쳤다. "가자! 검둥이야."

나는 머리를 내리고 내 무게를 전부 목사리에 실었다. 남김 없이 힘을 썼다. 짐수레가 움직였다. 나는 꾸준히 수레를 끌고 언덕을 다 오른 다음 멈춰서 한숨 돌렸다.

숙녀는 오솔길을 따라 걸어온 후 도로로 건너와서 내 목을 쓰다듬고 토닥여주었다. 그런 토닥임을 받아본 것은 매우 오랜만이었다.

"거봐요. 당신이 말에게 공평한 기회를 주니 말이 기꺼이 일하잖아요. 성질이 좋은 말이네요. 이미 한창때는 지난 것 같아요. 다시 그 고삐를 맬 건 아니죠?"

제이크가 예전처럼 다시 제지 고삐를 매려던 참이었다.

"아가씨, 머리를 자유롭게 움직이는 게 말이 언덕을 오르는 데 도움이 된 건 부인할 수 없습니다. 다음번에도 기억할게요. 감사합니다, 아가씨. 하지만 말이 제지 고삐 없이 가면 나는 수레 운전자들에게 웃음거리가 될 겁니다. 그게 유행이거든요."

"나쁜 유행을 따르는 것보다 좋은 유행을 선도하는 게 더 좋지 않을까요? 이제 대부분 신사들은 제지 고삐를 사용하지 않는답니다. 우리 집의 마차용 말들은 15년 동안 제지 고삐를 매지 않았죠. 일할 때 제지 고삐를 매는 말보다 훨씬 덜 지쳐요."

숙녀는 아주 진지한 어조로 덧붙였다.

"우리에게는 정당한 이유 없이 신의 창조물을 괴롭힐 권리가 없어요. 우리는 그들을 말 못 하는 동물이라 부르고 실제로 그들은 말을 못 해요. 그래서 우리에게 자신들이 어떻게 느끼는지 말할 수 없죠. 하지만 그들이 말을 못 한다고 해서 고통을 덜 느끼는 건 아니에요.

이제 당신을 더 붙잡고 있어선 안 되겠네요. 말에게 내 방법을 시도해봐 줘서 고마워요. 틀림없이 당신은 채찍보다 훨씬 더 좋은 방법을 찾아낼 거예요. 안녕히 가세요."

숙녀는 내 목을 또 한 번 부드럽게 토닥여준 뒤 가벼운 발걸음으로 길을 건너갔다. 나는 두 번 다시 그 숙녀를 보지 못했다.

제이크가 혼잣말했다. "저분은 정말이지 진정한 숙녀로군.

내가 신사인 것처럼 예의 바르게 말했어. 아무튼 오르막에서는 그 방법대로 시도해야겠군."

그 일이 있고 나서 제이크가 내 제지 고삐의 구멍을 느슨하게 매주고, 오르막을 오를 때면 늘 내 머리를 자유로이 움직이게 해주었다는 점은 인정해야겠다.

그래도 무거운 짐은 여전했다.

좋은 사료와 적절한 휴식이 있다면 일이 많아도 기운이 유지될 것이다. 하지만 어떤 말도 지나치게 많은 짐은 배겨낼 수 없다. 그런 이유로 내가 많이 쇠약해지자, 주인님은 내 자리를 대신할 젊은 말을 한 마리 샀다.

이쯤에서 그 무렵 나를 괴롭힌 또 다른 원인에 관해 이야기하는 게 좋겠다. 나는 말들이 그것에 대해 수군대는 소리를 들었지만, 내가 직접 그런 나쁜 경험을 한 것은 처음이었다. 그 나쁜 경험이란 빛이 거의 들지 않는 마구간에서 지내는 것이었다. 마구간은 끝에 아주 작은 창문만 하나 있어서 매우 어두웠다.

이처럼 어두운 마구간은 기분을 우울하게 할 뿐 아니라 시력도 매우 약하게 만들었다. 어두운 데서 갑자기 햇빛이 환하게 비치는 곳으로 나가면 눈이 몹시 아팠다. 문턱에 걸려 몇 번 휘청거리기도 하고, 내가 어디로 가는지 제대로 볼 수도 없었다.

그곳에서 오래 머물렀다면 나는 시력이 나빠졌을 테고 그것은 큰 불행이 되었을 것이다. 앞을 전혀 못 보는 말이 시력이 나쁜 말보다 몰기에 더 안전하다고 사람들이 말하는 것을 들었기 때문이다. 시력이 나쁜 말은 보통 아주 소심해진다고 했다.

다행히 나는 시력이 영원히 손상되기 전에 그곳을 벗어나 대규모 마차 소유주에게 팔렸다.

47. 어려운 시절

나는 새 주인님을 절대 잊지 못할 것이다. 그는 검은 눈과 매부리코를 가졌다. 입은 불도그처럼 이빨로 가득했다. 목소리는 자갈 위를 구르는 수레바퀴 소리처럼 거칠었다. 이름이 스키너였다. 불쌍하게 죽은 꾀죄죄한 샘에게 마차를 세준 자였던 것 같다.

사람들은 직접 보는 것이 확실하다고들 하지만, 이제는 직접 겪어보는 것이 확실하다고 말해야겠다. 전에 많이 봤는데도 승합마차용 말의 지독하게 비참한 삶을 지금까지 전혀 몰랐기 때문이다.

스키너가 보유하고 있는 마차와 운전수는 모두 수준이 낮았다. 그는 운전수들을 못살게 굴고, 운전수들은 말들을 못살게 굴었다. 이곳은 일요일에도 쉬지 않았다. 게다가 여름이라서 더웠다.

가끔 일요일 아침에 방탕한 사내들이 와서 하루 동안 마차를 빌렸다. 네 명은 안에 타고, 또 다른 한 명은 운전자 옆에 탔다. 나는 15킬로나 23킬로 정도 떨어진 시골로 그들을 태우고 갔다가 다시 돌아와야 했다. 언덕이 가파르거나 날이 더워도 그들은 내려서 언덕을 걸어 올라가는 법이 절대 없었다. 내가 오르지 못할까 봐 운전자가 겁내는 경우를 제외하고는.

이따금 나는 사료를 거의 입에 댈 수 없을 정도로 뜨겁게 달아오르거나 지쳤다. 질산칼륨(땀을 많이 흘렸을 경우 부족해질 수 있는 전해질의 균형을 맞춰줌 - 옮긴이)을 섞은 맛있는 밀기울죽이 얼마나 그리웠는지 모른다.

제리는 날이 더울 때면 토요일 밤마다 우리에게 이 사료를 챙겨주었다. 그것을 먹으면 열이 가라앉고 편안해졌다. 그렇게 하루 동안 온전히 휴식을 취하고 월요일 아침이 되면 우리는 다시 젊은 말처럼 쌩쌩해졌다.

하지만 이곳에는 그런 휴식이 없었다. 내 운전수는 그의 주인과 똑같이 매정했다. 채찍 끝에 무언가 날카로운 것이 달려있어서 그 잔인한 채찍에 맞아 피가 날 때도 가끔 있었다. 심지어 배 밑에서 머리까지 부위를 가리지 않고 채찍을 휘둘렀다.

이런 수모가 내게서 일할 의욕을 많이 앗아갔지만, 나는 여전히 최선을 다하며 전혀 머뭇거리지 않았다. 불쌍한 진저가 말했듯이 그건 소용없는 일이었다.

사람들은 너무 강했다.

이제 내 삶은 아주 끔찍했다. 진저처럼 나도 일하다 쓰러져 죽고 싶었다. 이 고통에서 벗어나고 싶었다. 하루는 내 소원이 거의 이루어질 뻔했다.

나는 아침 8시에 승차장에 갔다. 일을 많이 하고 난 후에 우리는 또 기차역으로 가는 손님을 태워야 했다. 긴 열차가 곧 도착할 예정이었다. 운전수는 돌아가는 길에 손님을 태울 기회를 얻기 위해 역 바깥에 대기 중인 승합마차들 뒤로 가서 정차했다.

승객이 아주 많은 열차였다. 금세 모든 승합마차가 손님을 태우고 떠나자 우리 차례가 왔다. 일행은 네 명이었다. 시끄럽게 고함치듯 말하는 남자와 부인, 작은 사내아이와 어린 소녀.

그리고 짐이 꽤 많았다. 부인과 사내아이는 마차에 탔다.

남자가 짐과 관련된 지시를 하는 동안 어린 소녀가 와서 나를 바라보며 말했다.

"아빠, 이 불쌍한 말은 우리와 짐을 모두 싣고 그렇게 멀리까지 갈 수 없을 거예요. 몹시 허약하고 지쳐 있어요. 말을 좀 보세요."

내 운전수가 대꾸했다.

"아! 말은 괜찮아요, 아가씨. 힘이 충분해요."

무거운 상자 몇 개를 당기고 있던 짐꾼이 신사에게 제안했다. 짐이 너무 많으니 마차 한 대를 더 잡아야 하지 않겠냐고.

고함치듯 말하는 남자가 운전수를 향해 물었다.

"자네 말이 혼자 끌 수 있겠나 없겠나?"

"아이고! 끌 수 있고말고요, 손님. 어이, 짐꾼, 어서 상자들 올려요. 말은 그보다 더 많은 짐도 끌 수 있을 거요."

운전수는 짐꾼을 도와 무거운 상자 하나를 올렸다. 나는 힘이 쑥 빠지는 느낌이 들었다. 어린 소녀가 애원하는 투로 말했다.

"아빠! 아빠! 마차를 한 대 더 잡아요. 우리가 잘못하는 거예요. 이건 너무 잔인해요."

"그레이스, 허튼소리 말고 얼른 타. 그렇게 야단법석 떨면 안 돼. 마차를 이용하기 전에 일일이 말을 검사해야 한다면 얼마나 성가시겠니. 운전수가 어련히 알아서 하겠지. 자, 얼른 타고 조용히 있어!"

나의 다정한 친구는 아버지의 말에 순종해야 했다. 상자들은 차례로 마차 지붕에 얹히거나 운전수 옆자리에 놓였다.

마침내 모든 준비가 끝났다. 운전수는 늘 하던 대로 고삐를 홱 채고 채찍을 휘둘러 마차를 몰고 역에서 나갔다.

짐은 매우 무거웠다. 나는 아침 이후로 사료도 먹지 못하고 휴식도 취하지 못했다.

잔인하고 부당한 대우에도 불구하고 나는 늘 그래왔듯이 최선을 다했다. 러드게이트 언덕에 다다를 때까지 나는 그럭저럭 잘 갔다.

하지만 무거운 짐에 기운까지 없으니 언덕을 오르기가 너무 벅찼다. 나는 계속 나아가려고 안간힘을 썼다. 운전수는 고삐로 치고 채찍질하며 끊임없이 나를 몰아댔다. 일순간 (어떻게 된 건지 나도 모르겠다) 발이 미끄러지며 나는 땅에 쿵 쓰러지고 말았다. 갑자기 세게 쓰러져서 그런지 몸에서 숨이 모조리 빠져나간 것 같았다.

나는 미동도 없이 누워 있었다. 움직일 힘도 없었다. 이제 죽겠구나 싶었다. 크고 성난 목소리, 짐을 내리는 소리 등 주변에서 혼란스러운 소리가 들렸다.

모든 게 꿈결 같았다.

"오! 불쌍한 말! 전부 우리 잘못이에요."라고 말하는 아름답고 인정 많은 목소리가 들린 듯했다. 어떤 사람이 와서 굴레 줄을 늦추고, 목사리를 단단히 고정하고 있던 줄을 풀었다.

누군가가 "죽었어. 다시 일어나지 않을 거야."라고 말했다.

경찰관이 지시를 내리는 소리가 들렸다. 나는 눈을 뜨지 않았다. 할 수 있는 것이라곤 이따금 가쁜 숨을 몰아쉬는 것뿐이었다.

사람들이 내 머리에 차가운 물을 조금 끼얹고, 입에 기운을 나게 하는 약을 약간 흘려 넣고는 무언가를 덮어주었다.

얼마나 오래 누워 있었을까⋯.

내가 다시 살아나고 있다는 느낌이 들었다. 친절한 음성을 가진 남자가 나를 토닥이며 일어나도록 격려했다. 약을 좀 더 먹고 한두 차례 시도한 끝에 나는 비틀거리며 일어섰다.

그런 다음 근처에 있는 마구간으로 천천히 이끌려갔다.

그곳에서 청소가 잘 된 칸으로 들어가 따끈하고 묽은 죽을 조금 받았다. 나는 고마워하며 죽을 먹었다.

저녁이 되자 스키너의 마구간으로 돌아갈 수 있을 만큼 충분히 회복되었다. 그곳의 일꾼들은 나를 위해 최선을 다했던 것 같다. 아침에 스키너가 수의사와 함께 와서 나를 보았다. 자세히 진찰한 후 수의사가 말했다.

"이 말은 병이라기보다 과로로 쓰러진 겁니다. 6개월 정도 휴식을 취하면 다시 일할 수 있을 거예요. 하지만 지금은 힘이 조금도 남아 있지 않아요."

스키너가 대꾸했다.

"그럼 녀석은 훨씬 더 나빠질 수밖에 없겠군요. 나는 아픈 말을 치료할 초원을 갖고 있지 않거든요. 말이 회복될 수 있을지 모르겠지만, 그런 일은 내 사업에 어울리지 않아요. 내 계획은 말을 가능한 한 오래 부려먹다가 도축업자나 다른 곳에 적절한 돈을 받고 팔아넘기는 겁니다."

수의사가 말했다.

"기관지를 다쳤다면 즉시 죽이는 게 낫겠지만, 이 말은 기관지를 다치지 않았어요. 열흘 정도 있으면 말 시장이 설 겁니다. 충분히 쉬게 하고 잘 먹이면 그때까지 건강이 더 좋아질 수도 있어요. 그래야 값어치도 더 오를 테고요."

이 조언을 듣자마자 스키너는 나를 잘 먹이고 돌보라고 명했다. 사실은 마지못해 그렇게 했던 것 같다. 다행히 마구간 일꾼들은 그들의 주인보다 훨씬 더 기꺼이 명령을 실행했다.

열흘간 나는 완벽한 휴식을 취하며 귀리와 건초, 아마 씨를 섞은 밀기울 죽을 양껏 먹었다. 내 건강상태를 회복하는 데에는 다른 무엇보다도 밀기울 죽이 최고였다. 아마 씨를 섞어 맛도 좋았다.

나는 몸이 더 망가져서 죽는 것보다 차라리 사는 게 나을 수도 있겠다고 생각했다.

사고가 난 후 12일째 되는 날, 나는 런던에서 3킬로 정도 떨어진 곳에 서는 말 시장으로 보내졌다. 어디로 가든 지금 있는 곳보다 못하지는 않으리라 생각하며 머리를 치켜들고 끝까지 희망을 잃지 않았다.

48. 농장주 소로굿과 그의 손자 윌리

말 시장에서 나는 늙고 몸이 망가진 말들과 함께 있게 되었다. 어떤 말은 다리를 절고, 어떤 말은 기관지를 다쳤다.

늙은 말도 있고 차라리 총에 맞아 죽는 게 다행스러울 말도 있었다.

사는 사람과 파는 사람의 행색 또한 대부분 그들이 돌아다니며 흥정하는 불쌍한 짐승보다 그리 나아 보이지 않았다. 가난한 노인들은 작은 나무나 석탄 수레를 끌고 돌아다닐 수 있을 만한 몇 파운드짜리 말이나 조랑말을 구하러 다녔다. 가난한 남자들은 녹초가 된 말을 죽여 큰 손실을 보는 대신 이삼 파운드라도 받고 팔려 했다.

그들 중 몇몇은 가난과 어려운 시절을 겪으며 모질게 변해 버린 듯 보였다. 한편으론 내가 남은 힘을 다해 기꺼이 섬겼을 법한 사람들도 있었다. 가난하고 초라해도 친절하고 인정 많은 사람들. 내가 신뢰할 수 있는 목소리를 가진 사람들….

비틀거리며 걷는 노인 한 명이 나를 아주 마음에 들어 했다. 나도 그가 마음에 들었지만, 나는 그가 원하는 만큼 튼튼하지 못했다. 얼마나 조마조마한 시간이었는지!

나는 상태가 더 좋은 말을 파는 구역에서 나오고 있는 한 남자를 주목했다. 취미 삼아 농장을 경영하는 상류층 사람 같아 보였고, 옆에 어린 소년을 데리고 있었다.

남자는 등이 넓고 어깨가 둥글었다. 얼굴은 온화하고 혈색이 좋았으며 챙이 넓은 모자를 쓰고 있었다. 그는 내가 포함된 무리로 다가온 뒤 가만히 서서 안쓰러운 표정으로 우리를 둘러보았다. 그의 시선이 내게 머물렀다. 내 갈기와 꼬리는 여전히 훌륭해서 외모를 돋보이게 해주었다. 나는 귀를 쫑긋 세운 채 그를 바라보았다.

"윌리, 여기 한창때를 넘긴 말이 하나 있구나."

"불쌍한 말이네요! 할아버지, 이 말은 마차용 말이었을까요?"

신사가 가까이 다가서며 대답했다.

"오, 그럼! 젊었을 땐 무엇이든 될 수 있었을 거야. 콧구멍과 귀를 봐, 목과 어깨의 모양도. 이렇게 생긴 말을 많이 사육한단다."

그가 손을 내밀어 내 목을 친절하게 토닥여주었다. 나는 친절함에 대한 답례로 그에게 코를 내밀었다.

소년이 내 얼굴을 쓰다듬으며 말했다.

"불쌍한 말! 보세요, 할아버지. 이 말은 친절함이 뭔지 알고 있어요. 레이디 버드처럼 이 말도 사서 다시 젊게 만들어 줄 수는 없나요?"

"얘야, 늙은 말을 모두 젊게 만들 수는 없어. 게다가 레이디 버드는 그리 늙지도 않았단다. 지치고 심하게 학대당해서 그렇게 보였던 거지."

"할아버지, 이 말도 늙지 않은 것 같아요. 갈기와 꼬리를 보세요. 할아버지가 말의 입안을 봐줘요. 그럼 알 수 있을 거예요. 비쩍 마르긴 했어도 눈이 다른 늙은 말처럼 움푹 들어가지 않았다고요."

늙은 신사가 크게 웃으며 말했다.

"요 녀석! 말을 좋아하는 게 이 할아버지랑 똑같구나."

"제발 입을 살펴봐 주세요, 할아버지. 가격도 물어보고요. 우리 초원에 있으면 저 말은 틀림없이 젊어질 거예요."

나를 팔려고 데려온 사내가 끼어들며 말했다.

"어린 신사분이 아주 잘 알고 있네요, 사실, 여기 이 말은 승합마차를 끄느라 과로해서 쇠약해진 겁니다. 늙은 말이 아니에요. 기관지를 다친 게 아니라서 반년 정도 쉬고 나면 건강을 되찾을 거라고 수의사가 말하는 소리를 들었습니다. 제가 지난 열흘간 이 말을 돌봤어요. 지금껏 만났던 말 중에 제일 만족스럽고 기분 좋은 말이었죠.

5파운드짜리 지폐 한 장을 내시면 이 말은 선생님께 그만한 값을 할 겁니다. 말에게 기회를 주세요. 내년 봄이면 20파운드짜리 말이 되리라 확신합니다."

늙은 신사가 소리 내어 웃자 소년이 간절한 눈빛으로 그를 올려다보며 말했다.

"아, 할아버지. 망아지를 기대했던 가격보다 5파운드 더 받고 팔았다고 하지 않았어요? 그러니 이 말을 사도 할아버지는 더 가난해지지 않을 거예요."

농장주인 신사가 천천히 내 다리를 만져보았다. 다리는 많이 붓고 피로한 상태였다. 내 입을 살펴본 후 그가 말했다.

"열서너 살 정도 되었겠군. 이 말의 걸음걸이를 좀 보여주겠소?"

나는 볼품없이 가느다란 목을 활 모양으로 치켜들고 꼬리를 약간 들어 올렸다. 다리를 최대한 곧게 펴려고 노력했다. 다리가 몹시 뻐근했기 때문이다. 내가 돌아왔을 때 신사가 물었다.

"당신이 생각하는 최저 가격은 얼마요?"

"5파운드입니다, 선생님. 그게 제 의뢰인이 정해준 가장 낮은 가격이었어요."

늙은 신사가 천천히 지갑을 꺼내 1파운드짜리 지폐를 세며 말을 이었다.

"이곳에서 더 볼 일이 있소?"

"아니요, 선생님. 원하시면 제가 말을 여관으로 데려가겠습니다."

"그래 주시게. 나도 지금 그리로 갈 테니."

그들이 앞서 걷고 나는 뒤에서 이끌리며 갔다. 소년은 너무 기뻐 어쩔 줄을 몰랐다. 늙은 신사는 손자가 기뻐해서 즐거운 듯 보였다.

여관에서 나는 사료를 든든히 먹었다. 새 주인님의 하인이 나를 타고 천천히 집으로 간 뒤 넓은 초원으로 들여보냈다.

초원 한구석에 헛간이 하나 있었다.

내 은인의 이름은 소로굿 씨였다. 나에 대해 그는 매일 아침 저녁으로 건초와 귀리를 먹이고, 낮 동안에는 초원에서 뛰놀게 하라고 명한 뒤 손자에게 말했다.

"윌리, 네가 말을 관리해야 한다. 이 말을 네게 맡기마."

소년은 자신의 임무를 자랑스러워하며 아주 진지한 태도로 임했다. 하루도 빠짐없이 나를 보러왔다. 당근이나 맛난 것을 주기도 하고 때로는 내가 귀리를 먹는 동안 옆에 서 있기도 했다. 늘 와서 친절한 말을 건네며 어루만져주었으므로 당연히 나는 소년을 매우 좋아하게 되었다.

내가 초원에서 그에게 다가가 이리저리 그를 따라다닐 때면 그는 나를 올드 크로니(늙은 친구라는 뜻 – 옮긴이)라고 불렀다. 이따금 할아버지를 데려오기도 했다.

그때마다 소년의 할아버지는 내 다리를 자세히 들여다보며 말했다.

"윌리, 내가 생각하기에 이 말은 아주 천천히 나아지고 있어서 봄이나 돼야 호전될 것 같구나."

완벽한 휴식과 좋은 사료, 부드러운 땅과 가벼운 운동은 곧 내 몸과 기운에 영향을 미치기 시작했다. 나는 어머니에게 좋은 체질을 물려받은 데다 어렸을 때 혹사당한 적도 없었었다. 성장을 마치기 전부터 혹사당했던 다른 말들보다는 회복될 가능성이 더 컸다. 겨울 동안 다리가 꽤 많이 좋아져서 나는 다시 젊어진 느낌이 들기 시작했다.

봄이 돌아왔다. 3월 어느 날, 소로굿 씨는 내가 사륜 쌍두마차를 끌도록 시도해 보기로 결심했다. 나는 매우 기뻤다.

소로굿 씨와 윌리가 나를 몰고 3킬로 정도 달렸다. 이제 다리가 뻐근하지 않으니 일하기가 아주 편했다.

"말이 젊어지고 있구나, 윌리. 이제 가벼운 일을 조금씩 시켜야겠어. 한여름이 되면 레이디 버드만큼 좋아질 거야.

이 말은 아름다운 입과 훌륭한 걸음걸이를 가졌다. 둘 다 더할 나위 없이 좋아."

"할아버지, 저는 할아버지가 이 말을 사서 정말 기뻐요!"

"나도 기쁘다. 하지만 이 말은 나보다 너에게 더 많이 고마워해야 해. 이제 이 말이 존중받으며 지낼 만한 조용하고 품

위 있는 곳을 찾아봐야겠구나."

49. 나의 마지막 집

그해 여름 어느 날, 마구간지기가 특별히 신경 써서 나를 씻기고 치장했다. 무언가 새로운 변화가 임박한 것 같았다.

그는 내 다리를 손질하고, 발굽에 타르도 발랐다. 앞 갈기에 가르마까지 탔다. 마구도 반짝반짝 광을 냈다. 할아버지와 함께 마차에 오를 때 윌리의 표정에는 걱정과 즐거움이 반반 섞인 듯 보였다.

소로굿 씨가 말했다. "아가씨들이 말을 마음에 들어 하면 그들과 이 말은 서로 잘 맞을 텐데. 아무튼 시도는 해봐야지."

우리는 마을에서 3킬로 정도 떨어진 곳에 자리한 어느 예쁘고 나지막한 집에 도착했다. 전면에 잔디와 관목 숲이 있고, 문 앞까지 마차 진입로가 나 있었다. 윌리가 벨을 울린 뒤 블룸필드 양이나 엘런 양이 집에 있는지 물었다.

그들은 집에 있었다. 윌리가 나와 함께 머무는 동안 소로굿 씨가 집 안으로 들어갔다. 10분쯤 지나서 그가 다시 돌아왔다. 세 아가씨가 따라 나왔다.

한 아가씨는 키가 크고 얼굴이 창백했다. 흰 숄을 두른 채 더 어린 아가씨에게 기대어 있었다. 더 어린 아가씨는 눈이 갈색이고 표정이 명랑했다. 다른 아가씨는 블롬필드 양으로 위엄 있는 표정을 짓고 있었다.

그들은 모두 와서 나를 바라보며 질문을 던졌다. 더 어린 아가씨는 엘런 양으로 나를 무척 마음에 들어 했다. 분명히 나를 좋아하게 될 것 같다고, 내가 아주 좋은 외모를 가졌다고 말했다.

키가 크고 얼굴이 창백한 아가씨의 생각은 달랐다. 한 번 쓰러졌던 말은 다시 쓰러질지도 몰라서 뒤에 타면 늘 긴장될 것 같다고 말했다. 그런 일이 일어나면 자신은 두려움을 절대 극복하지 못할 것 같다고.

소로굿 씨가 대꾸했다.

"아가씨들, 뛰어난 말 중에도 부주의한 운전자 때문에 무릎이 부러진 말이 많습니다. 그들은 아무 잘못도 안 했는데 말이죠. 내가 보기에는 이 말도 그런 경우인 것 같습니다.

물론 아가씨들에게 강요하고 싶진 않아요. 원한다면 마부를 시켜 말을 시험해 봐도 됩니다. 그럼 마부는 이 말이 어떤지 알 거예요."

블롬필드 아가씨가 말했다.

"당신은 늘 말에 대해 우리에게 훌륭한 조언을 해주었으니 당신의 권유를 따르는 게 유익할 것 같네요. 내 동생 라비니아만 괜찮다면, 우리는 기꺼이 당신의 제안을 수락하고 말을 시험해 보겠어요."

그들은 다음날 사람을 보내 나를 데려오기로 결정했다.

아침에 영리해 보이는 청년이 나를 데리러 왔다. 청년은 처음엔 만족스러워하는 듯 보였지만, 내 무릎을 보고는 실망한 목소리로 말했다.

"우리 아가씨들에게 이렇게 흠 있는 말을 추천하다니 의외네요."

내 주인님이 대꾸했다.

"행동이 훌륭하면 외모도 훌륭해 보이는 법이지. 일단 말을 시험해 봐. 말을 공정하게 대하리라 믿네. 자네가 몰았던 말들만큼 안전하지 않다고 판단되면 말을 돌려보내게."

새집으로 이끌려 간 나는 편안한 마구간에 들어가 사료를 받은 뒤 홀로 남겨졌다.

다음 날, 마구간지기가 내 얼굴을 씻기며 말했다.

"이건 '블랙 뷰티'에게 있던 별 모양과 똑같네. 키도 비슷하고. 블랙 뷰티는 지금 어디에 있으려나."

얼굴에서 좀 더 내려가 목에 이르렀다. 피를 흘린 상처와 피부에 남은 작은 혹이 있었다. 그는 깜짝 놀란 듯 내 몸을 찬찬히 살펴보며 혼잣말했다.

"이마에 흰 별…, 오른쪽의 흰 발 하나…, 바로 이 지점의 작은 혹…"

그런 다음 내 등 중앙을 바라보며 말했다.

"그리고 틀림없이 이건 존이 '블랙 뷰티의 3펜스짜리 동전'이라고 불렀던, 흰색 털이 난 부분이야. 이 말은 '블랙 뷰티'가 분명해! 이런 세상에, 뷰티! 뷰티! 나를 알아보겠어?

실수로 너를 죽일 뻔했던 꼬마 조이를 기억해?"

그가 기쁨에 겨운 듯 나를 토닥이기 시작했다.

나는 그를 기억한다고 말할 수 없었다. 이제 그는 멋진 청년으로 자라 검은 구레나룻과 성인 남자의 목소리를 가지고 있었기 때문이다. 하지만 나를 알아보았으니 그는 조이가 확실했다. 매우 기뻤다. 나는 그에게 코를 가져다 대어 우리가 친구라는 사실을 말하려 했다. 그렇게 기뻐하는 사람은 본 적이 없었다.

"많은 시련을 겪었구나! 정말 그런 것 같아! 내 소중한 뷰티의 무릎을 부러뜨린 악당이 대체 누구야! 어딘가에서 지독히 혹사당한 게 분명해. 네가 잘 지내지 못했다 해도 그게 내 잘못은 아닐 거야. 존 아저씨가 널 보러 오면 좋을 텐데."

오후에 나는 공원 나들이용 마차에 연결되어 문 앞으로 이끌려갔다. 엘런 양이 나를 시험 해볼 예정이었고, 조이가 함께 갔다. 나는 엘런 양이 운전을 잘한다는 사실을 금세 알아차렸다. 엘런 양은 내 걸음걸이를 보고 만족스러워했다.

조이가 엘런 양에게 나에 관해 이야기하는 소리를 들었다.

조이는 내가 틀림없는 대지주 고든 씨의 옛 '블랙 뷰티'라고 말했다.

우리가 돌아오자 내가 얼마나 얌전히 굴었는지 들으려고 다른 자매들이 밖으로 나왔다. 그들에게 방금 들은 이야기를 전한 뒤 엘런 양이 말했다.

"고든 부인에게 편지를 써서 부인의 애마가 우리에게 왔다는 사실을 알릴 거야. 부인이 얼마나 기뻐할까!"

나는 일주일 정도 매일 마차를 끌었다. 내가 꽤 안전해 보였으므로 라비니아 양도 드디어 지붕이 있는 작은 마차에 타고 외출을 시도했다. 이 외출이 있고 나서 그들은 나를 계속 쓰기로 완전히 결정했다.

또한, 나를 옛 이름인 '블랙 뷰티'로 부르기로 했다.

이제 이 행복한 곳에서 지낸 지 꼬박 1년이 되었다. 조이는 더없이 유능하고 친절한 마구간지기이다. 일이 수월하고 즐거워서 힘과 기운이 모두 되살아나는 느낌이 든다.

며칠 전에 소로굿 씨가 조이에게 말했다.

"이곳에서라면 이 말은 스무 살, 아니 어쩌면 그보다 더 오래도록 살 걸세."

윌리는 기회가 될 때마다 말을 건네며 나를 특별한 친구로 대해준다. 아가씨들이 절대로 나를 팔지 않겠다고 약속했으니 나는 두려워할 게 아무것도 없었다.

내 이야기는 여기까지다. 이제 나는 모든 고생을 끝내고 집에 있다. 잠에서 완전히 깨어나지 않은 때면 나는 자주 버트윅 저택의 과수원을 상상한다.

여전히 옛 친구들과 함께 사과나무 밑에 서 있는 내 모습을….

끝.

"문학이 들려주는 삶의 지혜와 즐거움"
RAINBOW PUBLIC BOOKS

블랙 뷰티

발행일 초판 1쇄 2021년 9월 27일

발행인 박성범
지은이 애나 슈얼
옮긴이 이미영
편 집 강수진, 김호준
디자인 서은주
마케팅 이선영
발행처 레인보우 퍼블릭 북스
등 록 제2021-000021호

주 소 〔우06212〕 서울시 강남구 테헤란로 328, 4층
(역삼동, 동우빌딩)
전 화 02-415-9798
팩 스 0504-209-1941
이메일 submit@rpbooks.co.kr

ISBN 979-11-90978-14-9 (03840)